# ETUDE

## SUR

# L'ANURIE

PAR

## Le D<sup>r</sup> Pierre MERKLEN,

Interne lauréat des hôpitaux,
(Médaille d'argent, 1879. — Médaille d'or, 1880),
Membre de la Société anatomique,
Membre de la Société clinique.

## PARIS

## G· MASSON, EDITEUR

LIBRAIRE DE L'ACADÉMIE DE MÉDECINE
108, Boulevard Saint-Germain et rue de l'Eperon.

—

1881

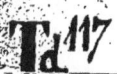

# ETUDE

## SUR

# L'ANURIE

# ETUDE

## SUR

# L'ANURIE

PAR

Le Dr Pierre MERKLEN,

Interne lauréat des hôpitaux,
(Médaille d'argent, 1879. — Médaille d'or, 1880),
Membre de la Société anatomique,
Membre de la Société clinique.

PARIS

G. MASSON, EDITEUR

LIBRAIRE DE L'ACADÉMIE DE MÉDECINE

108, Boulevard Saint-Germain et rue de l'Eperon.

—

1881

# ÉTUDE

SUR

# L'ANURIE

## INTRODUCTION

Grâce aux progrès réalisés par les sciences qui lui prêtent leur appui, la clinique possède des données précises sur les altérations qualitatives et quantitatives des urines dans les maladies. Ces modifications, d'autant plus profondes que les fonctions des reins sont plus directement intéressées, soit par une lésion matérielle de ces organes, soit par un trouble de leur circulation et de leur innervation, peuvent aller jusqu'à l'anurie complète, c'est-à-dire la suppression de la sécrétion urinaire. C'est ce symptôme avec ses causes et ses conséquences que nous nous proposons d'étudier.

Le sujet est vaste et nous n'avons pas la prétention de l'avoir épuisé. Les conditions pathogéniques de l'anurie tout autant que la physiologie pathologique des accidents qu'elle détermine, comprennent une série de problèmes dont la solution demande encore de nombreuses recherches.

Notre but est de rapprocher les faits connus, d'y ajouter le tribut de nos propres observations et d'esquisser ainsi une description générale de la suppression d'urine.

Nous avons donc à envisager les conditions variées dans lesquelles peut survenir ce symptôme, à l'étudier tour à tour comme phénomène passager accessoire, et, comme phénomène persistant, capital devenant par lui-même l'origine d'accidents graves et souvent de la mort par urémie. Cette forme d'urémie est d'autant plus intéressante à connaître qu'elle est la conséquence vraie et pure de la rétention dans le sang des produits extractifs normalement éliminés par les urines, et qu'il n'y a pas lieu de tenir compte des éléments complexes qui concourent à produire les accidents urémiques dans le mal de Bright, diminution progressive de la dépuration urinaire, appauvrissement de l'organisme par des pertes incessantes d'albumine, hydropisies, lésions viscérales multiples, etc.

Après le symptôme et ses conséquences, nous étudierons le mécanisme qui le détermine, en recherchant dans les notions de physiologie et d'anatomie normales l'explication de certains faits obscurs, et nous aurons ainsi à faire intervenir les trois facteurs de toute sécrétion et du rein en particulier: l'*épithélium*, élément spécifique et noble qui fait choix des produits dont l'élimination est nécessaire, épithélium en contact immédiat avec un *système vasculaire* qui lui fournit à la fois les éléments de sa nutrition et ceux de sa sécrétion, enfin *le système nerveux*, influence directrice présidant à la fois au fonctionnement de l'épithélium et à son irrigation. Pour se faire normalement, la sécrétion urinaire suppose l'intégrité de ces trois facteurs ; la suppression ou l'altération de l'un d'eux peut déterminer l'arrêt complet de cette sécrétion. Il importe aussi que les con-

*duits excréteurs* soient libres, que le cours des urines, avant leur arrivée dans.le réservoir vésical, ne soit troublé par aucun obstacle ; l'occlusion des uretères est en effet l'une des principales causes de l'anurie.

Tel est le but de ce travail ou du moins de cet essai dans lequel nous n'avons d'autre prétention que celle d'appeler l'attention, chemin faisant, sur des faits oubliés ou négligés. La marche de l'anurie calculeuse, les phénomènes qui suivent le rétablissement du cours des urines, certaines conséquences de l'occlusion des uretères, enfin l'anurie dans les néphrites, sont de ce nombre.

Avant de commencer, nous adressons tous nos remercîments à notre ami M. François Franck, qui a bien voulu nous aider de ses conseils avec une rare bienveillance.

# DÉFINITION. — DIVISION DU SUJET

Envisagée dans le sens strict du mot, l'*anurie* signifie *suppression de la sécrétion urinaire* ; la *suppression de l'excrétion urinaire*, phénomène tout différent, est désignée sous le nom de *rétention d'urine.* Cliniquement ces deux expressions ont un sens moins précis, et l'on dit qu'il y a anurie, toutes les fois que la sonde introduite dans la vessie d'un malade qui n'a pas uriné depuis quelques heures ou quelques jours, n'amène pas d'urine. La rétention de ce liquide dans les bassinets et les uretères par suite de l'occlusion de ces conduits rentre donc dans l'étude de la suppression d'urine.

*Anurie, suppression d'urine, ischurie,* sont des termes synonymes. Les anciens auteurs réservaient le nom d'anurie à la suspension de la sécrétion urinaire indépendante de tout obstacle à l'excrétion de ce liquide ; ils opposaient l'anurie (anuria, uroschesis, urodialysis) à l'ischurie, c'est-à-dire à l'impossibilité d'uriner par suite d'obstacle à l'excrétion et cette ischurie pouvait être *rénale, uretérale, vésicale.* Pour caractériser les éliminations supplémentaires de l'anurie, ils avaient recours aux termes de *parurie erratique, urorrhoœ metastatica, uroplania* (πλαναω, errer) (1). La plupart de ces expressions et de ces distinctions sont aujourd'hui abandonnées.

L'anurie peut être passagère et survenir dans le cours de maladies diverses dont elle n'est qu'un épiphénomène

(1) Naumann. Handbuch der medicinischen klinik, t. VI, p. 74 et 77.

sans importance, étant donnée la gravité de l'affection principale. Elle peut être durable, apparaître chez un individu
en pleine santé ou déjà malade et déterminer au bout de
quelques jours des accidents plus ou moins redoutables. Il
est donc difficile de comprendre dans une même description toutes les variétés d'anurie.

Le plan que nous avons adopté est le suivant : Après un
court chapitre consacré à l'historique, nous abordons l'é-
tude de l'anurie par occlusion des uretères, occlusion calculeuse et occlusion cancéreuse ; nous terminons cette première partie par un résumé général du mécanisme et de la
physiologie pathologique des anuries par occlusion, à coup
sûr les plus importantes. Viennent ensuite deux chapitres
consacrés à l'anurie dans les néphrites et les maladies des
reins et à l'anurie hystérique. Enfin nous passons en revue
dans un dernier chapitre la suppression d'urine dans les
divers états pathologiques dont elle n'est qu'un symptôme
accessoire, quoique grave en raison des circonstances qui
lui donnent naissance.

Nous avons cru utile de joindre à notre travail avec nos
observations personnelles ou inédites, le résumé des observations d'anurie par occlusion des uretères et par néphrites qui sont disséminées dans les recueils périodiques
français et étrangers. Ces pièces justificatives viennent à
l'appui des faits que nous signalons dans le cours de cette
étude..

# HISTORIQUE

Nous n'avons pas l'intention de rappeler ici tout ce qui a été dit et écrit sur l'anurie. Ce serait nous exposer à des digressions et à des redites inutiles ; nous serons tout naturellement amené à signaler à propos de chaque variété d'anurie les travaux qui nous l'ont fait connaître. Mais il est intéressant de jeter un coup d'œil rapide sur les phases diverses par lesquelles a passé cette question, de comparer les notions que nous possédons actuellement, grâce aux progrès de la clinique et de la physiologie, à celles que l'on retrouve dans les vieux auteurs.

*Période ancienne.* — On sait toute l'importance qu'attachaient les anciens aux caractères de l'urine dans les maladies. Sa diminution et la suppression de la sécrétion urinaire ne pouvaient donc leur échapper, et leurs idées sur la cause de ces modifications sont encore vraies aujourd'hui. Le passage suivant, emprunté à Prosper Alpin, médecin célèbre de la fin du XVI° siècle, mérite d'être cité; il est extrait d'un traité de séméiotique à peu près exclusivement consacré à l'exposition des doctrines d'Hippocrate et de Galien : « Le défaut d'urines provient d'une cause tout à fait contraire (à celle de leur abondance), savoir : du peu de boissons qu'on a prises, d'un écoulement trop abondant des humidités par les selles et les sueurs, de leur consomption par une chaleur excessive, ainsi qu'il arrive toujours dans les sueurs ardentes ; et pour lors l'urine est totalement supprimée. Quelquefois aussi l'urine n'est en si petite quantité qu'à cause de l'*obstruction du conduit des reins* ou de la vessie. (1). »

Voilà pour l'étiologie. Quant aux accidents qui peuvent survenir à la suite des anuries prolongées, on les trouve signalés à la même époque par différents auteurs. M. Fournier reproduit, à propos de l'historique de l'urémie ces lignes de Rayer : « Nous voyons Arétée noter le développement des symptômes cérébraux dans la néphrite. Longtemps après, Baillou cita un cas de suppression d'urine suivie de coma ; Van Helmont remarqua des cas de suppression d'urine suivis de convulsions, etc. ; Morgagni rapporta plusieurs exemples de maladies des reins ou de suppressions d'urine suivies de convulsions ou d'autres accidents cérébraux. » Ce dernier, ajoute M. Fournier, semble même placer dans le sang la cause délétère ou le principe des accidents. Quand un calcul, dit-il, est formé dans les reins, il peut en résulter un obstacle à l'excrétion de l'urine et alors « minus proptereà serum inutile e sanguine eliminatur, ita hoc redundare in cerebrum potest. » (2).

Plus que toute autre, la supression d'urine des hystériques avait frappé l'imagination des anciens. L'ischurie des femmes nerveuses, avec vomissements urineux, est signalée dans les ouvrages des médecins du XVII° et du XVIII° siècle avec un luxe de détails merveilleux, qui, jusqu'à ces derniers temps, l'ont fait réléguer dans la catégorie des fables ou des simulations.

Ainsi la plupart des faits d'anurie étaient connus avant l'ère moderne, mais, en raison de l'obscurité qui régnait

---

(1) Alpino (Prosper). De praesagiendâ vitâ et morte aegrotantium. Padoue, 1602. Ces renseignements sont empruntés au traité de séméiotique des urines de Becquerel.

(2) Fournier. De l'urémie. Thèse d'agrégation, 1863, p. 11.

alors sur les maladies des reins, ces faits étaient souvent confondus. Cette confusion se trouve, à une époque très rapprochée de nous, dans un travail de Willan sur l'ischurie rénale. (1). Sous ce nom, le médecin anglais décrit une *maladie* caractérisée par la suppression d'urine et des accidents cérébraux, et il fait rentrer dans sa description des anuries de causes très diverses. Billard, également exclusif, crut devoir rattacher plus tard tous ces cas à la néphrite ; cette opinion fut combattue par Rayer (2) qui, sans se prononcer catégoriquement, reconnaît, qu'en dehors de la néphrite, des lésions purement intestinales accompagnées de vomissements et de diarrhée, peuvent déterminer une suppression d'urine et des symptômes cérébraux.

Pour clore cette période ancienne, nous devons citer Abercombie(5), qui, sous ce même nom d'ischurie rénale, a rapporté un certain nombre de cas d'anuries de causes diverses et Naumann (4), auteur d'un traité de médecine clinique, qui, le premier, consacre un chapitre important à la suppression d'urine. On y trouve des détails historiques très complets sur ce sujet et une description très bien faite de la «rétention d'urine dans les reins et les uretères, ischurie rénale et urétérale. » L'anurie vraie (anuria renalis) y est longuement étudiée, mais sans ordre et sans contrôle suffisant des faits. L'auteur expose avec complaisance les observations les plus extraordinaires et les moins authentiques d'anurie hystérique, insistant sur les écoulements

(1) Willan. Cases of ischuria renalis in children. (Medical facts and observations, vol. III. London, 1792.)

(2) Rayer. Maladies des reins, t. I, p. 421.

(3) Abercrombrie. Observations in ischuria renalis. (The Edimburgh. med. and surg. Journ., vol. XXII, p. 221.

(4) Naumann. Handbuch der medicinischen klinik, Bd VI, p. 74, 1836.

d'urine par l'ombilic, les oreilles, les yeux, etc. ; il décrit
sous le nom d'anurie des nouveaux-nés et d'anurie des
vieillards, des états morbides très complexes et très obscurs
qui ne se prêtent pas à cet exposé synthétique. Néanmoins
ce travail peut être consulté avec fruit à cause de la richesse
des faits et des indications qui y sont accumulés.

*Période moderne.* — Les progrès réalisés dans la pathologie des organes urinaires grâce à l'impulsion puissante
de Rayer, le contrôle expérimental inauguré par les travaux de Prévost et Dumas, de Cl. Bernard et Barreswill,
les acquisitions récentes de la physiologie sur le fonctionnement du rein et sur son innervation, enfin l'observation
clinique devenue plus précise, tels sont les éléments qui ont
permis d'établir un peu d'ordre dans cette question de l'a-
nurie.

La suppression d'urine n'est plus une maladie comme
l'avaient voulu Willan et Abercrombie, c'est un symptôme
très varié dans ses causes et ses conséquences, pouvant, il
est vrai, par les accidents qu'il détermine devenir une sorte
d'état pathologique, mais toujours secondaire. Sans consa-
crer un chapitre spécial à ce côté important de la séméiotique des urines, Rayer signale l'ischurie, insiste sur sa
valeur pronostique et à propos de diverses maladies qui la
déterminent, mentionne les causes, le mécanisme, les accidents de ce symptôme.

Roberts (1) est, de tous les auteurs modernes, celui qui
étudie le plus complètement l'anurie. Un chapitre impor-

(1) Roberts. On urinary and renal diseases, 3ᵉ cdit. London, 1876,
p. 23.

tant de son *Traité des maladies des reins* est consacré à la suppression d'urine ; il distingue deux variétés principales d'anurie : l'anurie non obstructive (non obstructive suppression) et l'anurie obstructive (obstructive suppression). C'est cette dernière surtout qu'il expose avec beaucoup de détails ; sa description de l'anurie calculeuse est aujourd'hui classique. M. Lécorché (1) a adopté une division à peu près identique et signale l'anurie par défaut de sécrétion et l'anurie par défaut d'excrétion comme deux espèces très distinctes. surtout au point de vue de la marche : la première amenant la mort au bout de quelques heures, au contraire l'anurie par défaut d'excrétion ne déterminant des accidents graves qu'au bout de sept ou huit jours.

A coté de ces descriptions générales, il importe de rappeler plusieurs monographies qui mettant à profit les notions nouvelles de physiologie et de chimie pathologiques ont rappelé l'attention sur certaines variétés rares d'anurie. C'est tout d'abord l'intéressante leçon que M. Charcot (2) a consacrée à l'ischurie hystérique, et où il a pu prouver, grâce à l'analyse chimique des vomissements, la réalité de cette parurie erratique soupçonnée par les anciens. C'est ensuite le mémoire de MM. Verneuil et Nepveu (3) sur l'oligurie et l'anurie traumatique, mémoire où ces auteurs font intervenir pour l'explication des faits les actions nerveuses vaso-constrictives que Cl. Bernard et M. Vulpian ont déterminées expérimentalement chez les animaux. Ce sont enfin les récentes communications faites

(1) Lécorché. Maladies des reins, 1875, p. 6.

(2) Charcot. Leçons sur les maladies du système nerveux, tome I, p. 275.

(3) Nepveu. Oligurie et anurie traumatique. Gazette hebdomadaire, 1877.

à la Société médicale des hopitaux par M. Tennesson (1)
sur l'anurie calculeuse, par MM. Debove et Dreyfous (2)°
sur l'anurie cancéreuse.

Nous n'insistons pas davantage sur ces détails historiques qui trouveront mieux leur place à propos des causes
et des accidents de l'anurie. Qu'il nous suffise de rappeler
que c'est grâce aux progrès anatomo-pathologiques, grâce
aussi aux lumières fournies par l'anurie expérimentale,
que les recherches modernes ont pu démontrer quelles
sont les causes et les conséquences de la suppression d'u-
rine. Beaucoup reste à faire, mais la voie est ouverte, et
dès à présent, nous possédons les éléments d'une bonne
séméiotique de l'anurie.

Nous renvoyons à l'index bibliographique qui termine
notre travail pour l'indication de tous les mémoires et des
observations publiés sur l'anurie. Nous n'avons pu signaler ici que les plus importants.

(1) Tenneson. Note sur l'anurie calculeuse. Société médicale des hôpitaux, 1879.
(2) Debove et Dreyfous. Contribution à l'étude de l'anurie et de l'urémie. Société médicale des hôpitaux, 1879.

# PREMIÈRE PARTIE

---

## De l'anurie par occlusion des uretères.

La rétention de l'urine dans les uretères comprimés ou oblitérés est une des principales causes de l'anurie. C'est l'*obstructive suppression* de Roberts, l'*anurie par défaut d'excrétion* de M. Lécorché. Dans ces cas, le cathétérisme de la vessie ne donne plus d'urine, ce qui caractérise l'anurie telle qu'on la définit en clinique ; d'autre part, cette accumulation du liquide urinaire dans des conduits très étroits et peu dilatables amène très rapidement la suppression de la sécrétion rénale.

Les causes de l'occlusion double des uretères sont multiples et diverses ; mais deux de ces causes sont plus fréquentes et plus importantes que les autres ; les calculs engagés dans ces conduits, le cancer de l'utérus supprimant leur communication avec la vessie. Ces deux variétés diffèrent entre elles par le mécanisme de l'obstruction urétérale. Dans la première, l'occlusion est brusque, elle est progressive et lente dans le cancer de l'utérus. Dès lors la marche de l'anurie n'est pas la même dans les deux cas et il y a lieu de les étudier successivement au point de vue clinique pour les réunir ensuite et les comparer dans le chapitre que nous consacrons au mécanisme général et à la physiologie pathologique des anuries par occlusion des uretères.

# CHAPITRE PREMIER.

## DE L'ANURIE CALCULEUSE.

L'anurie calculeuse peut être observée dans deux conditions. Elle accompagne quelquefois l'accès de colique néphrétique pour cesser avec la crise douloureuse ; c'est une anurie et bien plus souvent une dysurie de quelques heures ; d'autres fois elle est le résultat de l'oblitération prolongée ou définitive des deux uretères par des calculs ou bien d'un seul de ces canaux, le rein du coté opposé étant depuis longtemps altéré ou atrophié ; c'est l'anurie calculeuse vraie, celle que nous allons étudier.

L'anurie de la colique néphrétique est généralement attribuée bien plus à la douleur déterminée par le passage du calcul qu'à l'obstacle mécanique constitué par ce corps étranger qui s'opposerait à l'écoulement de l'urine. L'irritation produite par le calcul sur la muqueuse de l'uretère se réfléchit sur les nerfs vaso-constricteurs du rein d'où un spasme de ses vaisseaux (1) et une anurie ou une oligurie passagère, phénomène de même ordre que les vomissements par contractions spasmodiques de l'estomac, le ténesme vésical, etc. (2). Nous n'insistons pas et nous passons immédiatement à l'étude de l'anurie calculeuse vraie.

(1) P. Reclus. Sur une observation de gravelle urique. Revue mensuelle de médecine et de chirurgie, 1877, p. 766.

(2) Jusqu'à présent la sensibilité de la muqueuse des uretères n'a pas été bien déterminée. La ligature des uretères provoque généralement chez les animaux en expérience une douleur assez vive, ainsi que le prouve le soubresaut brusque de l'animal au moment où l'on serre le fil à ligature ; nous avons pu constater ce fait à plusieurs re-

## Causes de l'anurie calculeuse.

L'anurie calculeuse, ainsi que son nom l'indique, est déterminée par la présence et l'arrêt de calculs urinaires dans les uretères. Elle reconnaît donc comme causes celles de la lithiase rénale dont elle est une des complications. Mais on peut se demander quelles sont les conditions qui favorisent son apparition et quels sont les calculeux qui sont le plus exposés à cet accident.

Les enfants sont peu sujets à cette complication des calculs du rein. Cependant Rayer cite, d'après Harder et Baumes, un cas d'anurie calculeuse suivie de mort chez un enfant de 2 ans, et deux cas de convulsions mortelles chez des nouveau-nés, convulsions déterminées par des calculs du rein et de l'uretère (1). L'anurie calculeuse est plutôt

prises. Cela prouve que les parois des uretères possèdent dans leur épaisseur des nerfs sensibles. Quant à la muqueuse elle-même, on ne sait jusqu'à quel point elle est douée de sensibilité. Chez un lapin, après la ligature de l'uretère, nous avons injecté dans sa cavité au moyen de la seringue de Pravaz, deux centimètres cubes d'une solution concentrée de nitrate d'argent. L'animal a manifesté de la douleur bien plus au moment de l'introduction de l'aiguille que de l'injection du caustique. Au reste, un calcul passant par l'uretère peut déterminer la douleur tout autant en distendant ce canal, qu'en irritant sa surface interne et la sensibilité de l'uretère dans son ensemble paraît incontestable.

(1) Harder rapporte qu'il fut appelé auprès d'un enfant de trois mois qui, né de parents calculeux, éprouvait déjà des symptômes de maladie néphrétique. A l'âge de deux ans, il maigrit, il urina peu, avec douleur et mourut dans des convulsions. Outre du petit sable qui embarrassait le tissu du rein, Harder trouva, à l'entrée de l'uretère, un calcul oblong. Baumes a vu aussi deux enfants à la mamelle, l'un de deux jours, l'autre de huit, qui périrent dans des attaques de convulsions, en rendant de petits calculs. Le cadavre de l'un en fit voir plusieurs dans les reins, et celui de l'autre en avait dans l'uretère droit. Rayer. T. I, p. 422.)

l'apanage des adultes à partir de 20 ans et surtout de 35 ans ; elle est encore fréquente chez le vieillard. La plupart des observations ont trait à des hommes, ce qui n'a rien d'étonnant, étant donnée la rareté de la lithiase rénale chez la femme.

Les antécédents des malades qui ont présenté des phénomènes d'obstruction uretérale avec suppression d'urine sont importants à relever.

L'anurie calculeuse n'est pas, en effet, une des manifestations initiales de la lithiase rénale, comme la colique néphrétique simple. Celle-ci peut être, à la vérité, accompagnée d'oligurie ou même d'une anurie de courte durée, mais il s'agit dans ces cas d'un phénomène nerveux d'ordre réflexe et non d'une anurie par obstruction. Pour qu'il y ait suppression d'urine de quelque durée comme accident primitif de la lithiase rénale, il faudrait admettre l'existence d'une colique néphrétique double due au cheminement et à l'arrêt dans les deux uretères de calculs assez volumineux pour en obstruer le calibre ; or, cette condition ne se réalise qu'exceptionnellement.

Le plus souvent, les calculeux atteints d'anurie ont eu à plusieurs reprises des coliques néphrétiques ou des douleurs lombaires avec émission de graviers. Ces premières manifestations de la maladie se sont montrées plusieurs années, quelquefois vingt ans, au moins quelques mois auparavant. Ce fait est important à noter, puisque, confirmé par l'anatomie pathologique, il permet de déterminer les conditions pathogéniques de l'accident.

L'anurie calculeuse est ordinairement le résultat de l'occlusion récente d'un uretère par un calcul, alors que depuis un temps plus ou moins long le rein du côté opposé a cessé de fonctionner, soit par suite d'une oblitéra-

tion de même nature et persistante de l'uretère correspondant, soit par suite d'une altération profonde de sa structure. Or le plus souvent l'on constate à l'autopsie l'atrophie de ce rein avec ou sans hydronéphrose, conséquence
d'un obstacle définitif qui s'est produit du côté de l'uretère ;
ces lésions correspondent à d'anciens accidents manifestés
par des coliques néphrétiques, des douleurs lombaires prolongées, etc.

Il existe cependant des cas où l'anurie peut être primitive ; c'est quand il n'existe qu'un seul rein, anomalie congénitale relativement assez fréquente. Le déplacement
d'un calcul du bassinet, resté jusque-là latent, pourra déterminer une suppression d'urine, sans que des accidents
antérieurs aient pu faire soupçonner la cause de cette
complication. La suppression fonctionnelle d'un rein par
une altération silencieuse, comme un kyste hydatique,
rentre dans cet ordre de faits.

Indépendemment de ces causes prédisposantes, l'anurie
calculeuse peut-elle être attribuée à quelque cause occasionnelle qui mérite d'être mentionnée ? Le plus ordinairement, c'est par une crise de colique néphrétique que dé-
bute l'accident, et dès lors, l'on peut dire que chez un
sujet prédisposé par des attaques antérieures, toute cause
occasionnelle de colique peut provoquer par là même,
l'obstruction de l'uretère resté perméable. Au nombre de
ces causes occasionnelles nous avons trouvé mentionnés,
les mouvements forcés, la fatigue, un coup sur la région
lombaire, des accès de colère ou des émotions vives, toutes
causes qui favorisent, quoique par des mécanismes différents, la migration de calculs jusque-là arrêtés dans quelque lieu où leur présence n'avait déterminé aucun accident

## Symptômes de l'anurie calculeuse.

*Début.* — Quelquefois insidieuse dans son mode d'apparition, l'anurie calculeuse est le plus souvent annoncée par des douleurs qui tantôt se manifestent sous forme de coliques néphrétiques, tantôt au contraire sont sourdes, continues, occupant la région lombaire avec ou sans irradiations le long de l'uretère. La douleur est donc le phénomène presque invariablement accusé par le malade au début de la suppression d'urine. Celle-ci est rarement absolue d'emblée ; l'on observe pendant quelques heures ou quelques jours des troubles de la miction et de la sécrétion urinaire qui accompagnent les douleurs néphrétiques et annoncent en général la migration d'un ou de plusieurs calculs du bassinet dans l'uretère.

Ces troubles de l'urination sont du reste variés. Dans certains cas, l'anurie est précédée pendant un ou plusieurs jours de dysurie et d'oligurie ; le malade, tourmenté par des besoins continuels d'uriner, ne rend qu'avec peine quelques gouttes d'une urine parfois sanguinolente. Ailleurs au contraire, c'est une véritable polyurie qui précède la crise d'anurie, mais cette urine rendue en quantité exagérée est pâle, de faible densité : c'est de l'urine imparfaite qui révèle déjà une insuffisance de la sécrétion rénale. Quelquefois l'anurie se fait en plusieurs temps, cessant au bout de quelques heures ou de quelques jours pour reparaître ensuite ; l'on assiste ainsi à une série d'alternatives et de rémissions jusqu'à l'établissement définitif de la suppression d'urine.

La douleur et les troubles de l'excrétion urinaire constituent les seuls phénomènes primordiaux de l'anurie calculeuse. On peut observer, il est vrai, des vomissements, de l'agitation, mais ce sont là des troubles passagers qui appartiennent en propre à la colique néphrétique et qui n'ont rien à voir avec la suppression d'urine.

L'anurie calculeuse, une fois établie, peut persister pendant plusieurs jours, jusqu'à huit et dix, sans déterminer d'accident sérieux, et c'est seulement deux ou trois jours avant la mort qu'apparaissent les phénomènes urémiques terminaux. On peut donc, avec la plupart des auteurs qui se sont occupés de ce sujet, distinguer deux périodes dans la marche de cette affection : une première période silencieuse. que nous appellerons période de tolérance, et une période urémique.

1º *Période de tolérance.* — L'intégrité de toutes les grandes fonctions de l'économie est la règle pendant les premiers jours de l'anurie calculeuse, et ce n'est pas sans étonnement que l'on voit un malade qui n'a pas rendu une seule goutte d'urine depuis plusieurs jours, se promener, s'alimenter, se livrer même à des travaux intellectuels avec toutes les apparences de la santé. La longue durée de la période de tolérance est une des particularités les plus singulières, mais aussi lesplus caractéristiques de l'anurie calculeuse et de l'anurie par obstruction en général : c'est une notion qu'il ne faut pas perdre de vue, afin d'éviter les erreurs de pronostic qui peuvent être graves.

Cette période de tolérance dure en moyenne de sept à huit jours. La douleur lombaire ou néphrétique du début cède en général rapidement et la disparition de ces phénomènes douloureux serait due, d'après Roberts, à la suppression rapide et non à la rétention de l'urine que l'on serait plus tenté de supposer en pareil cas. L'urine cessant de distendre le bassinet et l'uretère, toute cause mettant en jeu la sensibilité obtuse de leurs parois a disparu par là même. Ce n'est que dans les cas exceptionnels où l'anurie est accompagnée d'hydronéphrose que la douleur persiste, occupant alors d'une manière prédominante la poche urineuse.

L'anurie est rarement absolue pendant toute cette période de tolérance. A diverses reprises, les malades rendent quelques gouttes, quelquefois un verre ou deux et même davantage d'une urine pâle, limpide, de faible densité, pauvre en urée, en sels et en matière colorante. Les caractères de cette urine sont tellement tranchés qu'ils frappent aussi bien le malade que le médecin. Sa densité dépasse rarement 1006 à 1008 ; elle n'est que rarement albumineuse ; quelquefois elle renferme du sang et des cylindres épithéliaux.

Roberts, qui insiste beaucoup sur ces caractères de l'urine rendue par les calculeux atteints d'anurie, fait remarquer qu'en raison même de sa pauvreté en produits excrémentitiels, ces décharges urinaires n'ont que peu d'influence sur le résultat terminal. En additionnant les quantités totales d'urine et d'urée rendues par un malade pendant toute la durée de la crise anurique, on n'obtient que des résultats insignifiants. Cependant, à côté de ces éliminations insuffisantes, il faut signaler des rémissions plus importantes qui se produisent dans certains cas d'anurie calculeuse, rémissions accompagnées d'une polyurie abondante et qui paraissent retarder de beaucoup l'apparition des phénomènes urémiques. Dans l'observation partout citée de Pajet, il y eut le treizième jour une crise de polyurie, et la mort fut reculée jusqu'au vingt-deuxième jour. Weber a rapporté l'histoire d'une anurie qui dura trente-sept jours, grâce à une série de rémissions avec polyurie ; ces décharges urinaires abondantes sont également signalées dans une des observations de Roberts, où le malade vécut quinze jours.

Quelques malades atteints d'anurie calculeuse échappent pendant un temps plus long que les autres aux accidents urémiques, sans que cette immunité puisse être rapportée à ces crises de polyurie que nous venons de signaler. Dans une observation de Rayer, l'anurie dura vingt-cinq jours et cette longue durée ne peut certainement être attribuée à une légère rémission du dixième jour, rémission consistant dans l'expulsion de deux verres d'urine ; mais le malade portait dans l'hypochondre droit une énorme tumeur qui n'était autre qu'une hydronéphrose du rein droit. James Russell a récemment publié l'observation d'une anurie qui dura vingt jours et se termina par une abondante décharge urinaire ; le malade mourut un an plus tard d'accidents mal déterminés et l'on constata à l'autopsie l'existence d'une hydronéphrose double. Enfin Roberts cite le fait d'une anurie de dix jours avec tumeur progressivement croissante de la fosse iliaque gauche. Dans ce cas, comme dans le précédent, la guérison eut lieu après une véritable crise urinaire coïncidant avec la disparition de la tumeur.

L'hydronéphrose ne se produit qu'exceptionnellement dans l'anurie calculeuse et, le plus souvent, la sécrétion urinaire cesse définitivement peu de temps après l'établissement de l'obstacle : c'est un fait anatomiquement prouvé et dont nous aurons à chercher l'interprétation. Elle n'existe que dans des conditions spéciales, quand les accidents d'anurie se sont répétés à plusieurs reprises d'une manière incomplète, c'est-à-dire quand l'obstruction elle-même a été imparfaite et progressive. Ce symptôme exceptionnel, l'existence d'une tumeur dans un côté de l'abdomen, demande néanmoins à être recherché dans tous les cas ; il entre comme élément important dans le pronostic, puisqu'il suppose la continuation d'une sécrétion urinaire imparfaite à la vérité, mais suffisante pour prolonger l'existence. C'est surtout dans ces cas d'anurie avec hydronéphrose que l'on observe ces polyuries abondantes qui souvent annoncent le rétablissement du cours des urines. Dans le cas de James Russell, plus de dix litres d'urine furent rendus en vingt-quatre heures ; le même phénomène fut observé dans les faits de Weber et Roberts. Un malade, dont l'histoire a été rapportée par Wilcox, avait eu plusieurs crises de colique néphrétique avec anurie terminées par diurèse, et la mort se produisit chez lui par rupture d'une hydronéphrose, après une anurie de six jours.

En résumé, l'anurie calculeuse se développe dans le plus grand nombre des cas insidieusement, sans douleur, sans tumeur de l'hypochondre ; exceptionnellement l'on assiste au développement progressif d'une tumeur douloureuse occupant l'hypochondre et la fosse iliaque. Cet unique symptôme, la suppression d'urine, inquiète vivement le malade qui en est atteint ; quelquefois les besoins d'uriner persistent. Une pesanteur insolite dans la région vésicale, quelques picotements au bout de la verge font croire au malade qu'il existe quelque obstacle à l'excrétion de l'urine du côté de l'urèthre ou de la vessie, qu'il est atteint de rétention d'urine. C'est dans ces circonstances qu'il vient réclamer le cathetérisme, comme cet homme dont nous rapportons l'observation qui, deux fois, se présenta dans le service de M. Gosselin pour une rétention d'urine, alors qu'il était atteint d'anurie calculeuse.

Dans cette période de tolérance, où la santé générale n'est que très peu atteinte, on peut cependant observer quelques troubles digestifs, un peu d'affaissement, accidents évidemment liés à la suppression de l'émonctoire urinaire. Dès le quatrième où le cinquième jour, les malades peuvent se plaindre de nausées, d'éructations ; leur langue est blanche, épaisse ; ils ont de la constipation et un peu de météorisme, en sorte que les fonctions digestives paraissent les premières troublées par l'anurie. Souvent ils continuent à se promener, mais ils éprouvent comme une lassitude générale. Le sommeil est fréquemment interrompu; quelquefois il est complètement supprimé dès cette première phase de l'anurie. Mais ce ne sont là que des symptômes légers, peu constants, qui peuvent passer inaperçus surtout quand la guérison a lieu.

Les accidents réellement sérieux apparaissent le septième ou le huitième jour, dans le cas bien entendu où l'anurie est absolue. Ils appartiennent pour la plus grande part à l'empoisonnement urémique et marquent la seconde et dernière période de l'obstruction calculeuse, la période urémique.

2e *Période urémique.* — Théoriquement le premier résultat de l'anurie est une surcharge qui devra d'abord manifester ses effets dans le système circulatoire. Mais, en vertu d'une suppléance dont la pathologie nous donne d'autres exemples, ce trop plein de l'économie pourra s'écouler par d'autres voies et la physiologie, d'accord avec la clinique, nous indique que cette élimination supplémentaire pourra se faire par les glandes sudorales et la muqueuse du tube disgestif. Malheureusement il y a une limite à ces fonctions nouvelles de la peau et du tube digestif; ils sont insuffisants pour cette tâche et bientôt sont altérés à leur tour. Dès lors la rétention dans le sang d'un excès d'eau et de matières extractives détermine du côté du système nerveux des accidents divers qui rentrent dans le tableau clinique de l'urémie.

Les faits répondent-ils à cet exposé théorique ? Quelle que soit l'interprétation qu'on en donne, on observe dans l'anurie calculeuse ces trois ordres de manifestations : troubles circulatoires, accidents d'élimination, accidents d'empoisonnement proprement dit :

1° *Troubles circulatoires.* On ne trouve, dans les observations d'anurie calculeuse publiées jusqu'à présent, aucun renseignement précis sur l'état du cœur. Le pouls reste en général lent et plein. Les irrégularités qu'il présente dans les derniers moments paraissent dus plutôt à l'empoisonnement qu'au trouble mécanique de la circulation.

Il est assez surprenant que la surcharge sanguine ne manifeste pas ses effets par des troubles plus accentués. Peut-être faut-il lui rapporter cette *gêne respiratoire* avec sensation de *barre épigastrique,* mais sans altération du rhythme respiratoire qu'accusent les malades vers la fin de la période de tolérance. Les *épistaxis* repétées sont peut-être une autre conséquence du trop plein des vaisseaux sanguins bien que cet accident puisse avec plus de raison être attribué à l'urémie ; dans l'observation de Julia de Fontenelle, on voit que des épistaxis assez abondantes pour nécessiter le tamponnement se produisirent du quatrième au sixième jour, par conséquent avant la phase urémique.

Enfin l'on observe quelquefois de l'*œdème*, accident exceptionnel dans l'anurie.

Roberts insiste sur l'absence d'œdème dans l'anurie calcaleuse; M. Tenneson le signale à titre de complication rare, dont la cause est obscure. En dépouillant les observations d'anurie calculeuse publiées par les auteurs, nous avons trouvé cet accident signalé sept fois. Quelquefois il s'agit d'un simple œdème des jambes, souvent limité aux malléoles; d'autres fois c'est une véritable anasarque avec ascite. Le moment où l'œdème apparaît est variable; quelquefois c'est dès les premier jours, d'autres fois à la dernière période. Quelquefois l'hydropisie d'abord généralisée diminue et disparaît dans les derniers jours.

En somme, c'est une complication rare probablement liée à la stase veineuse qui résulte de l'anurie et sans relation appréciable avec la présence ou l'absence d'albumine dans les urines.

*Accidents d'élimination.*—C'est par analogie avec ce qui se passe dans l'urémie classique que nous donnons cette dénomination à cette catégorie d'accidents, car jusqu'à présent l'analyse chimique des vomissements, des sueurs et de la salive n'a pas été faite dans l'anurie calculeuse.

Certains malades ont des transpirations assez abondantes au début de l'anurie calculeuse; dans les anciennes observations il est dit que les *sueurs* de ces malades ont une odeur urineuse manifeste; les auteurs modernes, Roberts notamment, contestent ce fait. Les sueurs, dont l'existence est soigneusement relevée dans certains cas, n'ont jamais cependant le caractère d'une crise; elles sont modérées et en général se suppriment dans les derniers jours.

En l'absence de sueurs, l'on observe quelquefois des démangeaisons de la peau. Ces manifestations cutanées de
l'anurie sont exceptionnelles s'il faut en croire Rayer, qui
n'accorde que peu de foi à l'assertion de Lorry. Celui-ci
affirme que l'on voit survenir des éruptions prurigineuses
dans certaines néphrites calculeuses. Rayer lui-même signale d'après Civiale une observation d'anurie calculeuse
accompagnée d'un gonflement érysipélateux de presque
tout le corps.

Plus rarement que les sueurs, l'on peut observer de la
*sialorrhée* (Weber), de l'*expuition sanguinolente* (Foissac,
J. Paget). Et du reste jamais la salivation n'est très notable
dans ces cas.

Le plus important de ces accidents d'élimination est sans
contredit le *vomissement*. Le malade mange et boit jusqu'à
une période assez avancée de la maladie ; mais bientôt son
estomac devient intolérant, refuse les aliments et enfin les
rend. Ces vomissements néanmoins ne sont pas copieux
comme dans l'urémie chronique ; ils semblent bien plus
tenir de l'intolérance gastrique que d'une élimination supplémentaire Du reste, l'apparition de ce symptôme est en
général d'un fâcheux augure, il précède ou accompagne
les phénomènes nerveux urémiques qui terminent la scène
morbide.

Les fonctions intestinales sont également troublées, mais
la diarrhée est exceptionnelle et n'est même que très difficilement obtenue par les purgatifs. Habituellement elle est
remplacée par des phénomènes tout différents, constipation
opiniâtre et météorisme. Le météorisme est pour les malades particulièrement pénible ; quelques observations men-
tionnent ce fait que la disparition du tympanisme par
abondante émission de gaz précède immédiatement ou

accompagne le retour des urines. Il semble en définitive qu'il existe dans l'anurie une véritable paralysie de l'intestin.

*Accidents d'empoisonnement.* — Deux signes seraient propres d'après Roberts à cette forme de l'empoisonnement urémique, le *rétrécissement pupillaire* et les *tressaillements musculaires* dans les membres. Les tressaillements musculaires sont pour lui le premier signe positif de l'urémie confirmée.

Le tableau clinique de cette phase ultime de la maladie est surtout remarquable par le peu d'intensité des symptômes. Ce n'est pas l'urémie à grand fracas de la néphrite aiguë et de certaines formes du mal de Bright. Ce sont des accidents peu alarmants en apparence, quelques troubles nerveux, un affaiblissement progressif, une intolérance croissante du tube digestif, et le malade meurt souvent avec toute son intelligence, sans une convulsion, sans coma.

Ce qui domine dans l'aspect du malade qui succombe à l'anurie, c'est un anéantissement complet. Sa langue devient sèche et noire comme celle du typhique; sa soif est vive et ne peut être satisfaite, car la moindre ingestion de boisson détermine des éructations et des vomissements. Souvent aussi il est tourmenté par un hoquet fréquent et pénible. En même temps le ventre est ballonné, la constipation est absolue et n'est que très exceptionnellement remplacée par la diarrhée.

Les phénomènes nerveux proprement dits sont surtout ceux qu'indique si nettement Roberts. Quelquefois pleine et entière jusqu'au dernier moment, l'intelligence est plus souvent diminuée ou plutôt obscurcie, en ce sens qu'indif-

férent et comme absorbé, le malade est dans un état d'hébétude, plongé dans un demi-sommeil dont il est du reste
facile de le tirer. Abandonné à lui même, il retombe dans
ce même assoupissement et parfois il a du délire ou des
hallucinations, sans que ce symptôme ait la persistance et
l'intensité qu'il présente habituellement dans les états graves. Puis soudain il se reveille, se plaint d'un malaise
inexprimable, se tourne et se retourne, cherchant sans la
trouver une position qui lui procure quelque soulagement.
Quelques malades refusent de se coucher dans leur lit et
passent leurs derniers moments dans un fauteuil, essayant
même de se promener pour combattre ce sentiment de lourdeur et de fatigue générale qui n'est qu'un avant-coureur
de la mort.

Le facies du malade exprime cette anxiété ; il est hagard,
et le rétrécissement extrême des pupilles donne au regard
cet aspect étrange qui appartient aux états méningitiques
et à certains empoisonnements. D'autre part, les extrémités sont agitées de soubresauts continuels, de petites secousses convulsives qui révèlent l'atteinte grave portée au
système nerveux central. Les membres sont comme en-
gourdis, quelquefois le siège de tiraillements et de cram-
pes ; le mouvement peut y être complètement aboli, en
sorte que le malade semble paralysé.

Là ne se bornent pas les phénomènes d'empoisonnement. La circulation et la respiration sont également troublées. Le pouls reste lent, mais devient faible et irrégulier.
La température centrale baisse comme cela est la règle
dans l'urémie ; chez le malade de M. Tenneson, la température rectale était à 36°,6 le onzième jour, à 36°,4 le quinzième et dernier jour. Dans une des observations de Ro-

berts la température de 37°,7 le quatrième jour, était tombée à 36°,3 le dixième jour.

La respiration devient lente et suspirieuse ; elle est irrégulière dans les dernières heures, et il semble que le malade succombe par suite de l'impuissance progressive, d'une véritable paralysie de ses muscles respirateurs.

La mort survient le plus ordinairement sans incident nouveau ; le malade meurt en pleine connaissance, quelquefois au milieu d'une conversation, et plus rarement dans le coma ou au milieu d'une crise convulsive, parfois dans un accès de suffocation, du dixième au onzième jour, deux où trois jours après l'apparition des phénomènes urémiques.

### Marche et terminaisons de l'anurie calculeuse.

Nous venons d'indiquer la terminaison malheureusement la plus fréquente de l'anurie calculeuse, la mort par urémie. Celle-ci survient au bout d'un temps variable, suivant la marche même de l'affection. Ne se prolongeant guère au delà du dixième ou du onzième jour, quand l'anurie est complète, la vie peut être beaucoup plus longue quand la suppression d'urine est interrompue, non par de simples rémissions consistant dans l'expulsion de quelques gouttes ou même de 100 ou de 200 grammes d'urine, mais par de véritables crises de polyurie.

Les observations que nous avons déjà citées prouvent que ces décharges urinaires ont réellement cette influence sur la marche de l'anurie calculeuse, qu'elles soient ou non liées à l'existence d'une hydronéphrose. C'est dans ces cas d'hydronéphrose que l'on peut dire que l'anurie est le fait

Merklen.                                                        3

d'une rétention d'urine dans cette sorte de vessie supplémentaire que représentent le bassinet et l'uretère dilaté,
bien que le liquide ainsi accumulé ne soit qu'une urine
diluée, très imparfaite.

L'hydronéphrose impose en effet des conditions nouvelles à l'excrétion urinaire qui est gênée aussi bien que
la sécrétion de ce liquide. Doué d'une contractilité très inférieure à sa tâche, ce réservoir nouveau ne peut se vider
que grâce à l'excès de pression du liquide qui le distend,
d'autant plus que les uretères n'ont pas, en pareil cas, leur
perméabilité normale. Ces conditions sont un peu celles
des vessies dilatées et inertes, qui ne se vident que lorsqu'elles sont très distendues. Or, après chaque décharge,
on peut observer une anurie d'une certaine durée correspondant au temps que met la poche urineuse passivement
dilatée, pour se remplir de nouveau d'urine. C'est un fait
qui résulte d'une observation de Fränkel : chez une jeune
fille de 22 ans, atteinte d'hydronéphrose double, cet auteur
observa à plusieurs reprises une anurie totale, la première
de deux jours, la seconde d'un jour, la troisième de douze
heures, et ces crises d'anurie étaient consécutives chaque
fois à l'évacuation des deux poches urineuses par une double ponction (1). Ce fait est intéressant à signaler, puisqu'il
explique, au moins pour certains cas, les alternatives d'a-
nurie et de polyurie des malades atteints d'obstruction
calculeuse.

Mais, ainsi que nous l'avons dit, la polyurie dans l'anurie calculeuse n'est qu'exceptionnellement le fait d'une hydronéphrose concomitante, puisque celle-ci, en général,

(1) Cité par Ebstein. Article Hydronéphrose dans Ziemssen, t. II,
p. 95.

n'a pas le temps de se constituer. Peu importe, du reste, le mécanisme ; le fait clinique important est celui de l'influence que peuvent avoir ces rémissions sur la marche et la durée de l'anurie. Une observation déjà citée de Weber la démontre d'une façon incontestable ; chez ce malade, la mort ne survint que le trente-septième jour, après cinq rémissions accompagnées de polyurie. Une première crise d'anurie de dix jours ne donna lieu qu'à des phénomènes d'embarras gastrique ; le retour momentané des urines fut brusquement interrompu par une nouvelle période d'anurie, celle-ci de douze jours, accompagnée d'ascite et d'œdème des extrémités, de vomissements et d'éructations, d'agitation, d'insomnie et d'oppression. Les accidents s'amendèrent grâce au retour de la polyurie qui dura trois jours ; mais l'anurie reparut, persistant d'abord pendant quatre jours, puis pendant trente-six heures ; enfin la mort arriva après une dernière période d'anurie de cinq jours, durant laquelle on observa de l'agitation, de l'insomnie, un affaiblissement progressif, enfin une parésie avec douleurs des membres inférieurs.

Telles sont les notions qui découlent du dépouillement des observations où l'anurie calculeuse s'est terminée par la mort. Fort heureusement, la terminaison n'est pas fatalement mortelle, et, sur près de cinquante cas que nous avons pu réunir, la guérison avec survie d'une certaine durée a été observée neuf fois. Il n'est pas possible de déterminer, quant à présent, jusqu'à quelle limite la guérison peut être espérée ; les chances de mort vont évidemment croissant avec la durée de l'anurie, mais on ne peut rien conclure d'absolu. Les accidents ont cessé le huitième, le neuvième, le onzième jour, le vingtième même dans le cas de James Russell où il y avait en même temps hydronéphrose. D'après Roberts, la terminaison fatale est proche quand apparaissent le rétrécissement pupillaire et les se-cousses convulsives des extrémités ; tant que ces phéno-mènes n'ont pas été observés, on peut espérer la guéri-son.

La guérison, quand elle est obtenue, présente quelques phénomènes intéressants à analyser. Elle est annoncée le plus souvent par une polyurie abondante, l'issue de gra-viers, de caillots sanguins ; ce retour de la sécrétion et de l'excrétion urinaire coïncide parfois avec le retour spon-tané ou provoqué des garde-robes et une abondante émis-sion de gaz par l'anus. Quelquefois aussi le malade est averti du passage du calcul de l'uretère dans la vessie, par le retour de douleurs semblables à celles qu'avait provo-quées la première migration de ce calcul.

Un fait constant, après une crise d'anurie de quelque durée, c'est la *polyurie de retour* qui appartient, du reste, à toutes les anuries suivies du rétablissement du cours des urines. Cette polyurie dure plusieurs jours ; elle con-siste dans l'émission à de courts intervalles d'un, de deux et même de plusieurs litres d'une urine pâle, diluée. Avec la polyurie, l'on peut observer une albuminurie passagère, fait sur lequel les auteurs insistent peu. Chez les deux ma-lades atteints d'anurie calculeuse que nous avons pu sui-vre, l'urine rendue après l'expulsion des calculs était al-bumineuse et cette albuminurie, du reste peu intense, a duré plusieurs jours, autant que la polyurie, pour dispa-raître complètement avec elle. Cette albuminurie passa-gère pourrait être rapportée soit à la congestion active du rein au moment du rétablissement de la sécrétion urinaire, soit aux altérations nutritives de l'épithélium rénal qui résultent du trouble de la circulation du rein pendant la période anurique. Rayer avait déjà signalé parmi les causes des urines albumineuses, les distensions hydro-rénales et, d'après lui, l'albumine existe surtout dans les grandes évacuations d'urine qui suivent une rétention de plusieurs jours.

Ces troubles de la sécrétion urinaire sont les seuls phénomènes observés dans cette période de guérison de l'anurie. Celle-ci peut être complète dans les cas légers, quand l'anurie aura été elle-même de courte durée ; d'autres fois, le rétablissement sera imparfait, la santé générale restera précaire et, de toute manière, le malade désormais pourvu d'un seul rein, du moins d'après des présomptions qu'autorisent les faits, sera sans cesse sous la menace du retour des accidents auxquels il a échappé une première fois et qui pourront bien ne plus avoir la même issue favorable.

### Anatomie pathologique de l'anurie calculeuse.

Les lésions que l'on constate à l'autopsie des malades morts d'anurie calculeuse consistent d'une part dans l'altération ancienne ou l'absence congénitale d'un rein, d'autre part dans l'obstruction de l'uretère du côté opposé par un ou plusieurs calculs. Il résulte du dépouillement des observations avec autopsie que ce n'est que par exception que l'on a constaté l'obstruction simultanée et contemporaine des deux uretères, que jamais, quoi qu'en dise Van Swieten, l'oblitération calculeuse d'un seul uretère avec intégrité du rein et de l'uretère du côté opposé, n'a pu donner lieu à une anurie assez prolongée pour déterminer la mort.

Il y a donc à considérer, au point de vue de l'anatomie

pathologique des lésions anciennes et des lésions récentes, l'étude des unes permettant de bien comprendre l'évolution des autres. Voyons tout d'abord comment s'établit l'obstacle et quelles sont les altérations qu'il détermine en arrière de lui ; pour cela, il importe de faire connaître la lésion la plus récente, l'obstruction calculeuse de l'uretère qui a déterminé l'anurie mortelle.

L'occlusion de l'uretère est due à un ou plusieurs calculs qui peuvent s'être arrêtés en différents points de ce conduit, mais on peut dire que d'une manière générale l'obstacle siège à une de ses extrémités, très rarement vers sa partie moyenne. Tantôt le calcul occupe le bassinet, mettant obstacle au cours de l'urine, soit en oblitérant complètement par son volume ce petit réservoir, soit en agissant à la manière d'une soupape sur l'extrémité supérieure de l'uretère. D'autres fois, le calcul s'est engagé dans le conduit lui-même, et se trouve enclavé soit à peu de distance de son orifice supérieur, soit plus souvent encore dans son orifice inférieur, c'est-à-dire dans cette dernière partie de l'uretère qui traverse obliquement la paroi vésicale ; cette disposition anatomique paraît favoriser l'arrêt du corps étranger qui jusque-là avait parcouru sans obstacle le long trajet du bassinet à la vessie. Enfin l'on a vu un gros calcul fixé et comme enchatonné au niveau du trigone vésical déterminer l'anurie en oblitérant par compression les orifices des uretères dans la vessie. Cette disposition se trouve signalée dans une intéressante observation d'Amodru que nous reproduisons plus loin.

En arrière de l'obstacle, l'uretère présente une dilatation très modérée dans la plupart des cas et ne renferme qu'une petite quantité de liquide. Les bassinets ne sont pas dis-

tendus, ne contiennent que peu d'urine, celle-ci quelquefois
sanguinolente. Le rein lui-même n'est pas dilaté, ne présente pas les lésions de l'hydronéphrose que l'on s'atten-
drait à y rencontrer ; mais il est énormément augmenté de
volume. Hypertrophié et congestionné, cet organe doit ces
modifications de ses dimensions et de sa coloration, d'une
part à la fonction supplémentaire qu'il exerce depuis un
temps plus ou moins long par suite de la suppression et
de l'atrophie de son congénère, d'autre part aux altérations
qu'il subit par le fait de la rétention d'urine dans ses canalicules, rétention brusquement suivie de l'arrêt de la sécrétion urinaire, et, comme nous le verrons à propos du
mécanisme général des anuries par obstruction, de troubles
profonds dans la circulation rénale.

Ce fait de l'absence d'hydronéphrose dans un grand
nombre de cas d'anurie calculeuse demande a être prouvé
par quelques exemples. A l'autopsie d'un malade mort
près une anurie de huit jours, Julia Fontenelle fut très
étonné de constater l'absence d'un rein, l'oblitération de
l'orifice supéreur de l'uretère opposé sans une goutte
d'urine dans le bassinet et le rein ; il en conclut avec raison
qu'il s'agissait d'une suppression vraie. De même dans
une oblitération d'un bassinet par un calcul, l'autre rein
étant remplacé par une hydatide Mührbeck remarqua que
non seulement le bassinet ne renfermait pas d'urine, mais
même qu'il ne présentait pas l'odeur de ce liquide. Cette
absence d'urine dans le bassinet est encore signalée dans
l'observation célèbre de Paget où, à la suite d'une anurie
de vingt-deux jours, les lésions constatées à l'autopsie furent les suivantes : hydronéphrose évidemment ancienne à
droite ; oblitération de l'uretère gauche par un calcul situé à
deux pouces de la vessie, sans urine dans le bassinet corres-

pondant, avec hypertrophie et congestion du rein. Prus a
communiqué à la Société anatomique l'observation d'une
anurie de dix jours due à l'obstruction des deux uretères
par des calculs sans dilatation des bassinets ; l'un d'eux
seulement renfermait quelques gouttes d'une urine sanguinolente. Chez le malade de M. Tenneson, l'uretère droit
était oblitéré par un calcul, le bassinet correspondant était
peu dilaté et renfermait un peu de liquide sanguinolent.
Roberts, dans ses deux observations les plus complètes,
donne les résultats suivants : dans la première, après une
anurie de neuf jours et demi due à l'atrophie ancienne
d'un rein avec obstruction récente de l'uretère opposé par
trois calculs arrêtés à son extrémité inférieure, ce conduit
était dilaté, de la grosseur d'une plume d'oie et renfermait
3 drachmes, c'est-à-dire 10 grammes environ d'une
urine sanguinolente, le bassinet en contenait 2 drachmes. Dans sa seconde observation, l'anurie étant
également due à l'oblitération calculeuse de l'extrémité
inférieure du seul uretère perméable, les calices, le bassinet et l'uretère lui-même n'étaient pas dilatés, ne renfermant au total que deux cuillerées à thé d'une urine
sanguinolente.

Nous pourrions ajouter d'autres faits encore aux précédents ; ils suffisent pour démontrer que l'obstruction des
uretères est bien plutôt suivie d'un arrêt immédiat de la
sécrétion rénale que d'une rétention et d'une accumulation de liquide en amont de l'obstacle. Dans ces conditions
le bassinet n'est pas dilaté, renferme souvent un peu
d'urine sanguinolente et cette légère hémorrhagie paraît
bien avoir sa source dans des lésions du parenchyme rénal.
Indépendamment de la congestion, le rein présente souvent à sa surface et dans son épaisseur des ecchymoses, de

véritables infarctus, lésions que nous avons obtenues expérimentalement par la ligature des uretères. Enfin dans quelques cas l'on a observé avec les altérations de l'obstruction calculeuse, celles de la néphrite parenchymateuse; c'est là une complication plutôt qu'une conséquence de l'affection principale.

A côté de ces faits les plus nombreux et les plus typiques où l'hydronéphrose fait défaut et où, s'il faut en croire les résultats de l'anatomie pathologique, l'obstacle du côté de l'uretère détermine presque instantanément une suppression de la sécrétion urinaire, il en est d'autres où, par suite de conditions spéciales, la sécrétion continue, l'uretère et le bassinet se laissent dilater pour aboutir en définitif à une hydronéphrose plus ou moins considérable et à l'atrophie du parenchyme rénal. Ces lésions paraissent être le fait des obstructions uretérales progressives ou en plusieurs temps. L'oblitération est d'abord imparfaite, permet à l'urine de s'écouler en partie, mais détermine néanmoins un peu de stagnation dans l'uretère et le bassinet ; ou bien l'obstacle n'est que passager et après avoir produit une distension également passagère de ces conduit disparaît pour se reproduire encore. Ces conditions permettent la dilatation progressive du bassinet et de l'uretère jusqu'à la constitution de l'hydronéphrose, tandis que ces mêmes organes ne sont pas susceptibles de se laisser distendre brusquement en raison de leur structure anatomique et de certaines particularités physiologiques sur lesquelles nous aurons à revenir.

Comme exemples de cette forme particulière d'anurie calculeuse, nous rappellerons l'observation d'Amodru où le calcul enchatonné du trigone vésical avait déterminé une dilatation des deux uretères avec hydronéphrose double, celle de James Russell où l'on constata également une hydronéphrose double, puis ce fait d'anurie à répétition de Wilcox terminée par rupture du bassinet distendu, le malade possédant un seul rein dont l'uretère était oblitéré par un calcul. Ces cas sont exceptionnels et il est rare de trouver comme conséquence d'une obstruction uretérale récente une hydronéphrose avec atrophie du rein réduit à une coque mince, comme cela se voit dans les hydronéphroses anciennes, tandis qu'il est plus ordinaire d'observer le premier degré de ces altérations, à savoir une légère dilatation des calices, et de petits kystes rénaux.

Telles sont donc les altérations plus ou moins récentes qui déterminent l'anurie. Le rein du côté opposé a cessé de fonctionner depuis un temps assez long en général et cette suppression de l'organe est caractérisée anatomiquement soit par son atrophie, soit par une hydronéphrose ancienne avec dilatation kystique et amincissement extrême du parenchyme rénal. L'atrophie simple du rein sans accumulation de liquide dans le bassinet et les calices est une des conséquences les plus fréquentes de l'obstruction calculeuse ancienne d'un uretère, obstruction qui a pu déterminer tous ses effets, grâce précisement à la survie possible en raison de l'intégrité du rein et de l'uretère du côté opposé. Or, de même que l'oblitération brusque de ce dernier uretère aboutit à la suppression presque immédiate de la sécrétion rénale et non à l'hydronéphose, de même le même obstacle établi dans un uretère, alors que l'appareil urinaire du côté opposé est intact, aboutit à la longue à l'atrophie simple du rein correspondant sans dilatation des calices et du bassinet par le fait même de la suppression de ses fonctions. Souvent, dans ces cas, l'uretère depuis longtemps inutile s'est transformé en une sorte

de cordon fibreux non perméable et s'est atrophié comme
le rein. Ces altérations intéressantes trouveront leur place
dans l'étude que nous consacrons plus loin au mécanisme
général et à la physiologie pathologique des anuries par
obstruction.

Cette atrophie ancienne d'un rein signalée dans un grand
nombre d'observations peut être remplacée par l'hydronéphrose avec atrophie d'un autre ordre, atrophie toute mécanique par refoulement progressif de la substance rénale,
tandis que la première paraît être le fait plutôt d'un arrêt
de nutrition. L'hydronéphrose se trouve ici avec ses caractères classiques que nous n'avons pas à indiquer ; elle est
souvent très considérable. Dans l'observation bien connue
de Rayer, il existait une hydronéphrose ancienne du rein
droit qui contenait 7 livres et 11 onces, c'est-à-dire près
de 4 litres de liquide ; le rein est alors refoulé, réduit à une
coque mince et son pouvoir sécréteur est évidemment réduit au minimum. Il est évident que la lésion peut être
moins avancée, moins nettement caractérisée. Un fait à
ajouter aux précédents, c'est que très fréquemment il est
impossible de retrouver l'obstacle primitif, c'est-à-dire le
calcul qui a été le point de départ de l'hydronéphrose ;
l'uretère est rétréci, quelquefois complètement imperméable, soit qu'une irritation prolongée ait déterminé à ce
niveau la formation d'un tissu cicatriciel rétractile, soit
que l'existence de sortes de valvules à la face interne de
ce conduit ait favorisé la rétention de l'urine dans le bassinet. Ces replis valvulaires de l'uretère existaient dans
quelques cas.

Pour compléter ce qui a trait à l'anatomie pathologique
de l'anurie calculeuse, il y aurait à rechercher quelles
sont les lésions que détermine du coté des différents or-

ganes la suppression d'urine. Sur ce point, les observations sont muettes ; le plus souvent les autopsies ne sont
faites qu'incomplètement et se bornent à l'examen du système urinaire et même dans les cas où l'examen nécrosco-
pique a été fait d'une manière plus complète, les différents viscères ont été trouvés intacts. Nos connaissances
sur ce point sont donc négatives. Il faut cependant signaler ce fait sur lequel insiste Roberts, à savoir que le cadavre des malades morts d'anurie calculeuse n'exhalent
pas cette odeur urineuse qui s'observe au contraire très
marquée à l'autopsie des malades morts de rétention d'u-
rine. Ce caractère indique bien qu'il y a une distinction
nette à établir entre ces deux états pathologiques, la suppression d'urine et la rétention d'urine.

## CHAPITRE II.

### DE L'ANURIE DANS LE CANCER DE L'UTÉRUS.

Les troubles de l'excrétion et de la sécrétion urinaire
entrent pour une bonne part dans les complications du
cancer de l'utérus. Les rapports intimes de l'appareil urinaire et de l'appareil génital de la femme rendent inévitable la sympathie morbide de ces deux ordres d'organes.
Parmi les désordres de l'appareil urinaire, les uns comme
l'incontinence et la rétention d'urine n'ont qu'une influence minime sur la marche de la maladie ; les autres deviennent par eux-mêmes la cause de désordres redoutables
et hâtent la mort ; ce sont les complications rénales et tout
particulièrement la suppression d'urine et l'urémie par occlusion complète ou incomplète des deux uretères.

L'anurie qui en résulte, semblable dans quelques cas à l'anurie calculeuse, en diffère par deux conditions fondamentales qui doivent être indiquées immédiatement. Ces différences résident d'une part dans le terrain qui n'est pas le même ; l'anurie calculeuse atteint l'individu en pleine santé, l'anurie cancéreuse survient le plus ordinairement dans les périodes avancées du carcinome utérin, alors que l'organisme est déjà profondément débilité. De plus, tandis que l'anurie calculeuse est la conséquence de l'occlusion brusque et complète de l'uretère, l'anurie cancéreuse est le résultat d'une oblitération progressive et le plus souvent incomplète de ce même conduit. Ces caractères distinctifs rendent impossible l'assimilation de ces deux variétés de suppression d'urine et justifient leur étude séparée.

Nous en dirons autant pour quelques variétés d'anurie plus rares, dues à des tumeurs de la vessie et des uretères, à la compression de ces conduits par l'utérus gravide en rétroflexion, faits exceptionnels qui appartiennent comme l'anurie cancéreuse à l'étude de l'hydronéphrose en général et dont nous ne dirons que quelques mots.

*Causes de l'anurie dans le cancer de l'utérus.*

Ces causes résident essentiellement dans les dispositions anatomiques et anatomo-pathologiques qui déterminent la compression ou l'oblitération des uretères. Mais l'on doit se demander quelle est la fréquence de l'anurie dans le cancer de l'utérus et à quelle période de la maladie on doit redouter cette grave complication.

Cette fréquence est grande. La dégénérescence cancéreuse de l'utérus, a dit Rayer, est l'une des causes les plus fréquentes de la rétention d'urine dans les uretères et par suite de leur dilatation, de la dilatation du bassinet et des calices, et enfin de l'atrophie du rein. Aran ne manquait pas de rechercher un cancer de l'utérus toutes les fois qu'il se trouvait en présence d'une femme âgée en proie à des phénomènes nerveux urémiques. D'après M. Charcot, l'oblitération des uretères est tellement fréquente dans le cancer de l'utérus, que près de la moitié des cancéreuses de la Salpêtrière succombent à des accidents urémiques. Saexinger (1) raconte que sur 62 femmes mortes à la suite de carcinomes de l'utérus dans la clinique de Seyfert, à Prague, on avait constaté dans 28 cas une compression des uretères, avec dilatation considérable au-dessus du point comprimé et de l'hydronéphrose à un degré plus ou moins accusé. Sur 49 cancers de l'utérus qu'Ebstein (2) a observés à la Toussaint de Breslau, dans l'espace de dix ans, 30 femmes sont mortes d'urémie lente, 3 d'urémie aiguë.

L'oblitération des uretères peut se produire aux diverses périodes du cancer de l'utérus, mais en général elle est la conséquence de la propagation du néoplasme au trigone vésical et à la terminaison des uretères dans la vessie; c'est donc le plus souvent une complication tardive. Cependant elle peut être observée dans le cancer strictement limité au col de l'utérus; les rapports intimes des uretères avec cette portion de l'organe font comprendre comment leur oblitération peut être précoce et comment dès lors un cancer du col, silencieux jusque-là, peut donner naissance à des phénomènes urémiques avant l'apparition de tout autre accident.

(1) Cité par Rosenstein. Traité pratique des maladies des reins, p. 461.

(2) Ebstein. Loc. cit., p. 95 et suiv.

*Symptômes de l'anurie cancéreuse.*

L'anurie dans le cancer de l'utérus n'a pas le début net et la marche régulière de l'anurie calculeuse. En raison même du développement progressif et lent de l'obstacle qui s'oppose au passage de l'urine dans la vessie, l'attention n'est attirée sur cette complication qu'au moment de l'apparition des accidents urémiques. Que disent en effet les observations? Il s'agit ordinairement de malades soignées depuis un temps plus ou moins long, six mois, un an, deux ans, pour un cancer de l'utérus qui se manifeste par ses symptômes ordinaires: métrorrhagies et écoulement ichoreux, douleurs dans le bas-ventre et les reins, cachexie progressive. A un moment donné, les malades sont prises presque subitement de vomissements répétés et de nausées, de hoquet, d'une intolérance gastrique absolue, plus rarement de diarrhée; l'haleine, contrairement à ce que l'on observe dans l'anurie calculeuse devient horriblement fétide; en même temps les malades tombent dans une sorte d'apathie singulière, dans un état de stupeur et d'hébétude qui va croissant pour faire place bientôt à la somnolence; la température axillaire baisse, tombe à 36°5, 36°, 35° et au-dessous. Enfin la respiration s'embarrasse, devient lente et suspirieuse, le pouls devient irrégulier, la somnolence aboutit au coma et la mort arrive quelquefois après une ou plusieurs crises convulsives.

Les accidents durent en général peu de jours, de trois à six, et suivent leur cours avec si peu d'éclat que pour un œil peu exercé ils peuvent passer inaperçus, ou du moins ne pas être rapportés à leur véritable cause. Parfois les vomissements seuls se produisent et, comme seul phéno-

mène nerveux, l'on observe un peu d'hébétude et de délire
vague dans les dernières heures de la vie. Récemment Ortille a signalé comme signe prémonitoire de l'urémie dans
le cancer de l'utérus la suppression des douleurs liées à
cette affection ; ce phénomène indiqué dans quelques observations a certainement fait défaut dans d'autres où
les douleurs ont persisté aussi vives que par le passé.

Ce n'est qu'exceptionnellement que l'on assiste à des accidents d'urémie aiguë, tels qu'accidents éclamptiques et coma prolongé ; un fait curieux rapporté par Aran, quelques
autres cités çà et là par les auteurs prouvent néanmoins
la possibilité de cette complication. Aran raconte en effet
l'histoire d'une femme trouvée en état d'éclampsie sur la
voie publique et transportée mourante à l'hôpital ; l'autopsie permit de constater l'existence d'un cancer de l'u-
térus avec double hydronéphrose.

Comme autre forme rare d'anurie cancéreuse, nous signa-
lerons un cas de suppression d'urine complète et prolongée,
apparaissant à une période peu avancée du cancer de l'utérus, ou dans un cancer resté jusque-là latent et qui, en raison même de ces conditions spéciales, ne peut que difficilement être distinguée de l'anurie calculeuse. L'observation
remarquable de MM. Debove et Dreyfous en est un bel
exemple ; l'anurie qui dura dix-sept jours sans aucune rémission et qui ne céda qu'incomplètement dans les derniers
jours de la vie, n'avait été précédée d'aucun accident pouvant faire soupçonner un cancer de l'utérus ; la santé générale même n'était pas altérée et l'on était en droit de
songer à une anurie calculeuse, plutôt qu'à une anurie cancéreuse. La même réflexion peut être faite a propos de l'observation de Tournié où la suppression d'urine fut absolue
pendant vingt-un jours , due à un cancer squirrheux du

col de l'utérus qui n'avait jusque-là donné lieu à aucun des symptômes classiques de cette affection.

Ainsi les accidents urémiques peuvent survenir dans le cancer de l'utérus de diverses manières. Le plus souvent ils débutent par des troubles digestifs, vomissements, nausées, intolérance gastrique, sans gravité apparente, et se terminent par un peu de délire, de la somnolence, quelques convulsions localisées. C'est de l'urémie chronique à forme gastro-intestinale prédominante. Plus rarement ils se manifestent d'emblée par des phénomènes aigus, des attaques éclamptiques et un coma complet, à peine précédés par quelques troubles digestifs. Enfin ils peuvent apparaître à la suite d'une longue période d'anurie dont la véritable cause passe inaperçue et qui rappelle par sa marche et les accidents qu'elle détermine l'anurie calculeuse.

Quels sont dans ces différents cas les troubles de la sécrétion urinaire? Ils ne sont pas signalés dans toutes les observations et cette lacune s'explique par la difficulté qu'il y a à recueillir les urines chez les malades atteintes de carcinome utérin à tendance ulcéreuse et envahissante, siège d'une suppuration fétide abondante d'hémorrhagie continue et souvent accompagnée d'incontinence d'urine ; l'urine se mêlant aux liquides qui s'écoulent par le vagin, il est difficile d'en apprécier la quantité et la qualité. On signale généralement la diminution des urines coïncidant avec les phénomènes urémiques ultimes, mais non leur suppression absolue ; c'est donc de l'oligurie plutôt que de l'anurie. L'urine examinée peut être d'apparence normale ou bien renferme de l'albumine et du pus ; cette dernière altération est assez fréquente et elle peut expliquer ce mélange d'urémie et d'urinémie qui est le fait de l'anurie ou

Merklen. 4

de l'oligurie cancéreuse; c'est à l'urinémie que l'on peut rapporter, ce nous semble, la fétidité de l'haleine, une part des troubles digestifs, la diarrhée notamment, l'élévation passagère de la température observée à certains moments.

L'anurie absolue peut être observée ; nous avons signalé déjà les faits de Tournié, de Debove et Dreyfous. Roberts cite un cas du même genre où l'anurie dura quinze jours et présenta le tableau clinique et la marche de l'anurie calculeuse. Ces anuries cancéreuses prolongées s'observent chez des femmes dont la lésion utérine est silencieuse, et qui par conséquent ont conservé l'intégrité de leur santé générale ; la suppression d'urine détermine donc chez elles des accidents semblables à ceux de l'anurie calculeuse, avec cette différence toutefois que sa durée est plus longue, que la tolérance est plus grande, ce qui s'explique, croyonsnous, par l'existence constante de l'hydronéphrose due au développement progressif de l'obstacle au cours des urines. Comme dans l'anurie calculeuse, ces malades ont une période de tolérance de six ou huit jours qui manque dans la majorité des cas de cancer de l'utérus avec obstruction des uretères ; puis les accidents surviennent, troubles digestifs consistant en nausées, vomissements, phénomènes nerveux, insomnie, agitation, affaiblissement progressif, puis myosis, tressaillements musculaires, enfin somnolence et quelquefois coma.

Les rémissions s'observent comme dans l'anurie calculeuse ; mais ce sont des rémissions incomplètes, sans polyurie, consistant dans l'excrétion de 100 ou de 200 grammes d'urine renfermant de l'urée mais dans des proportions notablement inférieures à l'état normal, ainsi que le prouvent les analyses de Debove et Dreyfous. Dans leur observation, les urines ont reparu le dix-septième jour de l'anurie, mais en petite quantité, et cette oligurie succédant à l'anurie a persisté jusqu'à la mort, survenue le vingt-troisième jour.

L'anurie dans le cancer de l'utérus n'est pas toujours un accident ultime. Roberts rapporte l'observation d'une anurie de sept jours sans accidents autres que de l'insomnie et de l'anxiété survenue dans le cours d'un cancer de l'utérus ; les urines reparurent le huitième jour et la malade vécut encore pendant un mois. Il suppose que dans ce cas la suppression d'urine était due à une fongosité cancéreuse ayant momentanément oblitéré l'un des uretères, l'autre étant fermé depuis un temps plus ou moins long ; cette fongosité s'étant ulcérée par la suite, a permis au liquide urinaire de s'écouler de nouveau. Cette explication peut être adoptée d'une manière générale pour les troubles si variés de l'excrétion urinaire dans le cancer de l'utérus et en particulier pour les alternatives d'anurie et de polyurie.

*Anatomie pathologique de l'anurie cancéreuse.*

Quelles sont les lésions qui déterminent l'anurie dans le cancer de l'utérus ? Que deviennent les uretères, les bassinets et les reins dont la fonction est ainsi entravée ?

L'oblitération des uretères est en général la conséquence de la propagation du néoplasme de l'utérus au bas-fond de la vessie et au trigone vésical ; les parois de la vessie étant épaissies et infiltrées par le tissu morbide, compriment les uretères qui la traversent obliquement à leur terminaison. Cette compression détermine l'oblitération quelquefois complète, le plus souvent incomplète de ces conduits, de telle sorte qu'un stylet fin peut encore les traverser et qu'en comprimant les uretères on peut faire refluer un peu du liquide qu'ils contiennent jusque dans la vessie.

D'autres fois l'oblitération des uretères paraît se faire avant leur arrivée à la vessie, sur les côtés mêmes du col de l'utérus. On sait que l'uretère chez la femme s'applique par sa convexité aux parties latérales du col de l'utérus qu'il croise obliquement avant de s'appliquer à la face inférieure de la vessie. Un cancer du col de l'utérus pourra donc déterminer une oblitération des uretères sans se propager à la vessie.

Enfin cette occlusion peut être simplement le fait du tiraillement des parois vésicales, tiraillement résultant de la tendance atrophique du cancer de l'utérus. Les uretères sont alors rétrécis à leur terminaison sans que le tissu néoplasique ait intéressé leurs parois ou les régions de la vessie qu'ils traversent. C'est le mécanisme qui paraît avoir existé dans l'observation de Debove et Dreyfous. Il n'est donc nullement besoin, disent-ils, pour observer l'anurie en pareille circonstance que le cancer ait acquis un développement énorme, ait envahi la vessie et le voisinage immédiat des uretères ; des altérations relativement peu étendues peuvent produire ce résultat.

Au-dessus de l'obstacle ainsi établi, quel que soit son mécanisme, les uretères sont dilatés au point d'atteindre le calibre d'un intestin d'enfant. Cette dilatation se continue pour devenir plus prononcée du côté du bassinet et des calices. Enfin le parenchyme rénal lui-même subit cette dilatation par rétention prolongée du liquide urinaire. Elle s'accuse à l'examen de la surface extérieure des reins par leur augmentation de volume, leur consistance molle et fluctuante, la présence de nombreux kystes pouvant at-

teindre le volume d'un pois et que l'on voit aisément, une
fois la capsule détachée de la substance propre de l'organe.
A la coupe du rein, l'on constate l'atrophie en masse du parenchyme rénal, atrophie due au refoulement de son tissu
par les calices et le bassinet dilaté ; indépendamment de ces
poches kystiques principales, la surface de la coupe offre
de nombreux petits kystes semblables à ceux que l'on observe après décortication de la capsule du rein.

Les lésions sont le plus ordinairement inégalement développées des deux côtés ; l'hydronéphrose est prédominante d'un côté, et cela indique que l'occlusion ne s'est pas
produite en même temps à droite et à gauche. Le rein le
plus récemment supprimé présente une hypertrophie re-
lative qui prouve un commencement de compensation.

Le liquide contenu dans les uretères et les bassinets est
constitué par de l'urine purulente et albumineuse ; cette
même urine purulente se retrouve dans la vessie, surtout
quand celle-ci présente une infiltration cancéreuse avec
ulcération de ses parois et de sa tunique muqueuse. L'urine
recueillie dans les uretères et les bassinets renferme des
globules de pus, des hématies, des cellules épithéliales des
reins et de ses conduits excréteurs. D'après les analyses
qui ont été faites par Regnard et plus récemment par Debove et Dreyfous, cette urine renferme de l'urée, mais dans
des proportions très inférieures au chiffre normal. Ainsi,
l'on y a trouvé 7 à 8 grammes d'urée par litre, ce qui est
évidemment un chiffre minimum, d'autant plus que les
urines ainsi analysées sont très peu abondantes.

L'existence de pus dans les urines contenues dans le bassinet et les uretères doit faire supposer qu'il s'est produit
du côté des reins une complication inflammatoire de nature
suppurative. Les parois des conduits excréteurs ne présen-

tent pas, en effet, d'altération capable d'expliquer la production de ce pus. Les reins sont en général mous, pâles,
remarquables par l'existence d'ecchymoses surtout localisées dans leur substance corticale. Leur examen histologique n'a été que rarement fait. Liouville signale dans son
observation la désintégration granulo-graisseuse de l'épithélium. Dans le cas de Carpentier-Méricourt, ils étaient
atrophiés et le siège d'une néphrite interstitielle chronique. Debove et Dreyfous ont constaté au contraire de la
néphrite interstitielle aiguë avec formation de petits abcès
dans la substance corticale, dilatation des tubuli en certains points.

On voit donc que les lésions de l'appareil urinaire dans
l'anurie par cancer de l'utérus diffèrent essentiellement de
celles de l'anurie calculeuse par la dilatation prononcée des
bassinets et des uretères, par l'existence d'une urine puru-
ente probablement due à des lésions suppuratives des
reins.

### De quelques autres causes d'anurie par occlusion des uretères.

Des tumeurs diverses développées dans le petit bassin
ou dans les uretères peuvent agir à la manière du cancer de
l'utérus et déterminer des phénomènes urémiques par diminution ou suppression de l'excrétion et de la sécrétion
urinaire. Ces faits sont toutefois d'une rareté extrême et
nous nous contenterons de les signaler, renvoyant pour ce
qui a trait aux accidents qu'ils produisent à la symptomatologie des anuries calculeuse et cancéreuse.

On peut observer un cancer primitif de la vessie qui

oblitère les uretères comme le cancer de l'utérus propagé
au réservoir urinaire. Roberts rapporte l'histoire d'un
homme atteint d'oligurie et d'anurie d'abord intermittentes, puis de suppression totale des urines, à l'autopsie du-
quel on trouva un squirrhe de la base de la vessie englobant les deux uretères et une hydronéphrose double, ancienne à gauche, récente à droite. Les accidents avaient
été chez ce malade ceux de l'anurie calculeuse.

Barth a communiqué à la Société clinique (1879) l'observation d'une anurie survenue dans les derniers jours d'un
cancer de l'estomac, anurie due à des noyaux secondaires
développés dans les bassinets et les uretères. Cette suppression d'urine apparue brusquement fut promptement
suivie de phénomènes urémiques, vomissements et algidité. L'anurie avait été précédée d'hématurie évidemment
liée au développement des bourgeons cancéreux dans les
voies urinaires.

Des tumeurs volumineuses de l'utérus ou de ses annexes peuvent comprimer les uretères au point de les oblitérer ; c'est ce qui s'est passé dans le cas de myome utérin
observé par M. Hanot. La malade atteinte de cette tumeur
succomba à des accidents urémiques et l'autopsie démontra
la dilatation des uretères et des bassinets, chose d'autant
plus singulière qu'il y avait de la polyurie et non de l'a-
nurie peu de jours avant la mort.

Enfin l'on peut signaler comme causes d'anurie et d'accidents urémiques, la plupart des causes d'hydronéphrose
double. Les malformations des uretères, anomalie évidemment exceptionnelle, la rétroflexion de l'utérus gravide,
le prolapsus de l'utérus peuvent amener une rétention plus
ou moins complète de l'urine dans les uretères et les bassinets. La rétention d'urine dans la vessie, quand elle est

prolongée, peut de même déterminer de l'hydronéphrose et des accidents urémiques, sans que leur cause soit toujours soupçonnée.

Dans un mémoire récent sur les rapports des organes urinaires avec les affections puerpérales, Chamberlain (1) insiste sur ce fait que l'obstruction des uretères joue un grand rôle dans la pathologie puerpérale. Il attribue à cette cause première les néphrites et l'urémie des femmes en couches. La compression des uretères par l'utérus gravide, le boursoufflement des tuniques vésicales au moment du travail, les inflammations périutérines seraient autant de lésions pouvant supprimer l'écoulement de l'urine dans la vessie. Ces faits peuvent exister, mais ils sont exceptionnels, et il n'y a pas lieu d'en déduire des conclusions générales.

## CHAPITRE III.

### MÉCANISME ET PHYSIOLOGIE PATHOLOGIQUE DES ANURIES PAR OCCLUSION DES URETÈRES.

Après avoir étudié dans leurs détails les diverses variétés d'anurie par occlusion des uretères, il est nécessaire de se demander, en les comparant les unes aux autres, quel est le mécanisme général qui détermine dans ces divers cas la suppression de l'urine et non sa simple rétention au-dessus de l'obstacle; de rechercher ensuite quelles sont les lésions rénales qui sont à la fois la cause et la conséquence de ce trouble fonctionnel; de rapprocher enfin des obser-

(1) Chamberlain. The relation of the urinary organs puerperal diseases (American Journal of obstetrics, 1877. An Revue des sciences médicales, 187 ).

vations cliniques les faits expérimentaux de ligatures des
uretères ou d'ablation des reins qui aboutissent aux mêmes
résultats, et permettent, par conséquent, de mieux saisir
la physiologie pathologique de ces anuries.

1º *L'occlusion brusque des uretères détermine la suppression rapide de la sécrétion urinaire sans hydronéphrose ;
l'occlusion lente produit de l'hydronéphrose.*

L'anurie calculeuse et l'anurie dans le cancer de l'utérus
sont les types de ces deux modes d'occlusion. Un calcul
engagé dans l'uretère oblitère complètement et brusquement ce conduit, soit par son volume, soit par le spasme
qui s'ajoute à l'obstacle. Au contraire, le cancer de l'utérus
propagé à la vessie où aux uretères ne produit qu'un rétrécissement graduel de ces conduits, et leur permet de se
dilater progressivement. Les faits cliniques précédem-
ment signalés prouvent la réalité de ces deux types d'anurie par occlusion et de leurs conséquences un peu différentes. Quelle peut être la cause de l'arrêt brusque de la
sécrétion urinaire dans un cas, de sa persistance momen-
tanée avec distension des bassinets et des uretères dans
l'autre cas ?

Deux conditions peuvent être invoquées pour expliquer
la suppression rapide de la sécrétion rénale et l'absence
d'hydronéphrose dans les cas d'obstruction brusque et
complète ; ces deux conditions sont l'élévation rapide de la
pression dans les conduits excréteurs de l'urine, et l'impossibilité où ils se trouvent de se laisser distendre brusquement.

Les expériences, maintenant classiques, d'Herrmann (1)

(1) Herrmann. Sitzungsberichte der mathem.-natural Classe der Wiener Academie der Wissenschaften, 1859. Zeitschrift für rationnelle
Medicin, 1862: B. XV, p. 308.

prouvent bien cette influence de l'élévation de la pression
dans les uretères sur la sécrétion urinaire. A l'état normal,
il existe une pression presque nulle dans les uretères et
dans les tubuli du rein où se forme l'urine, une pression
au contraire très élevée dans les vaisseaux glomérulaires
et le système vasculaire du rein ; cette différence de pression est, d'après la théorie de Ludwig, la condition nécessaire de la sécrétion urinaire que ce physiologiste considère comme une simple filtration. La quantité des urines
devra donc augmenter et diminuer avec la valeur de cette
différence ; elle devra être nulle quand les deux pressions
seront égales.C'est ce que Herrmann a cherché à démontrer
expérimentalement. Dans une première série d'expériences
il s'est proposé de diminuer la pression dans le système
artériel du rein en appliquant sur l'artère rénale une pince
spéciale, permettant d'obtenir tous les degrés du rétrécissement jusqu'à l'oblitération ; la quantité des urines sécrétées diminua comme la pression sanguine. Et réciproque-
ment, établissant une contre-pression dans les uretères, il
put observer une diminution progressive de la sécrétion
urinaire jusqu'à sa suppression complète. Cette seconde
série d'expériences fut faite de la manière suivante : mettant l'uretère en communication avec un manomètre à
mercure, Herrmann put constater que la colonne de mercure montait d'abord rapidement, puis plus lentement pour
s'arrêter bientôt complètement. Ainsi, quand la pression
dans l'uretère est à 10 millimètres de mercure, la sécrétion
de l'urée est déjà diminuée ; à 60 millimètres, elle est complètement arrêtée.

Comme l'a fait remarquer Herrmann, cette expérience
de la suppression de la sécrétion urinaire consécutive à
l'établissement d'une contre-pression dans l'uretère, repro-

duit assez bien ce qui se passe dans l'oblitération de ce
conduit, et Roberts applique avec raison ces résultats à
l'anurie calculeuse. L'enclavement d'un calcul dans l'uretère, nous l'avons vu plus haut, détermine l'anurie vraie
sans hydronéphrose ; les bassinets et les uretères ne sont
pas dilatés ou ne le sont que très peu au-dessus de l'obstacle et ne renferment que quelques gouttes d'urine. On
peut attribuer cette absence de sécrétion à l'élévation de la
pression dans l'uretère, mais cette condition suffit-elle
pour expliquer le phénomène?

La pression du liquide contenu dans les uretères est évidemment liée à l'extensibilité de ces conduits membraneux.
S'ils se laissent distendre, comme c'est le fait de la vessie,
la pression restera assez minime pour permettre la continuation de la filtration urinaire. Or, comme la plupart des
membranes de l'économie, les parois des uretères ne sont
pas susceptibles de distension brusque, tandis qu'elles se
laissent distendre lentement et progressivement. C'est un
fait qui ressort des recherches de James (1) sur les pro-
priétés physiques des uretères. D'après ce physiologiste,
la pression normale de l'urine sécrétée qui est de 2 cent. 1/2
de mercure ne suffit pas pour amener une dilatation notable des uretères en cas de suppression brusque de l'excrétion urinaire, tandis que la dilatation de l'uretère est
possible et acquiert des proportions considérables quand
l'obstruction se fait progressivement.

Et de fait, nous avons pu constater à plusieurs reprises
que les animaux morts à la suite de la ligature des deux
uretères (et dans ces cas la mort survient inévitablement

(1) James. The physics of the bladder and Ureters. Edimb. med.
Journal, 1878.

au bout de trente-six heures) ne présentent qu'une très
légère dilatation de ces conduits et des bassinets. L'occlusion brusque dans ces cas détermine rapidement la suppression de la sécrétion urinaire.

Ces faits expérimentaux permettent de comprendre
pourquoi dans l'anurie calculeuse les uretères et les bassinets sont à peu près vides, du moins dans la plupart des
cas, tandis que dans l'anurie par cancer de l'utérus due à
une occlusion lente, incomplète et progressive, les uretères,
les bassinets et les reins eux-mêmes sont dilatés, présentant les lésions de l'hydronéphrose.

Est-ce à dire que dans ces derniers cas, dans l'occlusion
des uretères par cancer de l'utérus par exemple, la sécrétion urinaire ne soit pas troublée et entravée? Il est évident
que, malgré l'adjonction de ce réservoir supplémentaire
qui constitue l'hydronéphrose, les conditions de la sécrétion sont modifiées, qu'à la pression normalement négative
des uretères s'est substituée une pression positive mettant
obstacle au fonctionnement du rein. Ce qui le prouve, c'est
d'une part l'oligurie, la quantité minime des urines sécrétées, d'autre part leur pauvreté en matériaux encrémen-
titiels, notamment en urée. Cet abaissement du chiffre de
l'urée a été signalé également par Herrmann dans ses expériences sur l'élévation de la pression dans les uretères.
Il a été confirmé par les recherches cliniques de Roberts,
de Regnard, de Debove et Dreyfous.

Pour se rendre compte de l'influence de l'augmentation
de la pression dans les uretères sur le chiffre de l'urée, il
suffit d'analyser après la mort l'urine contenue dans les
uretères. C'est un fait sur lequel Regnard a spécialement
attiré l'attention dans une note présentée à la Société de
biologie sur les « effets de la compression des uretères sur

les fonctions des reins». Dans trois faits d'hydronéphrose par cancer de l'utérus qu'il a pu observer, l'analyse de l'urine contenue dans les uretères lui a permis de constater qu'elle renfermait de 7 à 9 grammes d'urée par litre, chiffre évidemment minime, étant donnée surtout la minime sécrétion des reins. Dans le cas de Liouville et Béhier, l'analyse des urines faite par Yvon a également donné 7 grammes d'urée pour 1,000. Enfin Debove et Dreyfous ont obtenu le même résultat.

Ces derniers auteurs font remarquer qu'il n'y a pas concordance parfaite entre ces chiffres et ceux de Herrmann qui, dans ses expériences, a vu l'urée complètement supprimée après une ligature des uretères de quelque durée. Cette discordance pourrait tenir, ce nous semble, au mode d'occlusion, brusque dans un cas et ne permettant pas à l'uretère et au bassinet de se distendre, lente dans le cas de cancer de l'utérus et ne s'opposant par conséquent que progressivement et incomplètement à la sécrétion de l'eau comme de l'urée des urines.

Nous pensons donc que c'est dans le mécanisme de l'occlusion des uretères qu'il faut chercher les différences cliniques et anatomo-pathologiques que nous avons signalées à propos de l'anurie calculeuse et de l'anurie par cancer de l'utérus. Quel est dans ces deux cas l'état des reins et quelles sont les lésions histologiques qui résultent de ces deux modes d'oblitération?

2° *Des lésions des reins dans l'anurie par occlusion des uretères*. — Quand l'uretère est brusquement oblitéré par un calcul, alors même que l'obstacle a persisté dix jours et au delà, le rein examiné à l'autopsie ne présente à l'œil nu que des altérations insignifiantes. Quand ce même

conduit est progressivement rétréci par un cancer de l'utérus propagé au trigone vésical, le rein correspondant subit
des modifications facilement perceptibles à l'œil nu et ces
altérations consistent d'une part dans la dilatation du
bassinet et des calices qui empiètent sur la substance rénale, d'autre part dans la dilatation des tubuli du rein ;
cette dilatation s'accuse par un grand nombre de petits
kystes qui s'observent à la surface aussi bien que dans
l'épaisseur de l'organe. C'est, en un mot, un rein kystique.

Si la cause initiale qui a déterminé l'obstruction des
uretères n'est pas de nature à entraîner rapidement la
mort, si par conséquent l'obstacle peut déterminer du
côté des reins tous ses effets, que voyons-nous? S'agit-il
d'un calcul fermant complètement la lumière de l'uretère,
le rein correspondant s'atrophie, se réduit à des dimensions tellement minimes qu'on n'en retrouve de semblables
dans aucun état morbide des reins. C'est une atrophie en
masse de l'organe sans hydronéphrose. S'agit-il, au contraire, d'une obstruction incomplète ou lente, l'hydronéphrose se constitue avec tous ses effets. Le rein s'atrophie
également mais par refoulement progressif de son parenchyme sous l'influence de la dilatation toujours croissante
des calices et du bassinet, de telle sorte que la substance
rénale est finalement réduite à une mince coque d'apparence fibreuse dans laquelle le microscope seul permet encore de reconnaître les débris des éléments propres de
l'organe.

Quelques observations d'anurie calculeuse que nous
avons citées permettent de saisir les conséquences récentes
et anciennes de l'obstruction brusque. Souvent, en effet,
le rein d'un côté est atrophié par le fait [d'une obstruction

calculeuse ancienne, l'autre récemment supprimé par une
oblitération de même espèce ne présente à l'œil nu aucune
lésion appréciable. Pour suppléer au défaut de pièces anatomiques de ce genre venant de l'homme (nous n'avons pas
eu d'autopsie de cette variété d'anurie), nous avons cherché à reproduire chez l'animal ces mêmes altérations par
les mêmes conditions. Nous avons pratiqué à maintes reprises la ligature des deux uretères chez le lapin, et nous
avons pu de cette manière étudier les lésions histologiques
du rein qui résultent de la suppression brusque de la sécrétion urinaire. Pour réaliser complètement ce qui se
passe dans la plupart des cas des anuries calculeuses, nous
avons lié un premier uretère chez un lapin qui, ainsi que
cela est la règle, n'a présenté à la suite de cette opération
aucun accident, et, plusieurs mois après, nous avons lié le
second uretère. L'animal est mort vingt-quatre heures
après cette deuxième obstruction avec des phénomènes
urémiques.

Voici le résumé de cette expérience, dans laquelle
M. François Franck a bien voulu rechercher, sur notre demande, les modifications de la pression sanguine consécutive à la suppression d'urine :

*Expérience.* — Ligature de l'uretère gauche chez un lapin dans le courant du mois de mai 1880. Cette ligature
est faite au niveau de la terminaison de ce conduit dans la
vessie.

Le 11 janvier 1881, ligature de l'uretère droit chez le
même animal à 2 h. de l'après-midi. La pression est prise
dans une branche de l'artère carotide avant l'opération.
Température rectale à 3 h. 1/2 : 34,4.

Le 12, à 11 h. du matin, la pression est tombée de moitié,

L'animal est dans un demi-coma. T. 31,5. Il meurt à 11 h. 1/2 après quelques convulsions,

A l'autopsie, nous constatons une atrophie considérable, d'un cinquième au moins, du rein gauche qui est perdu dans une atmosphère graisseuse très abondante. L'uretère correspondant toujours oblitéré à sa partie inférieure renferme quelques gouttes d'une urine très claire ; le bassinet et les calices ne sont pas dilatés et paraissent avoir subi une diminution de volume proportionnelle à celle du rein. Celui-ci est dur, lisse ; l'atrophie a surtout porté sur la substance corticale.

Le rein droit est, au contraire, volumineux et mou. L'uretère droit, uniformément dilaté, présente le volume d'une petite plume d'oie et contient de l'urine sanguinolente qui se trouve aussi dans le bassinet. A la coupe du rein, on constate des ecchymoses vers la base des pyramides.

Tous les organes sont sains. Il faut signaler néanmoins une stase veineuse considérable de la veine cave inférieure qui est comme gorgée de sang, une dilatation du cœur droit portant surtout sur son oreillette, une congestion intense du foie qui est littéralement transformé en une éponge imbibée de sang.

Cette expérience est la reproduction fidèle de ce qui se passe dans certains cas d'anurie calculeuse. L'oblitération d'un premier uretère ne trouble pas la santé générale, mais elle supprime la fonction du rein qui s'atrophie progressivement ; l'oblitération du deuxième uretère détermine la mort par anurie et urémie.

Les lésions microscopiques du rein ainsi supprimé dans sa fonction peuvent, grâce à l'expérimentation, être étudiées à un moment plus ou moins éloigné de l'oblitéra-

tion de l'uretère. Ces altérations ont été signalées par MM.
Charcot et Gombault. Contrairement à ce que l'on serait
tenté de croire, l'épithéliun des tubuli du rein ne subit
aucune dégénération par le fait de la rétention d'urine qui
se produit dans ces canaux. Nous avons cherché à maintes
reprises ce qu'était devenu cet épithélium à la suite de la
ligature des deux uretères ayant déterminé la mort au
bout de trente-six heures. Or, malgré l'emploi de l'acide
osmique, réactif le plus sûr pour les altérations de l'épithélium rénal, nous n'avons pu constater que des modifications en quelque sorte mécaniques des tubuli.

Voici ce que nous avons pu observer comme lésions rénales résultant de la ligature simultanée des deux uretères. Les tubuli du rein sont très manifestement dilatés et
cette dilatation s'observe sur tous les points de l'organe ;
elle se continue jusqu'au glomérule où l'on constate que

(1) Dans deux cas seulement, nous avons observé une stéatose manifeste de l'épithélium rénal, mais cette stéatose était accidentelle et
étrangère à la simple occlusion des uretères. Cette altération rénale
existait chez un chien auquel nous avions tenté de faire des fistules
des uretères ; ces conduits s'étaient oblitérés progressivement et bai-
gnaient dans une plaie toujours remplie d'un pus sanieux et fétide en
raison du contact de l'urine ; à l'autopsie de cet animal les uretères
renfermaient un liquide trouble, probablement purulent ; il existait
une dégénérescence graisseuse de l'épithélium des tubuli du rein et
cette stéatose avait manifestement débuté par les tubes de Bellini pour
envahir progressivement les tubes collecteurs et les tubes contournés
où cependant la lésion n'était pas généralisée. Il y avait sans doute
dans ce cas pyélo-néphrite ascendante et ce fait nous parait intéressant au point de vue de l'anatomie pathologique de la néphrite chirurgicale. Cette même altération se produisit à la suite de la ligature des
uretères chez une chatte en lactation, à l'autopsie de laquelle on constata un large phlegmon sus-péritonéal. La dégénérescence graisseuse,
dans les deux cas, reconnaissait donc des causes spéciales étrangères
à l'anurie par obstruction des uretères.

Merklen.                                                      5

ce petit appareil vasculaire est toujours séparé de la capsule par un espace très appréciable alors qu'il y a normalement entre eux contigüité presque complète. L'épithélium du glomérule est détaché, desquamé par places et on
peut aisément voir les formes bizarres, incurvées qu'il a
prises pour se mouler sur les vaisseaux. Dans les tubuli
contorti, l'épithélium est également dissocié et partielle-
ment desquamé ; ces tubes ont une teinte claire au lieu de
la coloration jaune et trouble qu'ils présentent normalement.

Habituellement on constate à l'œil nu sur la surface de
la coupe des reins dont les uretères ont été liés, des taches
ecchymotiques qui occupent spécialement la zône limitante, c'est-à-dire la base des pyramides de Malpighi. Ces
ecchymoses ne sont pas seulement obtenues expérimentalement, mais elles sont signalées dans certaines observations cliniques, notamment dans celle de Debove et Dreyfous ; elles ne sont sans doute pas étrangères au sang qui
se mêle à l'urine des bassinets. A l'examen histologique,
on constate que ces taches ecchymotiques sont dues à une
dilatation énorme des vaisseaux droits qui sont remplis de
sang ; quelquefois il y a plus que stase, il y a rupture, foyer
sanguin et l'on comprend dès lors l'apparition du sang
dans les urines des uretères. La substance corticale du rein
contraste au contraire avec la substance médullaire par sa
pâleur et son anémie véritable.

Ainsi dilatation générale des tubes collecteurs et stase
dans les vaisseaux droits avec rupture possible de ces
vaisseaux, telles sont les altérations immédiates qui paraissent être la conséquence de l'oblitération brusque des
uretères Ces deux ordres de lésion sont connexes. Il y a
d'une part reflux et stagnation d'urine dans les tubuli, puis

dans la capsule de Muller autour du glomérule, d'où pression bientôt égale et supérieure à celle du sang dans les vaisseaux glomérulaires, finalement sécrétion impossible, d'autre part trouble circulatoire en rapport avec les modifications survenues dans le système glomérulaire. Heidenhain attribue la stase sanguine de la substance médullaire et de la zône limitante à la compression des canaux veineux droits par les tubes collecteurs distendus par l'urine. Nous nous demandons si, en raison du trouble profond de la circulation glomérulaire, de l'absence de congestion dans la substance corticale et même de l'anémie de cette région, il n'y a pas plutôt afflux de sang dans ce système dérivatif représenté par les vaisseaux droits. Le sang trouvant un obstacle du côté du glomérule, s'arrête dans la substance médullaire et dans la zône limitante où la présence d'un tissu conjonctif plus abondant permet aux canalicules urinifères de se dilater plus facilement que dans le labyrinthe, sans gêner la circulation ; dès lors il se fait une véritable congestion à ce niveau, congestion quelquefois excessive amenant des ruptures. C'est en résumé le mécanisme de l'infarctus hémorrhagique.

Il résulte de ces détails histologiques que la ligature des uretères ne détermine, du côté des reins, que des altérations simplement mécaniques. MM. Charcot et Gombault signalent également dans les premières périodes cette simple dilatation des tubuli semblant progresser de la papille vers la profondeur du parenchyme rénal et comme conséquence de cette dilatation ils ont observé dès le 5e jour, l'aplatissement de l'épithélium sans altération de son protoplasma. C'est à partir du treizième jour, d'après ces auteurs, que commencent à paraître les lésions conjonctives qui iront croissant pour aboutir à l'atrophie du rein, conséquence ultime de la ligature des uretères.

Cette atrophie du rein est le résultat d'une néphrite interstitielle et, comme l'a montré M. Charcot, cette néphrite appartient à la catégorie des cirrhoses d'origine épithéliale. Les lésions interstitielles ont, en effet, leur point de départ autour des tubuli et non autour des vaisseaux. Sur la coupe d'un rein ainsi altéré, on constate d'une part la dilatation d'un certain nombre de tubuli, surtout dans la substance corticale, et ces tubuli sont tapissés d'un épithélium cubique, d'autre part une sclérose diffuse ayant comme étouffé un certain nombre de tubuli. Les glomérules restent intacts, tandis que la capsule de Bowmann s'épaissit et se dilate. Ces lésions histologiques existaient très nettement sur le rein atrophié par ligature ancienne de l'uretère que nous avons pu examiner.

Pour terminer ce qui a trait à cette étude anatomopathologique, nous aurions à décrire les lésions de l'hydronéphrose et du rein kystique, conséquence de l'oblitération lente des uretères. Ces lésions sont assez connues pour qu'il n'y ait pas lieu d'y insister.

Comme les uretères et les bassinets, les cavités du rein peuvent se laisser distendre quand l'obstacle à la sécrétion s'établit lentement. C'est par le degré de cette distension que le rein atrophié par hydronéphrose se distingue du rein atrophié sans hydronéphrose, mais le résultat et la lésion histologique sont les mêmes dans les deux cas.

3° *De l'urémie dans l'anurie par occlusion des uretères.*

Les malades atteints d'anurie calculeuses ou d'anurie par cancer de l'utérus meurent d'urémie. L'existence de cette complication ultime est incontestable cliniquement;

l'algidité, l'intolérance gastrique et les vomissements, la
somnolence et le délire, les convulsions et le coma appartiennent bien à ce syndrome, aboutissant commun de
toutes les altérations graves des reins. Du reste, les faits
d'anurie expérimentale par extirpation des reins ou par
ligature des uretères donnent naissance à cette même complication ; il y a donc lieu de rapprocher les faits cliniques
et expérimentaux pour en déduire les conséquences posi-
tives de la suppression d'urine.

Nous ne pouvons que rappeler ici les noms de Prévost et
Dumas, Vauquelin et Segalas, Mitscherlich, Tiedmann et
Gmelin qui, a la suite d'extirpation des reins chez les animaux, ont constaté la surabondance de l'urèe dans le sang.
Marchand voulant éviter la mort rapide des animaux,
conséquence de l'extirpation des reins, eut recours, pour
déterminer la suppression de la sécrétion urinaire, à la
destruction des nerfs des deux reins par la ligature de
leurs artères. Il y eut anurie absolue et retention d'urée
dans le sang (L'expérience 1838). Nysten avait déjà (1811)
démontré la présence de l'urée dans les liquides hydropiques et dans les vomissements de l'ischurie.

Mais il faut arriver aux belles recherches de Cl. Bernard
et Barreswill (1847) pour trouver des notions plus précises sur la présence de l'urée dans le sang et les liquides
de l'économie à la suite de la suppression d'urine par extirpation des reins. Les premiers ils mirent en évidence la
fonction supplémentaire de la muqueuse du tube digestif
dans cette anurie absolue. Les sécrétions intestinales et
surtout gastriques, disent-ils, augmentent considérablement de quantité et changent de type, c'est-à-dire, qu'au
lieu de ne se former que dans le moment du travail digestif et de rester intermittentes, ces sécrétions se produi-

sent, comme le ferait l'urine, d'une manière continue, aussi
bien pendant le jeûne que pendant la digestion ; de plus ces
sécrétions renferment de l'ammoniaque sous forme de
combinaison saline, ammoniaque qui résulte des transformations de l'urée au contact de sucs intestinaux ; parfois
aussi les vomissements des animaux néphrotomisés
renferment de l'urée. Puis, à un moment donné, cette
élimination supplémentaire cesse ; cette suppression coïncide avec une aggravation dans l'état général des chiens
en expérience qui deviennent faibles et languissants, et,
c'est à ce moment seulement que l'urée commence à
s'accumuler dans le sang. L'état d'affaiblissement des
animaux indique bien plus que le temps écoulé depuis
l'expérience que l'excrétion supplémentaire ne se fait plus
par l'estomac, qu'il y a rétention d'urée dans le sang. Les
mêmes accidents s'observent chez les animaux à la suite
de la ligature des uretères et, comme l'a fait remarquer
M. Gréhant, l'ablation des reins et la ligature des uretères
sont deux opérations identiques.

Ainsi, élimination supplémentaire par l'estomac, puis
débilitation progressive et rétention d'urée dans le sang,
tels sont pour Claude Bernard et Barreswill les conséquences de la suppression d'urine. Ces résultats de l'expérimentation répondent d'une manière générale aux faits
cliniques. En ce qui concerne tout d'abord les éliminations
supplémentaires, la présence de l'urée ou de l'ammoniaque a été maintes fois constatée dans les vomisssements
et les selles des urémiques par maladie de Bright. Debove
et Dreyfous ont observé le même fait dans le cas d'anurie
par cancer de l'utérus qu'ils ont pu suivre pendant une
longue période. L'urée existait dans les vomissements et
les garde-robes de cette malade, bien qu'en quantité mi-

nime. Le même produit se trouvait en proportion plus grande dans la salive obtenue après une injection de nitrate de pilocarpine ; il y eut 400 gr. de salive excrétée, contenant 5 gr. d'urée pour 1000. Indépendamment de ces éliminations supplémentaires par les voies digestives et les glandes salivaires, plusieurs observations signalent des éliminations du même genre par la sueur, et, de fait, les sueurs sont abondantes dans certains cas d'anurie calculeuse ; mais jusqu'a présent les produits de cette sécrétion n'ont pas été analysés chimiquement. On a bien signalé la présence de cristaux d'urée à la surface de la peau, l'odeur urineuse des sueurs, mais ces remarques manquent de preuve scientifique.

Quant à la rétention d'urée dans le sang, elle était très notable dans l'observation de Debove et Dreyfous, puisque le vingtième jour, l'analyse donnait 4 gr. 4 d'urée par litre de sang, « proportion énorme, disent ces auteurs, si l'on se rappelle que, d'après Gréhant, le chiffre normal est de 0,189 pour 1000 et que le plus élevé qu'ait observé le même auteur, dans ses expériences de néphrotomie, a été celui de 2 gr. 76. C'est que notre malade a pu survivre vingt-quatre jours après le début de l'anurie, tandis que les animaux succombent quelques jours ou quelques heures seulement après la ligature des uretères ou la néphrotomie. » Enfin l'urée existe dans les viscères après la mort. Dans le même fait, le foie en renfermait 0 gr. 365 pour 1000, le cerveau, 1 gr. 727 (1).

(1) Récemment Moret et Ortille ont constaté sur des chiens ayant subi la ligature des deux uretères que le sang renfermait du carbonate d'ammoniaque, mais que son existence dans ce liquide était postérieure à sa présence dans le tube digestif. Le carbonate d'ammoniaque se formerait donc dans l'intestin résultant des transformations qu'y

La concordance que donne l'analyse chimique des tissus et des humeurs dans la comparaison de l'anurie expérimentale et de l'anurie clinique se poursuit dans les symptômes. Cl. Bernard fait remarquer que lorsque les éliminations supplémentaires cessent, quand l'urée s'accumule dans le sang, les animaux deviennent faibles et languissants. C'est aussi le fait des malades atteints d'anurie calculeuse ou autre ; chez eux, les accidents terminaux consistent pour une bonne part dans cet affaiblissement progressif qui les rend incapables du moindre effort et indifférents à tout ce qui se passe autour d'eux : cette sorte de torpeur est accompagnée d'algidité comme chez les animaux. Ces phénomènes indiquent un trouble profond de la nutrition, un arrêt progressif des combustions organiques. Comme le font remarquer Debove et Dreyfous, si dans un foyer les cendres ne sont pas enlevées, la combustion sera ralentie. C'est ce qui se passe dans l'anurie et l'urémie. Ces mêmes idées ont été développées par MM. Vulpian (1) et Bouchard (2) et reprises par Huti-

---

subit l'urée et serait ensuite résorbé dans le sang. Celui-ci n'a pas les caractères du sang asphyxique, sa capacité respiratoire n'est pas diminuée et l'oxygène qu'il contient paraît augmenté contrairement à ce que l'on pourrait croire.

(1) Dans les maladies des reins, l'excrétion des matériaux de désassimilation ne se fait pas et la nutrition souffre parce que la rétention des produits désassimilés l'entrave. Ce ne sont ni l'urée, ni les matières extractives prises isolément qui causent les accidents de l'urémie, c'est un trouble de la nutrition de tous les tissus, consécutif à la viciation du sang. (Cours inédit, 1872, cité par Hutinel.)

(2) Qu'une maladie du rein s'oppose à l'élimination des matières excrémentitielles, ces dernières s'accumulent dans le sang et secondairement dans les sucs qui baignent les éléments anatomiques. Il s'établit un équilibre dans la proportion des matières excrémentitielles en dehors et à l'intérieur des éléments, les conditions physiques de la diffu-

neï (1) qui, avec les auteurs précédents, attribue l'algidité de l'urémie « au ralentissement des combustions intimes et non à l'action plus ou moins hypothétique de tel ou tel produit toxique à l'exclusion des autres. »

L'urémie lente, progressive, telle qu'on l'observe dans l'anurie, est donc surtout une cachexie, une cachexie urinaire pour employer le terme que M. Guyon applique à l'état général qui s'observe chez les vieux urinaires atteints de complications rénales graves. La nutrition étant entravée, la vie s'éteint et la mort est précédée de cet affaiblissement caractéristique, de cette torpeur morale et physique qui annonce un arrêt de toutes les fonctions organiques. Puis dans les derniers moments, quelques convulsions partielles, parfois un peu de délire sont la conséquence de l'accumulation dans le sang de produits de combustion imparfaits, peut-être de l'urée. Ce sont des accidents toxiques tour à tour attribués à la présence dans les liquides de l'économie de l'urée, du carbonate d'ammoniaque, de la créatine, accidents complexes dont la cause intime est encore l'objet de contestations, mais qui certainement n'entrent que pour une part assez faible dans les symptômes ultimes de l'anurie.

L'occlusion des uretères ne s'opposant pas seulement à l'élimination de l'urée et des matériaux extractifs de l'urine,

sion sont supprimées, la transmutation expulsive s'arrête. C'est alors que l'analyse chimique des organes fournit des quantités considérables de matières extractives. Mais c'est alors aussi que vous observez pendant la vie ces abaissements parfois énormes de la tempéra.ure de l'organisme, indices de la diminution des oxydations intra-cellulaires et la mort résulte souvent de l'hypothermie autant que de l'intoxication. (Bouchard. Cours inédit, cité par Debove et Dreyfous.)

(1) Hutinel. Des températures basses centrales. Th. agrég. Paris, 1880.

mais à l'expulsion au dehors de l'eau en excès dans le sang, l'on peut se demander si la pléthore aqueuse ne joue pas un certain rôle dans les manifestations de l'anurie.

Cette pléthore aqueuse, si elle existe, a certainement une limite. Il ne faut pas oublier en effet que les vomissements et l'intolérance gastrique presque absolue de l'anurie ont pour résultat d'empêcher la surcharge excessive du système circulatoire ; d'autre part, alors même que les urines sont supprimées, que les sueurs elle-mêmes cessent de se produire par le fait d'une sympathie morbide encore inexpliquée, l'excès d'eau de l'économie possède encore deux émonctoires importants dont l'efficacité demanderait à être appréciée à l'aide des procédés exacts que l'on a appliqués à l'élimination stomacale : l'exhalation cutaée et l'exhalation pulmonaire.

Un fait négatif plaidé certainement contre l'intervention de la pléthose aqueuse dans l'anurie ; c'est l'*absence d'œdème ou du moins sa rareté* et son faible développement. L'œdème existe quelquefois et dès le début, mais le plus souvent il manque ou est à peine appréciable. Or la surabondance d'eau dans le sang rendrait inévitable cette complication, car elle réunirait les deux conditions principales qui déterminent les hydropisies, la dyscrasie et la réplétion exagérée des vaisseaux. L'anurie n'est pas accompagnée d'œdème, parce que le sang n'est pas modifié dans sa composition par les pertes incessantes d'albumine qu'entraînent les néphrites ; parce que d'autre part les éliminations supplémentaires et l'intolérance stomacale s'opposent à la surcharge du système circulatoire.

L'œdème, quand il se produit exceptionnellement dans l'anurie est probablement le fait d'une stase veineuse favorisée par des altérations antérieures des vaisseaux ou

des reins. Cette stase veineuse existe sans doute à un certain degré dans tous les cas (nous avons observé à plusieurs reprises, chez les animaux morts d'anurie par ligature des uretères, la dilatation du cœur droit et la distension exagérée du système cave), mais elle est insuffisante à
elle seule pour donner lieu à de l'hydropisie.

# DEUXIÈME PARTIE

## De l'anurie dans les néphrites et les maladies des reins.

L'anurie qui se produit dans certaines maladies des reins, en particulier dans les néphrites, trouve sa place immédiatement après l'étude des anuries par obstruction. La suppression d'urine n'est plus comme dans celle-ci le résultat de l'imperméabilité de l'uretère, mais elle est, pour une part du moins, la conséquence de l'imperméabilité des tubuli du rein, c'est-à-dire du parenchyme rénal lui-même.

Deux conditions en effet paraissent nécessaires pour qu'une lésion rénale détermine de l'anurie vraie. Il faut tout d'abord que cette lésion soit étendue, diffuse, de manière à intéresser tout l'appareil sécréteur de l'urine. Mais cela ne suffit pas ; la pathologie des reins abonde en exemples de néphrites graves, d'altérations profondes et généralisées de ces organes accompagnées, il est vrai, d'une diminution notable dans la formation de l'urine, mais non d'une suppression absolue de cette sécrétion. Comment comprendre dès lors l'anurie qui survient accidentellement dans les maladies des reins sans l'intervention d'une cause surajoutée, probablement étrangère à l'altération rénale primitive et achevant ce que celle-ci a commencé ?

## Des causes de l'anurie dans les néphrites.

La suppression d'urine dans les néphrites est un accident tellement exceptionnel que l'on est tout naturellement
amené à se demander quelles sont les conditions toutes
spéciales qui lui donnent naissance avant d'en étudier les
conséquences et la signification clinique.

Il faut remarquer tout d'abord que l'anurie appartient
en propre aux lésions diverses qui intéressent l'épithélium
rénal ; c'est en effet dans les néphrites parenchymateuses
aiguë et chronique que ce symptôme a été plutôt observé.
Il marque quelquefois le début de la néphrite parenchymateuse aiguë et cela surtout chez l'enfant. Rilliet et
Barthez insistent sur cette suppression d'urine initiale de
la néphrite aiguë de l'enfance ; Bartels considère même que
l'anurie des néphrites ne s'observe que dans le jeune âge.
Mais cette condition étiologique n'est pas suffisante ; il faut
de plus que le début de la maladie soit accompagné de
phénomènes généraux intenses, de fièvre, de vomissements, de diarrhée, qui contribuent pour leur part à réduire
la quantité des urines. Enfin les néphrites aiguës peuvent
rapidement donner lieu à quelque complication, pleurésie,
péricardite, péritonite qui, augmentant l'état fébrile et
peut-être troublant profondément l'innervation des reins,
interrompent complètement la sécrétion urinaire.

Ainsi néphrite grave par elle-même et aggravée par des
phénomènes généraux fébriles ou quelque complication,
telles nous paraissent être les conditions pathogéniques de
l'anurie dans les maladies du rein. Dès lors l'on comprend
facilement comment certaines maladies générales, comme
la scarlatine, comme la diphthérie, comme l'ictère grave où

les reins peuvent être profondément altérés, donnent lieu
à de l'anurie. Parmi ces maladies, la scarlatine mérite une
mention spéciale. L'anurie scarlatineuse est en général
liée à la néphrite qui complique la convalescence de cette
maladie ; elle est le fait d'une néphrite aiguë très analogue
à la néphrite aiguë primitive.

L'anurie peut également être observée dans la néphrite
parenchymateuse chronique, dans la maladie de Bright.
Mais, tandis que la suppression d'urine se produit en quelque sorte d'emblée dans la néphrite aiguë, elle constitue
plutôt dans le mal de Bright un accident ultime dû lui-
même à une aggravation de la maladie. L'apparition simultanée de la diarrhée et des vomissements urémiques
pourrait faire penser que ces évacuations anormales diminuent d'autant la quantité des urines ; mais d'autre part
cette élimination supplémentaire est déjà, comme on le
sait, la conséquence de la suppression de l'émonctoire
rénal. Quelquefois c'est à la suite d'une complication fébrile que les urines se suppriment complètement. Notre
observation qui a trait à une anurie, avec urémie survenue
à la suite d'une pneumonie du sommet chez un vieux saturnin, nous paraît être la confirmation de cette donnée
étiologique.

Cette influence d'une complication fébrile sur d'anciennes
lésions rénales s'observe dans d'autres circonstances, en
particulier chez les vieux scrofuleux. Notre excellent
maître, M. le Dr Ernest Besnier, a fréquemment attiré notre
attention sur ce fait à l'hôpital, St-Louis, où l'on peut suivre
ce genre de malades : tout mouvement fébrile détermine
chez eux l'apparition de l'albumine dans les urines ou son
exagération s'ils sont albuminuriques habituellement,
comme cela est assez fréquent. Il est donc probable que la

fièvre, par l'hyperémie qu'elle détermine du côté des reins, comme du côté des autres organes, exagère des lésions qui restent latentes à l'état normal. De même elle peut produire chez un vieux brightique une aggravation telle des lésions rénales que toute sécrétion d'urine est désormais impossible.

Enfin, pour terminer ce qui concerne l'anurie dans les néphrites, nous devons dire que ce symptôme a été également observé dans les périodes graves et ultimes de la néphrite chirurgicale, c'est-à-dire de la néphrite interstitielle aiguë, qui n'est autre qu'une néphrite suppurée avec ou sans pyélite.

Rayer qui insiste beaucoup sur l'ischurie de la néphrite simple aiguë considère que la suppression d'urine appartient surtout à deux de ses complications : la suppuration et la gangrène. Cependant l'anurie n'est pas constante dans la néphrite suppurée ; bien loin de là, elle ne se montre que dans des conditions exceptionnelles. D'après M. Lécorché, elle apparaît lors des exacerbations de la néphrite et coïncide alors avec une augmentation des douleurs lombaires avec une accélération du pouls et l'élévation de la température cutanée. On a vu l'anurie survenir immédiatement après une opération de taille chez un malade atteint depuis deux ans d'accès fébriles faisant supposer des complications inflammatoires du côté de la vessie ou des reins (Malherbe). On l'a signalée également à la suite d'un cathétérisme chez un homme atteint de cystite chronique (Girard). Enfin, même sans cause appréciable, les urines, déjà très diminuées dans le cours d'une pyélo-néphrite suppurée, peuvent se supprimer complètement dans les derniers jours de la maladie.

Les conditions qui déterminent la suppression d'urine

dans les néphrites chirurgicales sont du reste complexes.
M. Guyon (1), qui n'a jamais vu la quantité des urines tomber au-dessous de 250 grammes par vingt-quatre heures, signale les trois causes suivantes d'oligurie : 1° un ensemble de lésions graves et fort avancées dans leur évolution ; 2° les accès de fièvre ; 3° les manœuvres chirurgicales et l'approche de la mort. Du reste, la diminution des urines à la suite des manœuvres chirurgicales serait très souvent liée aux accès de fièvre qu'elles déterminent.

Roberts (2) cite des cas d'anurie totale à la suite de simple cathétérisme, anurie de trente-six et même de cinquante-quatre heures, avec vomissements, frissons et collapsus. Dans ces faits empruntés à Thompson et à Fayrer, les voies urinaires étaient intactes et l'on ne constata à l'autopsie qu'une simple congestion des reins. La mort est trop rapide dans ces cas pour être attribuée à l'anurie ; celle-ci est le résultat du collapsus, dû lui-même à une perturbation nerveuse.

L'anurie serait plus constante dans la néphrite aiguë compliquée de gangrène, terminaison du reste bien rare. « La céphalalgie, la douleur des lombes et l'ischurie sont les trois symptômes dont parle Fabrice de Hilden dans l'histoire de la maladie de son fils, qui mourut d'une inflammation rénale terminée par la gangrène. Houllier n'indique que la suppression d'urine dans un cas où un homme qui n'avait qu'un seul rein fut frappé d'une inflammation gangréneuse de cet organe (3). »

M. Lécorché cite quelques autres cas d'anurie liés à la

(1) Guyon. Leçons cliniques sur les maladies des voies urinaires, 1881, p. 402.
(2) Roberts. Loc. cit.
(3) Rayer. Loc. cit., t. I, p. 340.

Merklen.                                                        6

néphrite gangréneuse. Nous en rapportons une observation personnelle ; la gangrène dans ce cas était secondaire
et s'était ajoutée à une pyélo-néphrite suppurée ; malheureusement l'origine de cette complication n'a pas été déterminée.

En résumé, dans la pyélo-néphrite suppurée comme
dans les néphrites parenchymateuses, l'anurie paraît être
une complication plutôt qu'un symptôme, et cette complication est sous la dépendance d'un état général grave,
d'une poussée fébrile nouvelle qui exaspère la lésion rénale et trouble la sécrétion urinaire.

### De la valeur séméiologique et des conséquences de l'anurie dans les néphrites.

Les quelques considérations étiologiques qui précèdent
permettent déjà de faire une distinction entre l'anurie
initiale et l'anurie ultime des néphrites.

L'anurie initiale s'observe surtout dans la néphrite parenchymateuse aiguë dont elle est quelquefois le premier
symptôme chez l'enfant. Cette anurie peut durer deux et
trois jours, interrompue seulement à de rares intervalles
par l'émission de quelques gouttes d'une urine fortement
albumineuse. Elle coïncide avec quelques phénomènes généraux inquiétants : la fièvre, une dyspnée continue avec
accès paroxystiques, des vomissements et de la diarrhée,
quelquefois de l'amblyopie ; puis elle cède pour faire place
à une sécrétion d'urine toujours inférieure à la normale,
mais suffisante pour n'exercer aucune influence sur la
marche de la néphrite.

Cette anurie peut être de plus longue durée à la suite de

la scarlatine. Quelques rares observations dont la plus
ancienne est due à Willan prouvent que l'anurie scarlatineuse peut se prolonger assez pour déterminer la mort au
milieu des phénomènes comateux et convulsifs de l'empoisonnement urémique. Rien de plus variable du reste que
la marche de ces anuries scarlatineuses. Roberts a rapporté l'histoire d'un enfant mort d'anurie à la suite de la
scarlatine avec péricardite et accidents urémiques et chez
lequel les quelques gouttes d'urine recueillies ne renfermaient pas d'albumine; le microscope permettait par
contre d'y constater l'existence de cylindres et de débris
épithéliaux; l'anurie chez ce malade n'était pas accompagnée d'hydropisie. L'œdème fit également défaut chez cet
enfant guéri d'une anurie scarlatineuse de dix jours dont
l'observation est due à Pisano. Malgré la longue durée de
la suppression d'urine, ce malade n'eut d'autres accidents
que des sueurs abondantes, de la constipation, des vomissements après l'ingestion de boissons. La guérison fut
annoncée par l'émission d'un verre d'urine rougeâtre, albumineuse, renfermant des cylindres et des globules sanguins altérés. Enfin l'on ne peut citer qu'avec les plus
grandes réserves l'observation singulière de Whitelaw où
il est question d'une anurie de vingt-cinq jours survenue
trois mois après une scarlatine, anurie interrompue seulement le treizième jour par une rémission insignifiante et
qui ne donna lieu qu'à un peu de céphalalgie, un peu d'œ-
dème des membres inférieurs; l'enfant guérit sans avoir
présenté à aucun moment de l'albumine dans ses urines.

Ces quelques faits prouvent combien la question de l'a-
nurie scarlatineuse est complexe et obscure. L'absence
d'albuminurie dans les uns, d'hydropisie dans la plupart
tendent à faire supposer qu'il ne s'agit pas là des simples

lésions rénales de la néphrite et que quelque cause mécanique ou fonctionnelle non connue doit contribuer à supprimer la sécrétion de l'urine.

L'anurie peut survenir à une période plus avancée de la
néphrite parenchymateuse aiguë, quelquefois comme phénomène ultime, soit sous l'influence de poussées aiguës nouvelles, soit sous l'influence d'une hématurie abondante,
comme nous l'avons observé chez un malade du service de
notre cher maître M. Millard. L'anurie dans ce cas avait
été precédée de l'émission d'une urine fortement sanguinolente et, comme nous le verrons tout à l'heure, elle était
due à un véritable engouement sanguin des tubuli du rein.
Bartels, qui a constamment observé la suppression d'urine
comme phénomène ultime dans les néphrites aiguës parenchymateuses terminées par la mort, signale ce fait que les
quelques gouttes d'urine rendues après de longues périodes d'anurie sont sanguinolentes.

Il résulte de ce court exposé que l'anurie dans la néphrite aiguë peut exister à l'état d'un simple symptôme
ou au contraire devenir l'origine d'accidents urémiques
mortels, notamment à la suite de la scarlatine. Toujours
elle donne lieu à une gêne respiratoire notable, à une véritable dyspnée avec paroxysmes. Chez deux de nos malades
elle était accompagnée d'un bruit de galop du cœur semblable à celui signalé par M. Potain dans la néphrite interstitielle; chez l'un d'eux, jeune garçon atteint de trois
jours d'anurie au début de sa maladie, le bruit de galop
s'est montré dès les premiers moments de la suppression
d'urine pour cesser avec elle; chez notre autre malade mort
après quelques jours d'anurie par hématurie rénale, l'autopsie a permis de constater une hypertrophie considérable
du ventricule gauche, comparable à celle du petit rein

contracté, sans que l'examen histologique des reins révélât autre chose qu'une néphrite parenchymateuse aiguë (1).

(1) Dans sa thèse sur le bruit de galop dans l'hypertrophie simple du cœur (Paris, 1875), Exchaquet signale des faits de néphrite aiguë avec bruit de galop assez semblables au nôtre. Cependant la coïncidence de l'anurie et de ce signe sthétoscopique n'a pas encore été signalée. Faut-il y voir la conséquence d'une argumentation de cette tension sanguine exagérée à laquelle Mahomed rapporte à la fois les modifications du pouls, des bruits du cœur et l'albuminurie. (Médico-chirurg. Transaction, 1874.)

Pour donner quelque crédit à cette hypothèse, il faudrait tout d'abord prouver que l'anurie donne lieu à une augmentation de la pression sanguine. Or, il résulte d'une expérience que notre ami M. François Franck a bien voulu faire sur notre demande que l'anurie par ligature des uretères, la plus simple à produire expérimentalement, loin d'élever la pression du sang dans les artères, détermine un abaissement progressif de cette pression.

Ce fait paraît tout d'abord en contradiction avec les recherches de Borel sur les troubles de l'appareil circulatoire produite par l'oblitération des artères rénales (Prag. Vierteljahrsch., 1875). D'après ce physiologiste, la compression des artères rénales détermine une élévation de la pression sanguine, à condition toutefois que l'on injecte au préalable de l'eau salée dans la veine saphène externe, de manière à augmenter la masse totale du sang. Il semble que dans l'anurie, quelle que soit sa cause, ce même résultat doive se produire ; mais ainsi que nous l'avons vu plus haut, le trop plein du système circulatoire s'accumule dans le système veineux où il détermine de la stase sanguine et l'on comprend dès lors que la pression dans le système artériel doive être diminuée plutôt qu'augmentée.

Le même auteur attribue l'hypertrophie du ventricule gauche à cette augmentation de la quantité du sang résultant de la diminution de la sécrétion urinaire. Nous n'oserions trop invoquer cette explication pour le fait d'hypertrophie ventriculaire gauche que nous avons ob-servé ; il est difficile d'admettre qu'une lésion aussi considérable puisse se constituer après deux à trois semaines de troubles de la sécrétion urinaire. Nous avons cherché, comme M. Ollivier l'avait déjà fait, à reproduire expérimentalement l'hypertrophie du cœur d'origine rénale par la ligature des uretères, c'est-à-dire par l'anurie ; nos expériences ne nous ont pas donné de résultats concluants.

Notre attention a été appelée dans deux cas sur une éruption particulière que présentaient des malades atteints de néphrite avec anurie. Il s'agit d'une sorte de roséole, d'éruption de macules érythémateuses siégeant sur le thorax et l'abdomen, dont la coïncidence avec la suppression d'urine nous a paru nette chez nos deux malades. Elle existait chez ce jeune garçon dont il vient d'être question atteint d'anurie au début de sa néphrite avec bruit de galop passager. Nous avions observé ces mêmes taches rosées, irrégulières, donnant à la peau un aspect marbré chez un malade pris presque subitement d'anurie à la fin d'une pneumonie grave, et mort d'urémie après plusieurs jours de suppression d'urine. Notre maître et ami M. Quinquaud à qui nous faisions part de ces faits nous a dit qu'il avait observé à plusieurs reprises des éruptions du même genre et nous a communiqué une observation où la relation des manifestations cutanées et des troubles de la sécrétion urinaire est très évidente. Dans ce cas l'éruption était à la fois érythémateuse et papuleuse ; elle s'était montrée à deux reprises et les deux fois à l'occasion de poussées aiguës dans le cours d'une néphrite, poussées caractérisées par une diminution très marquée de la sécrétion urinaire. Cette éruption coïncidait donc, comme dans nos observations, avec le maximum des troubles urinaires (1).

(1) Nous avons signalé plus haut quelques faits d'éruption prurigineuse dans l'anurie calculeuse, dans un cas une sorte d'éruption érysipélateuse généralisée. Ces faits sont à rapprocher des éruptions rubéoliques dans les néphrites avec anurie. Une observation de Rosenstein mérite également d'être résumée ici ; cet auteur rapporte, dans son Traité des maladies des reins, l'histoire d'un malade atteint de néphrite suppurée avec ischurie et accidents nerveux qui fut atteint vers la fin de sa maladie d'un exanthème rubéolique de toute la partie supérieure du corps. Rosenstein en fut si surpris que, même après l'au-

Faut-il ranger ces éruptions dans la classe des éruptions toxiques et les rapporter à l'urémie, ou au contraire les rattacher à des poussées congestives se faisant du côté de la peau sous l'influence de la diminution ou de la suppression des urines? Leur nature simplement érythémateuse plaide en faveur de cette manière de voir.

L'anurie peut apparaître comme phénomène ultime dans le cours d'une néphrite parenchymateuse et souvent alors, ainsi que nous l'avons dit, elle est le résultat d'une complication. Plusieurs cas de ce genre sont rapportés dans la thèse de Pitou dit Balme. Quelquefois les urines se suppriment deux ou trois jours avant la mort, alors que commencent les vomissements urémiques incessants et le malade succombe rapidement dans une crise d'éclampsie. Dans cette première catégorie de faits l'anurie vient s'ajouter aux symptômes graves d'une maladie de Bright à sa dernière période et l'organisme déjà profondément détérioré est hors d'état de résister à cette intoxication suraiguë.

D'autres fois la néphrite était restée latente et c'est une complication fébrile qui en exagérant les lésions jusque-là silencieuses a supprimé brusquement la sécrétion urinaire sans laisser à la maladie rénale le temps de se révéler par ses symptômes habituels. C'était le cas de ce malade dont nous rapportons l'histoire et qui mourut après une anurie de sept jours survenue à la suite d'une pneumonie. Chez cet homme la suppres-

topsie négative au point de vue des lésions intestinales, il hésitait entre le diagnostic de fièvre typhoïde et d'urémie.

M. Landrieux (communication orale) a observé de l'urticaire chez une malade atteinte d'anurie par obstruction cancéreuse des uretères.

La relation des éruptions cutanées et des lésions rénales est établie dans une courte note de M Quinquaud (Tribune médicale, 1880).

sion d'urine donna lieu très rapidement à de l'algidité et à des vomissements répétés. De 38°, la température était descendue en une nuit à 35,9. En même temps il existait une prostration profonde avec hyperesthésie des cuisses et de l'abdomen. Dès le quatrième ou cinquième jour de l'anurie l'on constatait quelques soubresauts des tendons sans trouble de l'intelligence mais avec un état d'aphasie, d'indifférence profonde. Pendant les trois derniers jours, la température était moins basse ; le malade urinait de 100 à 200 grammes d'urine par jour, les vomissements avaient cessé et la diarrhée primitive était remplacée par de la constipation ; c'est à ce moment que parut l'éruption rubéolique dont nous avons parlé tout à l'heure. L'état s'aggravait néanmoins ; les lèvres et la langue devenaient sèches et fuligineuses ; le malade était dans un état de somnolence continuelle ; la mort survint le huitième jour de l'anurie dans une crise convulsive. L'autopsie permit de constater les lésions de la néphrite mixte, telles qu'on les observe assez souvent chez les saturnins : reins petits, granuleux ; substance corticale diminuée d'épaisseur mais jaunâtre. On peut supposer que cet homme, autrefois sujet à des accidents de plomb, était atteint d'une néphrite interstitielle latente que la pneumonie a compliquée en y ajoutant les lésions épithéliales de la néphrite parenchymateuse.

Par sa marche et sa durée cette anurie terminale d'une néphrite parenchymateuse se rapproche de l'anurie par obstruction des uretères. C'est cet état pathologique spécial distinct de la banale néphrite Brightique qui le plus souvent finit par urémie lente après de longs mois d'hydropisie et d'accidents de toute espèce. Mais, il faut bien le dire, les observations d'anurie prolongée à la fin des

néphrites sont d'une rareté extrême et les auteurs classiques ne signalent pas ou ne font qu'indiquer en passant
cette complication.

Nous n'avons que peu de chose à dire de l'anurie dans
la pyélo-néphrite chirurgicale. La suppression d'urine est
dans ce cas un symptôme rare et accessoire et l'état général
qui l'accompagne est le fait d'une septicémie ou d'une profonde perturbation nerveuse plutôt que de l'urémie. La
cause et la nature de cette anurie sont nettement indiquées
par les caractères des urines sécrétées avant la suspension
de la sécrétion urinaire. Ces urines sont purulentes, quelquefois fétides, sentant l'eau de fumier, comme l'a dit
Rayer, quand la gangrène vient s'ajouter aux abcès des
reins. C'est dans le pyélo-néphrite surtout que l'anurie
est un symptôme ultime annonçant généralement la mort
à bref délai.

### Des lésions rénales qui déterminent l'anurie.

Ainsi que l'on peut s'en rendre compte, en se reportant
aux données étiologiques de l'anurie dans les néphrites,
les conditions qui donnent naissance à ce symptôme sont
complexes et ne sont qu'incomplètement fournies par l'anatomie pathologique. Nous devons cependant rechercher
jusqu'à quel point les lésions rénales peuvent s'opposer à
la sécrétion de l'urine.

Pour une question de ce genre, on ne peut accepter sans
contestation les assertions des anciens auteurs. Tout récemment M. Cornil insistait sur ce fait que des reins d'apparence normale peuvent présenter à l'examen histologique des lésions de néphrite très manifestes et d'une inten-

sité assez grande pour produire de l'anurie. Et dès lors les observations anciennes de Willan et d'Abercombie, observations réunies sous la rubrique d'ischurie rénale considérée par ces auteurs comme une sorte d'entité morbide, peuvent à la rigueur être rapportées à l'inflammation du parenchyme rénal, bien que l'intégrité des reins y soit formellement mentionnée (1). Cependant il est bon pour l'interprétation pathogénique de la suppression d'urine dans les néphrites, de ne pas recourir à ces observations qui comprennent des anuries de causes très diverses et de rechercher dans l'anatomie pathologique des maladies inflammatoires des reins, telle que nous la connaissons aujourd'hui, les conditions qui peuvent favoriser la suspension plus ou moins complète de la sécrétion urinaire.

Deux interprétations ont été successivement proposées. Pour Klebs, l'anurie serait liée à la prolifération du tissu conjonctif, ayant pour résultat la compression du système vasculaire de cette région, d'où suppression de la sécrétion. C'est pour cette raison que l'anurie serait surtout observée dans la néphrite scarlatineuse, caractérisée d'après Traube et Klebs par des lésions spécialement localisées dans les glomérules du rein, d'où les dénominations de néphrite capsulaire (Traube), de glomérulo-néphrite (Klebs). Mais, d'après M. Charcot, ces lésions seraient douteuses et l'existence du tissu conjonctif du glomérule ne serait rien moins que démontrée. La néphrite scarlatineuse est considérée aujourd'hui comme une néphrite

(1) Billard, frappé de la coïncidence de la suppression d'urine et des symptômes cérébraux dans les observations de Willan, avait cru devoir rattacher à la néphrite la maladie décrite sous le nom d'ischurie rénale. Rayer, se basant sur l'intégrité des reins dans le seul cas où l'autopsie fut faite, dit que cette interprétation de Billard ne peut être admise. Les récentes données de l'histologie donnent raison à Billard.

mixte où prédominent, il est vrai, la prolifération aiguë du tissu conjonctif interstitiel du rein, mais où les altérations sont diffuses et ne présentent pas cette topographie précise qu'avait indiquée Klebs (1).

Il est plus logique et plus vrai de rechercher dans les lé-- sions épithéliales des tubuli du rein les obstacles à la sé- crétion normale de l'urine. Et cependant, comme le fait remarquer M. Lecorché, l'épithélium des reins peut être très altéré, complètement détruit sans que la formation de l'urine soit complètement interrompue. L'anurie est le ré- sultat non de la dégénérescence de l'épithélium, mais de l'accumulation dans les tubuli de détritus épithéliaux qui y déterminent une sorte d'obstruction comparable à celle que nous avons étudiée dans les conduits excréteurs pro- prement dits, dans les uretères. Cette accumulation de pro- duits dégénérés se fait dans les tubuli contorti et elle est favorisée, comme l'indique M. Lecorché, par le retrécisse- ment canaliculaire qui existe à l'union des parties sécré- tante et excrétante des tubes du rein.

L'obstruction des tubes du rein peut être due non seule- ment à leur encombrement par des débris épithéliaux et des cylindres granulo-graisseux ; elle est aussi et même le plus souvent la conséquence de l'intensité des lésions pa- renchymateuses du rein qui, par l'abondance de l'exsudat auquel elles donnent naissance, peuvent produire un véri- table engouement des tubuli. Ces lésions ont été minutieu- sement étudiées par M. Cornil dans la néphrite parenchy- mateuse aiguë et surtout dans la néphrite cantharidienne, par Brault dans la néphrite diphthéritique qui, comme les premières, peut donner lieu à de l'anurie. Elles consistent

(1) Rendu. Des néphrites chroniques. Thèse d'agrégation, 1878.

en une sorte d'exsudation caractérisée d'une part par l'apparition dans les épithéliums des tubuli et en dehors de ces cellules de petites masses claires, arrondies, considérées par M. Cornil comme des boules albumineuses, d'autre part par l'extravasation de globules sanguins que l'on peut voir incorporés tout entiers ou à l'état de fragments dans les cellules épithéliales des tubuli contorti.

Nous avons examiné histologiquement les reins de notre malade, mort d'une néphrite suraiguë avec complications diverses du côté des séreuses; ce malade eut, dans les derniers jours de sa vie, d'abord de l'hématurie, puis de l'anurie presque absolue. Ses reins étaient rouges et doublés de volume ; ils étaient le siège d'un véritable engouement sanguin. Les tubuli des deux portions de l'organe, sécrétante et excrétante, étaient littéralement gorgés de globules sanguins au milieu desquels paraissaient çà et là des boules réfringentes, volumineuses et libres, figurant de véritables vacuoles. Ces mêmes boules se retrouvaient dans l'épithélium des tubuli contorti ; celui des tubes collecteurs et de Bellini était intact. Ces lésions étaient bien la conséquence de ce processus exsudatif signalé par M. Cornil. On peut comparer ce processus à celui de la pneumonie, bien que l'exsudat ne soit pas le même ; l'exsudat occupant tous les tubes sécréteurs du rein, il y a suppression de la fonction urinaire, comme il y a suppression de la fonction respiratoire dans ces pneumonies exsudatives diffuses auxquelles M. Grancher a donné le nom de pneumonies massives.

Ces notions intéressantes éclairent certainement d'un jour nouveau la question encore si obscure des néphrites aiguës. Dans tous les cas, il y a diminution de la quantité des urines résultant de la diminution même de la surface sécrétante; mais cette diminution est de plus en plus marquée et arrive à la suppression complète quand la lésion est d'emblée diffuse et généralisée, ce qui s'observe dans les néphrites à début très aigu et dans les poussées aiguës successives qui se montrent dans le cours de néphrites à marche plus insidieuse.

En résumé, la suppression d'urine dans les néphrites épithéliales est la conséquence d'une véritable obstruction des tubuli du rein. On peut se demander, il est vrai, comment la pression de l'urine constamment sécrétée au niveau des glomérules ne suffit pas pour chasser ces débris épithéliaux et ces exsudats. Bartels pense que l'obstruction des canalicules urinifères déterminant comme premier résultat l'accumulation de l'urine dans les capsules de Bowmann, a pour conséquence d'égaliser les pressions qui existent dans ces capsules et dans les vaisseaux glomérulaires. La pression sanguine devenant égale et même inférieure à la pression de l'urine dans les capsules et les canalicules, toute sécrétion devient impossible.

Si l'anatomie pathologique permet, jusqu'à un certain point, de comprendre le mécanisme de l'anurie dans les néphrites parenchymateuses, elle nous donne des renseignements moins précis sur les causes de l'anurie dans la pyélo-néphrite chirurgicale. Celle-ci, qui est une néphrite interstitielle aiguë, est caractérisée anatomiquement par une abondante formation d'éléments embryonnaires dans le tissu conjonctif interstitiel du rein et finalement par le développement de petits abcès à ce niveau. Ces lésions, bien qu'occupant les deux reins, ne sont pas assez diffuses pour déterminer habituellement l'anurie.

La suppression d'urine dans la néphrite chirurgicale coïncide, comme nous l'avons dit, avec des phénomènes

aigus fébriles, consécutifs ou non à une manœuvre opératoire du côté de l'urèthre ou de la vessie. Ces organes possèdent à l'état pathologique une sensibilité vive et il serait
permis jusqu'à un certain point de mettre en cause les
phénomènes nerveux réflexes qui tiennent sous leur dépendance certaines ischuries. Mais l'élévation de la température, les douleurs lombaires qui se montrent en même temps
permettraient plutôt de rattacher l'oligurie et l'anurie à une
poussée nouvelle et suraiguë, soit de néphrite interstitielle
déterminant à la fois la compression des vaisseaux et des
tubuli du rein, soit de néphrite parenchymateuse ajoutant
des lésions épithéliales aux lésions préexistantes du tissu
conjonctif du rein. D'après M. Lecorché, les abcès du rein
sont le plus souvent accompagnés de néphrite parenchymateuse. Le mécanisme de l'anurie pourrait donc être le même
dans la néphrite chirurgicale que dans les néphrites parenchymateuses ; mais c'est là un point à élucider par de
nouvelles recherches.

Il faut certainement pour ces cas, comme pour les précédents (1), tenir compte de l'état général du malade auquel
Bazy dans ses recherches sur les lésions des reins consécutives aux affections des voies urinaires, rattache l'anurie
terminale des néphrites aigues chirurgicales. Il est incontestable que, dans bon nombre de cas, les complications
fébriles qui amènent la mort peuvent à elles seules diminuer considérablement la sécrétion urinaire déjà ralentie.

*Ischurie goutteuse. Néphrite goutteuse.*

A côté des néphrites, il faut signaler une lésion rare et
mal connue des reins qui peut par un mécanisme très ana-

(1) Bazy. Th. de doct., 1880.

logue à celui que nous avons signalé déterminer l'anurie. C'est l'ischurie goutteuse signalée d'abord par Rayer comme variété spéciale et qui paraît due à une obstruction des tubuli du rein par des concrétions d'acide urique ou d'urate de soude. Ce qui caractérise cette ischurie goutteuse, c'est qu'elle alterne avec les manifestations articulaires de la goutte, qu'elle se termine par l'excrétion d'une urine abondante, rouge, chargée de sédiments presque uniquement composés d'acide urique.

La lésion qui, dans ces circonstances, détermine la suppression des urines consiste en un engouement des canalicules urinifères par des cristaux d'acide urique et d'urate de soude ; dans son cours de cette année, M. Charcot indique ce fait et le rapproche des infarctus des reins étudiés par M. Parrot dans l'athrepsie, lésion qui détermine également une diminution considérable et quelquefois la suppression des urines. Seulement, chez le nouveau-né, l'obstruction des tubes du rein par des cristaux d'acide urique est due surtout à l'abaissement énorme du chiffre de l'eau du sang ; la même lésion anatomique est donc une cause dans un cas, un résultat dans l'autre.

Il paraît démontré que chez les goutteux, l'anurie est quelquefois le résultat de la dégénérescence graisseuse du rein. M. C. Paul a cité à la Société médicale des hôpitaux le cas de Bouley mort d'ischurie goutteuse et dont les reins, examinés par M. Cornil, présentaient une dégénérescence graisseuse de l'épithélium très prononcée. M. Rayer a reproduit une observation de Bricheteau qui peut être rapprochée de ces ischuries goutteuses par dégénérescence graisseuse du rein. C'est l'histoire d'une femme de 45 ans, douée d'un grand embonpoint qui mourut à l'hôpital Necker après dix-huit jours d'anurie et à l'autopsie de laquelle on trouva les deux reins transformés en une masse de graisse, ne présentant plus que quelques vestiges de la substance tubuleuse. Cette observation est signalée par Godard dans son mémoire sur la substitution graisseuse du rein (S. Biol., 1858).

*Anurie par trouble de la circulation rénale.*

Les troubles de la circulation du rein peuvent jouer un certain rôle dans le mécanisme des anuries par lésion du rein ou des uretères. Il n'est question maintenant que des anuries qui sont déterminées par un obstacle à la circulation de l'artère ou de la veine rénale et par un trouble profond de la circulation générale.

1° *Troubles de la circulation artérielle du rein.* — Il est très exceptionnel d'observer des lésions de l'artère rénale capables de diminuer ou de supprimer la sécrétion urinaire. Les embolies de cette artère s'arrêtent rarement dans le tronc principal de ce vaisseau et presque toujours vont oblitérer une de ses branches pour déterminer un infarctus, lésion très localisée du rein sans grande influence sur la quantité des urines (1). Quant aux thromboses, aux lésions des parois de l'artère rénale, ce sont des faits rares, complexes, accompagnant en général des altérations spéciales du rein, qui n'ont rien à faire avec

(1) M. de Brun du Bois-Noir a récemment publié un cas d'anurie avec urémie par infarctus multiples du rein. Malheureusement l'absence d'examen histologique ne permet pas d'affirmer qu'il n'y avait pas dans ce cas néphrite concomitante. France médicale, 1881.

l'anurie. Ainsi l'on peut dire que, sauf dans des conditions
expérimentales que nous aurons à rappeler tout à l'heure,
il n'existe pas d'anurie liée à un rétrécissement ou à une
oblitération des artères rénales.

2° *Troubles de la circulation veineuse du rein.* — Il n'en
est pas de même des oblitérations de la veine rénale qui
ont été observées dans diverses circonstances, et qui sont
dues à une thrombose. Cette altération a été surtout étudiée par MM. Parrot et Hutinel (1) dans l'athrepsie aiguë
des nouveaux-nés ; elle est due alors à l'altération profonde de la crase sanguine. Cette thrombose des veines rénales détermine inévitablement l'oligurie et même l'anurie
complète ; mais c'est là ordinairement un phénomène ultime qui peut passer inaperçu dans le tableau de l'athrepsie de l'enfance.

On peut observer encore d'après M. Lancereaux (2), à côté
de ces thromboses qu'il appelle cachectiques, des thromboses veineuses rénales d'origine mécanique ou inflammatoire. Ces dernières sont quelquefois constatées chez les
femmes en couche, accompagnant une phlébite utéro-ova-
rienne. Quant aux thromboses veineuses d'origine mécanique, elles sont habituellement le résultat d'une compression par des tumeurs ganglionnaires ou autres existant au
voisinage du hile du rein. Nous devons signaler ici un fait
fort intéressant et presque unique de thrombose de la veine-
cave inférieure et des veines rénales, où une anurie de plusieurs jours a été le symptôme principal de l'affection. Ce
fait a été publié par Nottin dans les bulletins de la Société

(1) Hutinel. De la thrombose des veines rénales chez le nouveau-né
Revue mensuelle de médecine et chirurgie, 1877.
(2) Lancereaux. Art. Reins, Dict. encyclop.

Merklen.                                                        7

anatomique ; le point de départ de la thrombose de la veine cave inférieure paraissait être une phlébite d'une des veines sus-hépatiques avec caillot faisant saillie dans la veine cave.

3° *Troubles de la circulation générale.* — La stase veineuse du rein est une cause plus fréquente d'oligurie, quelquefois d'anurie que la thrombose, mais cette stase est elle-même sous la dépendance d'une gêne de la circulation générale, et s'observe dans l'asystolie. La diminution des urines est un symptôme important dans les maladies du cœur ou du poumon qui arrivent à cette période, et l'on sait que c'est en mesurant journellement la quantité des urines rendues qu'on se rend compte de l'efficacité du traitement, et que l'on peut prédire l'issue plus ou moins prochaine, plus ou moins heureuse de la maladie. Habituellement les urines sont diminuées de moitié, mais il n'est pas rare de trouver leur quantité réduite à 200 grammes ou même moins. Ce n'est pas, en définitive, de l'anurie véritable, et celle-ci ne s'observe guère que dans ces cas désespérés, où, à la suite de plusieurs attaques successives, le rein n'est pas seulement le siège d'une congestion passive, mais de lésions épithéliales consécutives, qui constituent, pour ainsi dire, une maladie nouvelle, surajoutée.

Quel est le mécanisme général de ces anuries par trouble de la circulation du rein ? Nous laissons de côté les rétrécissements ou les oblitérations de l'artère rénale, dont les effets, bien connus expérimentalement, sont seulement applicables à certains rétrécissements spasmodiques de cette artère, d'origine purement nerveuse. Il n'est donc question ici que des anuries par stase ou par thrombose veineuse.

Cliniquement la thrombose veineuse se caractérise par une anurie presque absolue ; c'est à peine si l'on obtient par le cathétérisme quelques gouttes d'une urine fortement albumineuse ou sanguinolente (obs de Nottin, thèse d'Hutinel) ; la ligature des veines rénales détermine des effets absolument semblables. La ligature de la veine rénale ou de la veine cave inférieure, immédiatement au dessus de cette veine, produit l'albuminurie (Robinson, Frerichs, M. Raynaud) et l'anurie (Ludwig, Heidenhain).

Ludwig invoque la stase veineuse de la zone limitante du rein, déterminant la compression des tubes uriniferes. Et de fait, la congestion veineuse des pyramides de Malpighi est notée dans les observations de thrombose et de stase veineuse du rein, et cette congestion s'accuse par une teinte violacée très prononcée. Hutinel fait remarquer que dans la thrombose des veines rénales chez le nouveau-né, les tubes urinifères dans les pyramides de Ferrein, sont littéralement étouffés par les vaisseaux sanguins qui les entourent ; quelquefois les pyramides ont une couleur extrêmement foncée qui rappelle celle d'une rate gorgée de sang, et cet aspect répond, ainsi que l'a démontré l'examen histologique, à de petits foyers apoplectiques qui correspondent à des veinules oblitérées. Nottin avait déjà signalé avec une certaine surprise, ces infarctus du rein, résultat de thrombose veineuse, avec conservation de la perméabilité des artères.

Ces lésions expliquent l'albuminurie, l'hématurie et l'anurie. Cependant Heidenhain (1) fait remarquer que la brusquerie de l'anurie, à la suite de ligature des veines ré-

---

(1) Heidenhain. Physiologie de la sécrétion urinaire, dans le Compendium de Herrmann, 1880.

nales, n'est pas en faveur de la théorie de Ludwig, et que cette stase veineuse a besoin d'un certain temps pour s'établir avec toutes ses conséquences ; pour Heidenhain, c'est le ralentissement de la circulation du rein qui détermine l'oligurie et l'anurie.

Le mécanisme de l'oligurie dans les affections cardiaques se rapproche beaucoup de celui qui vient d'être signalé. Néanmoins il faut tenir compte d'une autre condition qui intervient concurremment avec la stase veineuse, c'est l'abaissement de la pression artérielle. « C'est l'abaissement de la pression artérielle qui produit les changements de quantité et de densité de l'urine ; c'est l'augmentation de la pression veineuse qui cause l'albuminurie. Traube ajoute que la première de ces deux conditions se trouve toujours réalisée avant la seconde (1). »

Cette interprétation répond à deux espèces d'anurie que l'on observe chez les cardiaques en état d'asystolie : l'anurie simple et l'anurie avec albuminurie, cette dernière beaucoup plus rebelle aux agents thérapeutiques. Mais l'albuminurie peut dépendre encore des lésions épithéliales des tubuli qui surviennent accidentellement chez les cardiaques où elles trouvent un terrain tout préparé, ou bien des dégénérescences épithéliales qui, ainsi que le démontrent les expériences de Litten et les recherches cliniques antérieures, sont le résultat de la stase veineuse prolongée du rein. Quant à l'anurie ou mieux à l'oligurie, les faits que nous avons cités tendraient àprouver qu'elle peut être la conséquence de cette stase veineuse, sans l'intervention de l'abaissement de la pression artérielle. Les

(1) M. Raynaud. Art. Cœur, Dict..Jaccoud, p. 433.

conditions qui président aux modifications qualitatives et quantitatives des urines chez les cardiaques sont donc complexes, mais résident pour une grande part dans la gêne de la circulation veineuse du rein.

———

# TROISIÈME PARTIE

----

## De l'anurie hystérique

La suppresion d'urine, conséquence habituelle d'une lésion matérielle des reins ou des uretères peut être observée comme simple trouble fonctionnel chez les hystériques. Elle détermine chez ces malades des vomissements avec élimination supplémentaire d'urée tels qu'on les a signalés dans les anuries expérimentales et dans les anuries par occlusion des uretères ; mais jamais elle n'aboutit à l'urémie. C'est par ces deux caractères, absence de lésion appréciable comme cause de la suppression d'urine, tolérance et absence d'accidents urémiques que l'anurie hystérique se distingue immédiatement des variétés d'anuries que nous avons étudiées jusqu'à présent.

Les premières observations d'anurie hystérique datent de deux siècles. Rayer en reproduit plusieurs, mais cela avec des réserves et un septicisme qui n'ont rien d'étonnant, étant données les supercheries sans nombre qui entrent dans les habitudes des hystériques. Les doutes de Rayer étaient fondés en partie sur l'erreur dont fut victime Nysten ; dès 1811, cet auteur avait analysé les vomissements d'une hystérique atteinte d'ischurie simple avec parrurie erratique et y avait constaté la présence de l'urée ; mais on découvrit plus tard que cette malade avalait de

l'urine dans le but d'éveiller la curiosité des médecins qui
l'observaient et de les tromper.

L'ischurie hystérique était tombée dans un tel discrédit
que les traités les plus complets sur l'hystérie la passaient
sous silence ou n'y faisaient que de vagues allusions
jusqu'à ces dernières années. C'est M. Charcot qui, dans
une leçon faite à la Salpêtrière, en 1872, a réhabilité l'a-
nurie hystérique, se basant sur une observation aussi con-
cluante par la précision des détails et des analyses chi-
miques que par les précautions minutieuses employées
pour éviter la simulation. En Angleterre, Laycock avait en
1840 publié, dans son livre sur les maladies nerveuses des
femmes, deux observations d'ischurie hystérique; c'est,
d'après M. Charcot, le seul parmi les auteurs contem-
porains, qui eût donné droit de domicile à l'ischurie hystérique dans ses écrits.

Depuis l'observation de M. Charcot, des faits analogues
ont été publiés par M. Fernet et M. Secourt. MM. Bourneville
et Regnard ont recueilli l'histoire d'une nouvelle attaque
d'ischurie hystérique qui s'est manifestée chez la malade
de M. Charcot. Enfin on a cité çà et là quelques faits d'a-
nurie hystérique, mais sans détails nouveaux. En résumé
la question est restée telle que l'a faite M. Charcot et nous
ne pouvons mieux faire que de lui emprunter les éléments
de cette partie de notre travail.

Nous devons à l'obligeance de notre cher maître, M. Rendu, une observation très remarquable d'anurie hystérique.
La coïncidence ou l'apparition consécutive d'accidents pa-
ralytiques et finalement la mort par asphyxie liée à des
lésions probables des origines des nerfs phréniques, la
méningite spinale chronique constatée à l'autopsie donnent
à ce fait une certaine importance.

Quelles sont tout d'abord les circonstances qui ont précédé l'apparition de l'ischurie chez les malades dont les observations ont été publiées ? Ces circonstances sont très diverses et il n'est pas possible, quant à présent, de dire s'il est une cause spéciale, occasionnelle qui détermine ces troubles de la sécrétion urinaire chez les hystériques. L'anurie peut avoir été précédée de manifestations diverses de l'hystérie, contractures presque généralisées, attaques convulsives, hémiplégie et paraplégie (obs. de Charcot et Rendu, de simples attaques d'hystérie convulsive) (obs. de Fernet, Secouet, Chataing) ; elle s'est montrée à la suite de poussées successives de pelvi-péritonite ayant laissé après elles de l'ovaralgie, (obs. de Berdinel).

Cette coïncidence de l'anurie avec des troubles ou des lésions de l'appareil utéro-ovarien est plutôt le fait des suppressions d'urine passagères qui s'observent également chez les hystériques à l'approche des époques cataméniales, ou coïncident avec elles ; on peut observer chez ces malades de l'oligurie ou de l'anurie complète, durant de vingt-quatre heures à trente-six heures sans aucun autre accident. M. Charcot signale ce fait d'après Laycock; Fabre (de Marseille) rapporte trois observations qui confirment la réalité de cette complication des règles chez quelques hystériques.

L'anurie hystérique d'une certaine durée est, du reste, un accident très rare, puisque Laycock n'a pu en réunir que 27 cas, dont plusieurs, d'après M. Charcot, sont sujets à caution.

Quand une femme notoirement hystérique est atteinte de ces vomissements incoercibles qui déjouent tous les efforts de la thérapeutique il faut toujours songer à l'anurie. Les vomissements sont, en effet, l'accompagnement nécessaire de la suppression d'urine et celle-ci peut passer inaperçue si l'attention n'est éveillée de ce côté soit par la malade qui se plaint de ne pouvoir uriner, soit par les personnes qui l'entourent et qui sont étonnées de l'absence complète des urines.

Les vomissements de l'anurie hystérique sont des vomissements alimentaires se faisant sans effort et se produisant presque immédiatement après l'ingestion des aliments. Ces vomissements révèlent donc une intolérance gastrique comparable à celle qui s'observe dans les autres variétés d'anurie. Ils renferment de l'urée et de plus varient en quantité comme les urines. D'après les courbes des urines et des vomissements qui ont été prises avec soin dans l'observation de M. Charcot, il existait chez sa malade un balancement régulier entre l'anurie et les vomissements, de telle sorte que pendant une période donnée, la moyenne de l'urine par jour étant de 3 grammes, les vomissements atteignaient un litre ; dans une autre phase, la moyenne des urines était de 206 grammes, celle des vomissements de 362. Ce balancement n'existe pas seulement pour l'eau ; il existe pour les éliminations de l'urée. Les dosages faits par MM. Gréhant et Régnard pour la malade de M. Charcot, par M. Hardy pour celle de M. Fernet ont établi le fait d'une manière certaine. Dans un de ces cas, les vomissements s'élevant à 1,460 centimètres cubes renfermaient 3 gr. 699 d'urée alors que la totalité des urines recueillies la veille et s'élevant à 22 centimètres cubes d'urine contenaient 0, gr. 19 d'urée.

Les vomissements varient comme les urines ou du moins sont en raison inverse de la sécrétion urinaire. Celle-ci peut être complètement supprimée mais le plus souvent il

y a oligurie plutôt qu'anurie. Les urines rendues sont en
très petite quantité et de plus elles renferment des doses
très faibles d'urée. Les choses restent dans cet état pendant
dix ou douze jours au plus ; puis surviennent de véritables
crises urinaires, des accès de polyurie pendant lesquels
les malades rendent trois et quatre litres d'urine par jour.
D'après les analyses de Regnard, il n'y a pas seulement
alors hydrurie, mais excrétion d'une urine très riche en
urée.

L'état général n'est pas troublé par ces longues périodes
d'anurie. Les malades vomissent tous leurs aliments, ne
prennent donc aucune nourriture et malgré cela elles conservent leur embonpoint et cet air de santé assez habituel
chez les hystériques. L'urée est éliminée en quantité insuffisante, puisque vomissements et urines additionnées n'en
renferment pas plus de 5 grammes pour vingt-quatre heures et cependant, à part les vomissements, l'on n'observe
aucun symptôme d'urémie. Du reste, le sang ne renferme
pas d'excès d'urée. D'après les analyses de Gréhant faites
pendant les périodes mêmes d'ischurie et de vomissements,
il n'y a pas dans le sang de ces malades plus d'urée qu'à
l'état normal.

Ces résultats sont en opposition avec ce qui se passe
dans l'anurie par lésion des reins ou des uretères. Ils paraissent prouver qu'il y a chez les hystériques atteintes
d'anurie une suppression précoce de la formation de l'urée,
un véritable arrêt des fonctions de nutrition, puisque ces
malades n'assimilent ni de désassimilent. C'est la seule
interprétation possible de cette double anomalie, diète
prolongée sans amaigrissement, anurie sans urémie.

A côté de ce type complet de l'anurie hystérique, il y a
des cas moins caractéristiques, dont les conditions patho-

géniques et la marche paraissent différentes. Chez la malade de M. Charcot, les accidents n'étaient pas accompagnés de douleur spéciale; nous voyons au contraire dans l'observation de Berdinel continuée par Chataing des douleurs ovariennes intenses coïncidant avec les accès d'anurie et cessant avec le retour de la sécrétion urinaire. Dans l'observation de M. Rendu, l'anurie et les vomissements étaient signalés par une recrudescence des douleurs rachidiennes dues sans doute, comme l'a prouvé l'autopsie, à une méningite spinale chronique. Chez cette malade les troubles urinaires étaient du reste moins complets et moins prolongés qu'ils le sont d'habitude et paraissaient appartenir plus à la complication spinale qu'à l'hystérie elle-même.

L'anurie hystérique n'a par elle-même aucune gravité, mais elle est en général l'indice d'une hystérie grave, et son pronostic est par là même sérieux. De plus, une malade une première fois atteinte de cette complication de la grande névrose est exposée au retour de semblables accidents; or, cette double condition, longue durée des périodes d'anurie et des vomissements avec impuissance presque complète de la thérapeutique, récidives possibles donnent à l'ischurie hystérique une réelle gravité.

Le mécanisme de l'anurie hystérique est difficile à déterminer. En ce qui concerne les conséquences de la suppression d'urine, elles sont celles des premières périodes de la néphrotomie ou de la ligature des uretères; nous n'avons pas à y revenir. Mais comment s'établit cette suppression d'urine? Comment le système nerveux, qui évidemment est en jeu dans ce cas, agit-il pour interrompre pendant plusieurs jours consécutifs la sécrétion urinaire?

M. Charcot après avoir éliminé l'hypothèse d'une oblitération spasmodique des uretères, se demande s'il n'y a pas lieu d'invoquer ici une influence du système nerveux, analogue à celle que Ludwig a découverte à propos de la glande salivaire, mais il laisse la question en suspens, faute de renseignements précis. M. Vulpian pense qu'on peut faire intervenir une irritation des nerfs vaso-constricteurs du rein ; l'expérience a prouvé en effet que cette irritation avait comme résultat un rétrécissement des vaisseaux artériels du rein se manifestant par l'anémie de l'organe et en même temps la diminution ou même la suppression des urines (1).

(1) Le système nerveux pouvant à lui seul déterminer l'anurie, il importe de bien connaître sa part d'influence dans le mécanisme de la sécrétion urinaire ; d'autant plus que ce facteur, l'un des plus importants de la fonction rénale, peut être invoqué pour certaines autres variétés d'anurie, notamment les anuries réflexes. Nous croyons donc utile de résumer en note les faits physiologiques qui ont trait à ce sujet.

C'est Cl. Bernard qui le premier a bien établi l'importance physiologique des nerfs du rein. Pour lui, l'action nerveuse est la cause efficiente de la sécrétion. « La pression a un rôle passif, le rôle actif appartient aux nerfs qui préparent entre les vaisseaux et les autres éléments anatomiques du rein, les rapports qui rendent possible l'accomplissement de la fonction. » On trouve dans les leçons sur le système nerveux et dans celles sur les liquides de l'organisme plusieurs expériences qui démontrent d'une manière incontestable l'influence des nerfs sur la sécrétion urinaire. M. Vulpian a repris ces expériences et a confirmé pour la plus grande part les résultats de Cl. Bernard.

Quelques physiologistes allemands, Eckard, Grutzner, Ustimowitsch, se sont occupés de cette question et ont fait connaître quelques points nouveaux.

Il est probable que, comme la glande sous-maxillaire et les glandes sudoripares, le rein possède des nerfs vaso-moteurs et des nerfs sécréteurs. Mais l'existence de ces derniers est loin d'être démontrée.

Les nerfs du rein sont assez nombreux ; ils entourent de toute part les vaisseaux qui se rendent à l'organe et l'on ne peut les détruire qu'en grattant avec soin l'artère et la veine rénale. Encore ne peut-on de cette

Mais cette irritation elle-même doit avoir son point de départ soit dans la moelle, soit dans une lésion ou une excitation de quelque autre organe l'ovaire par exemple,

manière supprimer les filets très ténus qui, sans aucun doute, rampent dans l'épaisseur même de la tunique externe des vaisseaux et dont l'existence paraît démontrée par quelques expériences. L'origine de ces différents nerfs est surtout démontrée par la physiologie. La plupart émanent du grand nerf splanchnique par l'intermédiaire du plexus solaire. Cl, Bernard admet qu'un certain nombre de fibres nerveuses sont fournies par le petit splanchnique et se rendent directement au rein en suivant les vaisseaux. Enfin M. Vulpian ajoute que quelques fibres, provenant des ganglions du plexus solaire, ne sont en relation ni avec le grand nerf splanchnique, ni avec le petit splanchnique ; il pense que quelques filets émanent du pneumogastrique, se basant sur ce fait que chez un chien, après section du pneumogastrique au cou, il a trouvé un nerf dégénéré dans le plexus rénal.

Un premier résultat fondamental qui se dégage des expériences de Cl. Bernard et de M. Vulpian, c'est que le grand splanchnique, est surtout composé de fibres vaso-constrictives des vaisseaux du rein. En effet, la section de ce nerf chez le chien détermine une polyurie avec albuminurie accompagnée d'une forte congestion vaso-paralytique de l'organe. Au contraire, l'électrisation de ce nerf donne lieu à de l'anurie avec pâleur, anémie du rein, et changement de coloration du sang de la veine rénale. Cette anurie dure autant que l'électrisation. Quand la congestion vaso-paralytique est très prononcée, il peut se produire de l'hématurie en même temps que de l'albuminurie.

Ainsi le nerf grand splanchnique, nerf vaso-constricteur du rein, est un véritable nerf d'arrêt de la sécrétion urinaire, bien qu'il n'ait d'action connue que sur les vaisseaux de l'organe. C'est par l'intermédiaire de ce nerf que diverses influences produisent de l'anurie. Cl. Bernard cite par exemple le fait d'une anurie opératoire observée à l'ouverture du flanc d'un chien de grande taille, dans le but d'aller à la recherche du rein, anurie qui a disparu après la section du splanchnique, ce qui semble indiquer qu'il existait une excitation réflexe de ce nerf.

Ce nerf a-t-il une action purement vaso-motrice et n'a-t-il aucune influence sur la sécrétion proprement dite? Jusqu'à présent rien ne le prouve.

Un autre fait expérimental intéressant, signalé par Cl. Bernard, n'a pu être reproduit par M. Vulpian. Dans un cas d'anurie provoquée

déterminant une irritation réflexe du côté des nerfs sécréteurs du rein.

Jusqu'à présent l'hystérie est restée une pure névrose,

chez un lapin, par la section du bulbe au-dessus de l'origine des pneu-
mogastriques, Cl. Bernard vit la sécrétion reparaître et le sang de la
veine rénale devenir plus rutilant sous l'influence de la galvanisation
du bout inférieur du pneumogastrique gauche. Il résulterait de cette
expérience malheureusement unique que le pneumogastrique serait
vaso-dilatateur en opposition avec le grand sympathique vaso-constricteur.

L'influence du système nerveux sur la sécrétion urinaire n'a pas été
observée seulement du côté des nerfs rénaux, elle est démontrée par
des expériences faites sur la moelle et la moelle allongée.

Tout d'abord, les irritations et les lésions du plancher du quatrième
ventricule ont une action très nette sur la sécrétion urinaire. La piqûre
du plancher du quatrième ventricule détermine de la polyurie avec ou
sans glycosurie. C'est un fait trop connu pour que nous y insistions.
Mais dans diverses expériences de Cl. Bernard, nous trouvons signalée
l'anurie à la suite de lésions du bulbe. Ainsi, ce physiologiste a observé
de l'anurie après la cautérisation de la partie moyenne du plancher du
quatrième ventricule chez un lapin, de même après la division des deux
corps restiformes près du calamus scriptorius. D'autre part, le même
physiologiste dit en propres termes : « Pour le rein, malgré la respiration artificielle, la sécrétion ne continuerait pas chez un animal sacrifié
par la section du bulbe, à moins que la section n'ait porté très haut.
Cette variété des résultats dans les deux cas nous montre que dans la
moelle allongée se trouve le point de départ de l'innervation du
rein. »

Etant donné que le bulbe renferme les centres d'innervation du rein,
il s'agit de rechercher par quelle voie il transmet son influence à l'organe et de quelle nature est cette influence vaso-motrice ou sécrétoire.
Or, il semble résulter des expériences de Cl. Bernard et d'Eckard que
cette transmission se fait par la moelle. En effet, la section de la moelle
cervicale entraîne l'anurie, ainsi que l'a d'abord observé Cl. Bernard,
et d'après Eckard, cette anurie se produit, alors même qu'une section
préalable des nerfs grands splanchniques a provoqué de la polyurie.
Cela semblerait démontrer que ces nerfs sont étrangers à la transmission de l'influence centrale venant du bulbe, et en faveur de cette opinion plaide cet autre fait d'Eckard que la polyurie ou l'hydrurie obtenue

c'est à dire une maladie du système nerveux sans lésion anatomique appréciable. Ce n'est que dans des cas rares, à la suite de contracture prolongée et invétérée que

à la suite de la section des splanchniques est augmentée par la piqûre du plancher du quatrième ventricule. Et enfin Eckard a obtenu par ce dernier procédé une polyurie très nette, alors même que tous les nerfs rénaux accessibles avaient été préalablement détruits. Il pense donc qu'il existe des nerfs sécréteurs du rein, partant d'un centre situé dans la moelle allongée. Les conducteurs de ce centre quittent la moelle au niveau du thorax avec les nerfs thoraciques pour se confondre immédiatement avec les filets sympathiques qui entourent l'aorte et arriver ainsi jusqu'au rein ; ces filets sécréteurs, trop fins pour pouvoir être détruits par les procédés habituels, sont intimement unis à l'artère rénale.

Eckard avait bien émis cette hypothèse que la polyurie obtenue par électrisation du plancher du quatrième ventricule après destruction des nerfs rénaux, pouvait être due à l'élévation de la pression aortique, mais la recherchant, il n'avait pas constaté cette élévation de pression.

Récemment Ustimowitsch et Grutzner ont démoli cette doctrine des centres et des nerfs sécréteurs du rein. Ustimowitsch pense que l'anurie qui se manifeste à la suite de la section de la moelle cervicale est le résultat de l'abaissement de la pression sanguine. A cette objection d'Eckard que l'électrisation du segment inférieur de la moelle élève la pression sanguine, sans ramener la sécrétion urinaire, Grutzner oppose que le retour de la sécrétion s'observe dans ces conditions quand on a le soin de sectionner au préalable les splanchniques, l'électrisation de la moelle ayant pour résultat de provoquer des effets vaso-constricteurs, aussi bien du côté des reins que du côté des autres organes. A ce point de vue, Heidenhain cite également deux expériences intéressantes.

Chez deux chiens, après avoir déterminé l'anurie par section de la moelle, cet expérimentateur a provoqué le retour de la sécrétion par l'excitation simplement mécanique du segment inférieur. Il conclut qu'il s'agissait peut être dans ce cas d'une irritation moyenne des vaso-moteurs, permettant à la pression sanguine de s'élever assez pour ramener la sécrétion, sans fermer complètement les vaisseaux du rein. Quant à la seconde expérience d'Eckard, polyurie obtenue par piqûre du quatrième ventricule après destruction de tous les nerfs rénaux,

M. Charcot a pu observer une sclérose des cordons latéraux
de la moelle ; la lésion passagère dans les contractures
fugaces devient donc définitive avec la longue durée de ces
contractures.

Cela prouve tout au moins que les manifestations de l'hystérie sont pour une part sous la dépendance d'un trouble
fonctionnel résidant dans la moelle elle-même. L'anurie
des hystériques serait-elle d'origine centrale médullaire ?

La question ne saurait être résolue quant à présent. Si
l'on connaissait autrement que par des faits expérimentaux
l'influence des lésions de la moelle sur la diminution de la
quantité des urines, il serait possible peut-être d'éclairer
par analogie ce point de physiologie pathologique. Malheureusement les traités classiques ne donnent sur ce
point que des renseignements très vagues, ou, pour mieux
dire, les lésions médullaires ne paraissent que très exceptionnellement déterminer l'anurie ou l'oligurie.

Heidenhain pense que les filets compris dans l'épaisseur des parois de
l'artère rénale sont des vaso-dilatateurs et non des sécréteurs. Il se
fonde sur le caractère passager de cette polyurie.

La moelle épinière agit probablement par elle-même sur la sécrétion
rénale, et cette action est due en grande partie à son influence sur les
vaso-moteurs du rein. M. Vulpian, dans sa physiologie de la moelle du
Dictionnaire encyclopédique, rappelle l'expérience suivante de Brown-
Séquard :

Ce physiologiste a observé qu'en pinçant chez un chien la surface
externe de la paroi abdominale, dans une région animée par les nerfs
de la première paire lombaire, on observe une diminution ou la suppression de la sécrétion urinaire ; et cet effet se produit encore après
section de la moelle dorsale, ce qui prouve bien qu'il s'agit d'une action
réflexe ayant son centre dans le segment correspondant de la moelle et
non dans le bulbe.

On voit combien cette question de l'innervation du rein est encore
entourée d'obscurités. Mais certains résultats paraissent hors de con-
teste, et, sans nous attacher à leur interprétation, nous aurons à les
rappeler dans le cours de ce travail.

Merklen.                                                        8

Dans une leçon publiée par la *Gazette des Hôpitaux*, Fabre (de Marseille) cite comme variétés rares d'oligurie, deux cas d'ataxie locomotrice dans lesquels la quantité d'urine n'a pas dépassé pendant quelques jours 3 à 700 grammes; il ajoute à ces faits deux observations de mal de Pott avec compression médullaire, dans lesquels les urines tombées à 300 grammes par jour pendant une période de paraplégie sont devenues plus abondantes, en même temps que la paraplégie diminuait pour revenir à la normale. Enfin, comme anurie d'origine médullaire, nous donnons plus loin une observation de tétanos aigu à frigore qui nous a été communiquée par notre ami et collègue Leduc. Dans ce cas, les urines n'ont jamais dépassé 60 à 80 gr. par jour, et le plus souvent elles étaient inférieures à ce chiffre.

Ce fait exceptionnel d'anurie dans le tétanos pourrait peut-être être rapproché de l'anurie dans l'hystérie grave. Dans un cas comme dans l'autre, il existe des phénomènes de contracture dans les muscles de la vie animale, un spasme dans les muscles de la vie organique; dans l'hystérie il semble bien qu'il y ait un spasme des artères rénales dépendant d'une irritation des nerfs vaso-constricteurs du rein.

Enfin nous devons insister en terminant sur les lésions observées par M. Rendu à l'autopsie de la malade dont il a été question plus haut. Cette femme, hystérique avérée, avait présenté à diverses reprises des périodes d'anurie avec vomissements et douleurs rachialgiques intenses; elle fut atteinte ultérieurement de paraplégie considérée comme hystérique, puis d'accidents convulsifs et comateux. On constatait à l'autopsie une méningite chronique adhésive occupant surtout la partie médiane de la face posté-

rieure de la moelle; en avant il existait deux petits foyers
d'inflammation chronique semblables à la partie inférieure
de la région cervicale et au niveau de la 3ᵉ vertèbre
dorsale.

Ces faits, qui ne sauraient encore être interprétés dans
l'état actuel de nos connaissances, doivent être signalés
néanmoins et rester comme pierres d'attente jusqu'au jour
où les efforts combinés de la physiologie et de la pathologie
auront réussi à déterminer les centres sécréteurs et les
centres vaso-moteurs du rein.

# QUATRIÈME PARTIE

---

### De l'anurie dans divers états morbides.

Jusqu'à présent nous avons considéré l'anurie comme une sorte d'entité morbide devenant l'origine d'accidents et pouvant à elle seule déterminer la mort. A côté de ces suppressions prolongées de la sécrétion urinaire qui relèvent d'une altération des reins ou des uretères, ou encore de l'hystérie, il faut étudier la suppression d'urine, symptôme accessoire de quelques maladies. L'anurie ne paraît pas exercer une influence notable sur la marche de ces maladies, mais elle en indique la gravité et acquiert par conséquent une certaine valeur au point de vue du diagnostic et du pronostic. C'est donc comme symptôme et comme élément de séméiotique, non plus comme état morbide, que nous allons envisager l'anurie dans les maladies.

La suppression complète des urines n'est que rarement observée en dehors des causes que nous avons signalées, et l'on peut dire d'une manière générale que ce phénomène est l'indice d'un état grave, d'une perturbation profonde de l'économie. Il peut du reste apparaître dans des conditions très diverses, et il n'est pas possible, étant données les notions peu précises sur ce point et les desiderata de la physiologie pathologique, de classer méthodiquement les causes de ces anuries secondaires. L'anurie est signalée dans les maladies générales et les dyscrasies; elle est le propre de certaines maladies de l'abdomen, elle a été récemment étudiée dans quelques affections chirurgicales; enfin elle peut survenir dans les empoisonnements. Nous ne pouvons que passer en revue ces différentes causes, en cherchant à pénétrer la signification du symptôme dans chaque cas particulier.

*1° Anurie dans les maladies générales et les dyscrasies.*

C'est une notion toute classique que la fièvre diminue les sécrétions et notamment la sécrétion urinaire. Mais cette diminution des urines va rarement jusqu'à la suppression, et même il est exceptionnel, du moins chez l'adulte, que le chiffre des urines tombe au-dessous de 500 gr. Chez l'enfant et le nouveau-né, on observe quelquefois, au début des affections aiguës fébriles, une période d'anurie qui dure de vingt-quatre à trente-six heures. « L'urine devient rare dans l'état fébrile, comme chez les adultes; et de plus, si la fièvre est un peu vive, il peut arriver que l'enfant reste douze, vingt-quatre, trente-six heures sans uriner. Il n'y a pas alors rétention du liquide urinaire, comme aux autres âges, mais absence de sécrétion, anurie véritable (1). »

Cette anurie passagère des maladies aiguës chez l'enfant peut être considérée comme un épiphénomène sans influence sur la suite de la maladie et sans valeur pronostique spéciale. Mais il y a chez l'adulte des affections graves dans lesquelles ce symptôme apparaît d'une manière constante

(1) Roger. Séméiotique des maladies de l'enfance, p. 52.

et mérite d'être pris en considération au point de vue de la marche et du pronostic. Pour certaines d'entre elles, l'anurie survient comme complication en somme assez rare, complication elle-même liée à des lésions aiguës des reins, telles la scarlatine, la diphthérie, la fièvre jaune. Pour d'autres, au contraire, l'anurie est un symptôme, symptôme du début dont le mécanisme est tont différent ; cela s'applique surtout au choléra et nous rangerons à côté de lui les affections gastro-intestinales graves qui peuvent donner lieu à l'anurie, au même titre que le choléra.

Au nombre des maladies générales qui peuvent donner lieu à de l'anurie, il faut citer tout d'abord la *scarlatine* et la *diphthérie*, maladies dans lesquelles, ainsi que nous l'avons vu, la suppression d'urine paraît due à une néphrite parenchymateuse suraiguë. L'une, la scarlatine, compte l'anurie comme complication de la convalescence ; l'autre, la diphthérie, comme complication de sa période d'état, cela dans les formes toxiques de la maladie. L'anurie dans la diphthérie est donc un symptôme grave.

C'est également comme manifestation d'un empoisonnement de l'économie qu'il faut envisager l'anurie dans la *fièvre jaune*. « La sécrétion urinaire, dit Barallier (1), rare dès le début de la maladie est supprimée dans les derniers temps ; dans la forme maligne, l'anurie est observée peu après l'invasion ; ce symptôme est toujours très grave et est suivi par des phénomènes urémiques intenses : ils occasionnent les troubles cérébro-spinaux que l'on note dans les périodes ultimes. » Dans les cas légers de la maladie, on n'observe que de l'albuminurie avec de la diminution des urines ; dans les formes intenses il y a anurie absolue,

(1) Barallier. Fièvre jaune, Dict. de méd. et chir. prat.

et cette anurie peut être rapportée aux lésions rénales constatées à l'autopsie : reins pâles, urine épaisse dans les bassinets contenant des débris de tubuli et des cellules épithéliales.

Dans l'*ictère grave*, dit M. Rendu (1), la sécrétion de l'urine subit une diminution parallèle à celle de la bile et, comme cette dernière, elle peut se supprimer parfois complètement. Dans deux observations rapportées dans la thèse de Dufau, l'une due à M. Hervouët, l'autre à M. Brouardel, cette suppression d'urine a été absolue pendant plusieurs jours comme à la période algide du choléra ; cette anurie coïncide presque toujours avec un abaissement de la température et une aggravation des symptômes généraux. Par contre, ceux-ci peuvent s'amender spontanément à la suite d'une diurèse abondante indiquant le retour du rein à son fonctionnement normal. Les lésions rénales constatées à l'autopsie peuvent expliquer pour une part ce trouble profond de la sécrétion urinaire ; les cellules épithéliales des tubuli ont subi la dégénérescence graisseuse et parfois les canalicules urinifères sont obstrués par des cylindres fibrineux et graisseux. Ces lésions sont elles-mêmes la conséquence de l'intoxication générale.

L'anurie est également signalée dans les *formes pernicieuses de la fièvre paludéenne*, dans les formes cérébrales, notamment où, d'après Griesinger, l'urine est peu abondante, albumineuse, sanguinolente et peut même être complètement supprimée ; on doit alors, dit cet auteur, songer à rapporter à l'urémie le coma et les convulsions, et s'occuper sérieusement d'un traitement approprié. Les lésions rénales dans ces cas sont peu connues. « Beaucoup

(1) Rendu. Art Foie du Dict. encyclop.

d'auteurs, dit encore Griesinger, ont constaté un état congestif très intense du parenchyme rénal à la suite de fièvres
intermittentes rapidement mortelles, et moi-même j'ai
trouvé une fois une tuméfaction aiguë avec aspect spon-
gieux du parenchyme. » Ces renseignements ne suffisent
pas pour apprécier ni le mécanisme, ni les conséquences
de l'anurie dans la fièvre intermittente.

Le *choléra* est de toutes les maladies infectieuses celle
qui donne lieu le plus constamment à l'anurie, si bien que
la suppression d'urine est un des symptômes les plus caractéristiques du choléra confirmé. L'anurie dans le choléra succède très rapidement à l'abondance des évacuations
alvines. L'anurie complète appartient à la période algide
asphyxique ; elle cesse au moment de la période de réaction. Dans les cas légers, l'anurie ne dure que deux ou
trois jours ; dans les cas graves elle peut persister pendant
huit jours. Sur 133 cas de choléra observés par Buhl :

Chez 14, la sécrétion urinaire revint après 18 à 24 h.
Chez 41,           —·             le 2e jour.
Chez 47,           —              le 3e  »
Chez 30,           —              le 4e  »
Chez 17,           —              le 5e  »
Chez 5,            —              le 6e  »

L'absence du retour de la sécrétion urinaire après le
6e jour était constamment suivie de mort. Ces recherches
ont été confirmées par Oscar Wyss (1).

Les urines reparaissent au moment de la période de
réaction, d'abord progressivement pour aboutir à une polyurie véritable ; ce phénomène a été bien étudié par Buhl
et Lorain qui ont constaté qu'il y a augmentation non-
seulement de la quantité d'eau, mais des principes extrac-

(1) Ces renseignements sont empruntés à Bartels. Loc. cit.

tifs, notamment de l'urée. Mais quelquefois dans cette période, une nouvelle attaque d'anurie survient en même temps qu'apparaissent des phénomènes typhoïdes le plus souvent mortels qui ont été attribués à l'urémie.

Le mécanisme de l'anurie dans le choléra est diversement interprété par les auteurs. Les pertes considérables et rapides en eau subies par le sang sont incontestablement la cause initiale de la suppression des urines. Mais pour les uns, celle-ci serait le fait de l'abaissement de la tension sanguine dans les artères et conséquemment de l'ischémie rénale ; pour les autres au contraire l'anurie comme l'albuminurie consécutive serait le résultat de la stase veineuse et des altérations épithéliales qu'elle détermine. Ces divergences d'opinion portent surtout sur l'albuminurie consécutive à l'anurie.

Bartels attribue toutes les complications rénales du choléra à l'interruption complète ou incomplète de la circulation artérielle de l'organe, sans stase veineuse. Dans un chapitre intitulé : *Ischémie des reins et ses conséquences* il dit que cet état ne s'observe dans la pratique que dans le choléra. Il compare ce qui se passe dans cette maladie aux résultats de la ligature ou de la compression de l'artère rénale obtenus par Cohnheim chez les animaux.

Cohnheim a constaté qu'une très courte interruption de la circulation ne s'oppose pas au rétablissement de la sécrétion d'une urine normale, dès l'enlèvement de l'obstacle. Après une interruption plus longue, la dilatation des vaisseaux, qui succède à leur affaissement, est exagérée ; il en résulte l'apparition dans les urines de globules blancs, rouges et de plasma sanguin. Enfin la suppression prolongée de la circulation artérielle du rein s'oppose au retour de la sécrétion et détermine des lésions définitives du rein qui reste flasque, gras et finalement dégénère en une bouillie grise et jaune.

De même dans le choléra, quand le stade asphyxique a une certaine durée la sécrétion urinaire se rétablit mais il y a albuminurie et hématurie transitoire : dans les cas où la période asphyxique dure plus de cinq ou six jours, la sécrétion urinaire ne reparaît plus.

Pour la plupart des auteurs, Virchow, Rosenstein, Griesinger, Jaccoud, plus récemment Kelsch qui a étudié avec soin l'histologie pathologique des reins dans le choléra, il y a plutôt stase qu'ischémie du rein. Cette stase, résultat de la parésie cardiaque et aidée par la déperdition des principes aqueux du sang, se caractériserait au microscope d'après Kelsch par la réplétion considérable des veines intertubulaires avec proportion exagérée de globules blancs, et d'autre part par la dégénérescence granulo-graisseuse de l'épithélium des tubuli qui se produit ici comme dans les hypérémies rénales expérimentales. Les urines rendues renferment en grande abondance des débris épithéliaux, des cylindres, etc. ; contrairement à la plupart des auteurs Kelsch pense que ces éléments existant dans les urines dès le début du choléra sont le résultat d'une néphrite primitive et non du rétablissement de la circulation qui, après la phase anurique, détermine l'expulsion des produits de transsudation accumulés dans les glomérules et les tubuli.

### 2° Anurie dans les affections gastro-intestinales.

Différentes maladies de l'estomac et de l'intestin donnant lieu à des évacuations alvines ou à des vomissements abondants peuvent à un moment donné s'accompagner

d'anurie. Le mécanisme est le même que dans le choléra ;
il est donc tout naturel de les signaler à côté de lui.

Les diarrhées prolongées, surtout chez les enfants finis-
sent par amener la suppression complète des urines. Certaines des observations rapportées par Willan, dans son
travail sur l'ischurie rénale, paraissent se rapporter à cet
ordre de causes ; les symptômes qui avaient précédé l'a-
nurie étaient ceux d'une diarrhée cholériforme. L'autopsie
faite dans un cas, permit de constater que « tout le mésentère paraissait avoir été enflammé ; de là, l'inflammation
s'était étendue à une portion considérable de l'iléon, sur lequel il y avait deux taches gangréneuses, dont chacune environ de la grandeur d'une pièce de douze sous. » Des phénomènes de péritonite paraissaient donc, dans ce cas du
moins, avoir coïncidé avec une entérite mal déterminée.

MM. Parrot et Hutinel signalent l'anurie dans l'*athrepsie aiguë* où elle est à la fois le résultat de la déshydrata-
tion du sang et des thromboses veineuses qui en résultent.

Dans la *dysentérie grave*, indépendamment du ténesme
vésical et de la dysurie, il y a quelquefois de l'anurie véritable pendant la période algide.

Enfin dans le *cancer de l'estomac* où prédominent, avec les
douleurs, les vomissements incoercibles qui représentent la
totalité des ingesta, il peut y avoir oligurie allant jusqu'à
l'anurie. D'après Becquerel il y aurait alors non seulement diminution de l'eau, mais des principes solides de
l'urine. L'anurie est habituellement un phénomène ultime
du cancer de l'estomac. Dans une observation due à
M. Rendu et rapportée par M. Chesnel dans sa thèse sur
le cancer latent de l'estomac, l'anurie a coïncidé avec une
péritonite subaiguë qui s'est montrée peu de jours avant la

mort. Chez une femme atteinte d'un cancer de l'estomac
avec généralisation ganglionnaire, dont nous avons présenté l'observation à la Société anatomique, les urines rendues dans les dernières vingt heures représentaient à peine
60 ou 80 grammes, étaient albumineuses et renfermaient
des quantités notables de sucre. Chez elle, il est vrai, il
existait une stase veineuse occupant surtout la face et les
membres supérieurs et due à la compression des veines
par les ganglions cancéreux.

Dans les différents cas que nous venons de signaler, les
conditions pathogéniques de l'anurie sont complexes, la
dyscrasie qui résulte à la fois de ces accidents et de la cachexie contribue pour une bonne part à supprimer la sécrétion urinaire.

### 3° Anurie dans la péritonite par perforation et les étranglements.

Quand une ulcération de l'estomac ou de l'intestin vient
à perforer ces viscères pour les mettre en libre communication avec la cavité péritonéale, une péritonite suraiguë
se produit et cette complication est immédiatement annoncée par cet ensemble de symptômes que Gubler a réunis
sous le nom de péritonisme : vive douleur et bientôt prostration, algidité, faciès et pouls abdominal, *suppression des
urines*. L'anurie, dans la péritonite par perforation, dure
jusqu'à la mort. Durant notre internat dans le service de
notre cher maître M. Millard nous avons assisté deux fois
à cette complication chez des malades atteints d'ulcère
simple de l'estomac et les deux fois l'anurie a été immédiate
et absolue.

Cet état cholériforme qui appartient aux péritonites graves s'observe aussi dans les *étranglements internes et les étranglements herniaires*; souvent l'on peut constater, en pareille circonstance, de l'anurie. Jusqu'à ces derniers temps, la suppression d'urine était rattachée, soit au siège de l'obstacle (Barlow), soit à la spoliation de liquide par les vomissements (Habersohn) (1). L'obstacle était-il situé très près de l'estomac, l'impossibilité de l'absorption par l'intestin entraînait inévitablement la suppression de la sécrétion urinaire. Déjà Duchaussoy avait combattu cette interprétation; il dit formellement que « la dysurie, l'ischurie et l'anurie lui ont paru se rattacher directement, dans presque tous les cas, au voisinage de l'étranglement, soit que l'étranglement comprimât la vessie ou un rein, soit que ces organes fussent compris dans le rayon de l'inflammation qui se développe autour de lui. » Aujourd'hui, avec Sedgwick et John Gay, l'anurie est attribuée à l'*acuité* de l'étranglement, quelle que soit sa variété ; c'est l'irritation des riches plexus nerveux compris dans l'épaisseur et au voisinage de l'intestin qui détermine par action réflexe sur les vaso-constricteurs du rein la suppression de l'urine.

Ce mécanisme peut être appliqué à toutes les affections abdominales aiguës et douloureuses qui sont accompagnées d'anurie. Ces faits sont à rapprocher de l'anurie opératoire et expérimentale dont il a été question à propos de l'influence du système nerveux sur la sécrétion urinaire et peuvent être considérés comme des cas d'anurie par irritation réflexe des plexus nerveux des reins.

(1) Ces renseignements sont empruntés à la thèse de Rafinesque sur les « Invaginations intestinales chroniques. »

## 4° *Anurie traumatique.*

M. Verneuil a appelé l'attention dans ces dernières années sur l'oligurie et l'anurie dans les affections chirurgicales, notamment dans celles qui intéressent le rein ou
les régions avoisinantes. Deux observations recueillies
dans son service et publiées par M. Nepveu dans la *Gazette*
*hebdomadaire* (1871) ont bien établi l'existence et le mécanisme de l'*anurie traumatique*. Celle-ci du reste est signalée dans quelques faits très anciens reproduits par Rayer ;
M. Bloch a rapporté dans sa thèse sur la contusion des
reins (1873) une observation d'anurie traumatique prolongée avec guérison recueillie dans le service de M. Alph.
Guérin. Enfin M. Cérou dans sa thèse sur l'anurie et l'oligurie traumatiques (1877) a rassemblé la plupart des observations connues.

Il résulte du dépouillement de ces observations que
l'anurie ou l'oligurie ne surviennent pas toujours dans les
mêmes conditions après les traumatismes de la région rénale. Tantôt l'ischurie est signalée dès le début et dans ces
cas la mort survient promptement, au bout de quelques
heures, de deux ou trois jours au plus, quand l'anurie est
absolue ; d'autres fois ce phénomène n'apparait qu'au
bout de quelques jours et coïncide avec de la fièvre, et
des accidents généraux ou bien encore avec une hémorrhagie rénale ayant déterminé l'obstruction du rein et de
l'uretère (obs. de Bloch).

Dans le premier cas, à côté d'épanchements sanguins péritonéaux, de contusions ou de ruptures du foie, de la rate,
on constate à l'autopsie la déchirure ou la contusion d'un

rein avec intégrité de son congenère. On est alors tout naturellement amené à faire intervenir, avec M. Nepveu, une
action réflexe partant du rein malade pour déterminer la
suppression de la fonction du rein intact. Rayer avait déjâ
indiqué ces anuries par lésion d'un seul rein. Aujourd'hui
l'explication de ces faits est possible, ou du moins on peut
en donner une interprétation théorique, basée sur les expériences de Cl. Bernard et Vulpian. Il se fait pour le
rein non lésé une action d'arrêt qui consiste dans la mise
en jeu de ses nerfs vaso-constricteurs. Quand au contraire
l'anurie ne se manifeste qu'au bout de quelques jours, elle
est due le plus habituellement à l'inflammation consécutive des reins, à cette néphrite simple aiguë suite de traumatisme, bien décrite par Rayer qui avait signalé l'ischurie
au nombre des signes de cette complication.

Dans ces traumatismes du rein ou de leurs annexes,
l'anurie peut se produire par un mécanisme très différent
et qui ne dépend ni d'un phénomène nerveux, ni de complications inflammatoires. Rayer rapporte l'observation
d'une jeune fille de 18 ans, qui, à la suite d'une blessure
des parties génitales, éprouva de la dysurie, puis une ischurie complète suivie de vomissements urineux. On constata
à l'ouverture du corps que l'uretère droit n'avait aucune
communication avec la vessie, et que de l'eau injectée dans
l'uretère gauche pénétrait difficilement dans la vessie. Ce
fait est quelque peu analogue à l'observation de M. Verneuil où l'oligurie tenait pour une bonne part à la déchirure complète d'un des uretères et à l'écoulement de l'u-
rine dans le péritoine.

En résumé l'anurie traumatique peut être produite par
diverses causes ; l'influence du système nerveux doit être
recherchée surtout dans l'anurie qui suit immédiatement le

traumatisme et encore faut-il tenir compte du choc qui, il est vrai, détermine des phénomènes vasculaires et nerveux qui se rapprochent beaucoup de ceux que nous avons signalés.

5° *Anurie dans les brûlures étendues.*

La suppression des urines a été signalée par Dupuytren au nombre des accidents nerveux graves qui se produisent dans la première période des brûlures étendues.

« Les malheureux brûlés, dit M. Terrier (1), sont souvent tourmentés par du ténesme vésical, avec suppression de la sécrétion du rein. »

Nous avons eu l'occasion d'observer en 1877, dans le service de notre cher maître, M. Alph. Guérin, un malade atteint de brûlures graves et presque généralisées, chez lequel les urines étaient rendues en quantité presque insignifiante, et cette urine était en même temps très pauvre en urée ; ce malade mourut de tétanos.

Cette anurie des brûlés est-elle le résultat d'un trouble nerveux réflexe, comme les autres accidents nerveux qui se produisent chez eux ? Dupuytren avait considéré l'excès de douleur comme étant la cause de la mort rapide après les brûlures, ajoutant qu'une trop grande perte de sensibilité peut tuer, comme une trop grande perte de sang. C'est la même pensée qu'ont traduite en langage plus moderne Wilks et Billroth, le premier en invoquant comme cause de la mort, le *choc* subi par le système nerveux, et Billroth en faisant intervenir une irritation des terminaisons de presque tous les nerfs cutanés, produisant une irritation des centres nerveux. Enfin, Brown-Séquard a cherché à démontrer que les lésions viscérales qu'on observe chez les

---

(1) Terrier. Pathologie externe.

Merklen.                     9

brûlés, notamment les ulcérations du duodénum, signalées par Curling et Erichsen, étaient bien le résultat d'un trouble nerveux réflexe; ce physiologiste a observé que, les membres postérieurs d'un animal, étant plongés dans l'eau bouillante, la congestion et l'ulcération de l'intestin ne manqueront pas de se produire si la moelle lombaire est intacte; que ces lésions, au contraire, feront défaut, si la moelle a été préalablement détruite.

Ces faits, joints à certains caractères de l'anurie des brûlés, notamment le ténesme vésical, les accidents cérébraux, le délire, les convulsions qui se manifestent quelquefois en même temps que la suppression d'urine, tendraient à prouver que ce symptôme est bien sous la dépendance d'un trouble nerveux réflexe; mais à côté de la théorie nerveuse, il y a la théorie humorale, qui compte en sa faveur des arguments d'une certaine valeur.

Les lésions viscérales, constatées à l'autopsie des brûlés, morts dès les premiers jours qui ont suivi l'accident, consistent surtout en une congestion des muqueuses bronchique et gastro-intestinale ; en même temps certains parenchymes, le poumon plus que le foie et les reins, sont le siège de congestions et quelquefois même d'épanchements sanguins. C'est à cause de ces accidents viscéraux que Follin a donné à cette période le nom de période de congestion

Ces congestions ont été diversement expliquées. Pour Dupuytren, elles étaient dues à l'afflux sanguin interne, résultat de l'irritation générale et soudaine du tégument externe, pour mieux dire, de la constriction générale des vaisseaux cutanés. Baraduc et plus tard Tachard (de Toulouse), ont invoqué la perte considérable du sang en séro-

sité, d'où épaississement de ce liquide, gêne de la circulation et finalement de la nutrition.

Ponfick (1) a fait récemment, sur des chiens échaudés,
des observations qui semblent démontrer l'importance des
altérations du sang dans les brûlures ; il a signalé, en
même temps, des lésions rénales graves, qui pourraient
rendre compte de l'anurie. Dans tous les cas de brûlures
intenses, les globules rouges subissent, au bout de quelques minutes, une sorte d'émiettement, et se résolvent en
petites particules colorées qui disparaissent elles-mêmes
après quelques heures. Les viscères présentent évidemment des lésions en rapport avec ces altérations du sang,
et ces lésions s'observent surtout dans les reins chargés
d'éliminer une partie de l'hémoglobine. Le parenchyme
rénal offrait les traces d'une inflammation plus ou moins
vive ; les lésions consistaient en une dégénérescence graisseuse de l'épithélium, et une obstruction des canalicules
urinifères. L'urine renfermait des cylindres colorés.

Ces expériences prouvent que l'altération du sang a sa
part dans les accidents des brûlures, et plus particulièrement dans les troubles de la sécrétion urinaire. D'autres
circonstances sont encore à prendre en considération. La
suppression des fonctions cutanées, du réflexe respiratoire
ayant son point de départ dans la peau, ne sont pas sans
influence sur les phénomènes nerveux qui se manifestent
après les brûlures. Les conditions pathogéniques de l'anurie sont aussi complexes que celles de ces accidents, et
nous ne pouvons mieux faire que de reproduire ici l'opinion de M. Vulpian, que nous empruntons à la thèse
d'agrégation de M. Hutinel.

(1) Ponfick. De la mort subite après les brûlures graves. Berlin. klin.
Wochensch., 1877. Revue Hayem, 1878.

« Je crois que l'ébranlement violent, le choc des centres nerveux, déterminé par la brûlure, joue le principal rôle dans le cas dont il s'agit. Mais je ne serais pas éloigné de penser que, sous l'influence de la brûlure, le sang qui n'est pas coagulé immédiatement subit des modifications telles qu'il peut devenir un agent toxique ; ramené dans la circulation générale, il peut agir comme tel sur le système nerveux central, et sur la substance organisée des diverses autres parties du corps, et troubler ainsi plus ou moins profondément, soit directement, soit par l'intermédiaire des centres nerveux, les actes physico-chimiques qui s'opèrent dans cette substance, et qui donnent naissance à la chaleur animale. »

Il n'est pas inutile de rappeler, pour l'intelligence de ces faits, que les accidents déterminés par les brûlures sont très analogues à ceux qui surviennent à la suite de l'application d'un enduit imperméable sur la totalité du tégument externe des animaux.. Les ulcérations stomacales, la néphrite parenchymateuse s'observent dans les deux cas (1).

### 6° Anuries toxiques.

C'est un fait bien connu maintenant que certains poisons ou certains médicaments, comme l'opium, la belladone, diminuent très notablement les sécrétions, en particulier la sécrétion urinaire ; et bien que l'action des divers poisons sur le rein n'ait pas été étudiée expérimentalement avec autant de soin que leur action sur les glandes salivaires par exemple, quelques faits cliniques permettent d'affirmer qu'une anurie totale peut être la conséquence d'une absorption à haute dose de

(1) Bouveret. Th. agrég., 1880. Des sueurs morbides, p, 15.

quelques substances toxiques. La suppression d'urine devra être redoutée surtout chez les sujets déjà atteints d'altérations rénales, ainsi que cela a été bien établi par M. Chauvet dans sa thèse sur les dangers des médicaments actifs dans les cas de lésions rénales (1877).

Parmi les poisons, les uns, comme les acides minéraux, donnent naissance à une sorte de collapsus, à un état cholériforme dont l'anurie est une des conséquences ; elle se manifeste dans ces cas par un mécanisme analogue à celui de l'anurie dans le péritonisme. D'autres poisons troublent directement la sécrétion urinaire en determinant des lésions épithéliales des reins semblables à celles de la néphrite parenchymateuse aiguë ; c'est le cas de la cantharide comme l'a récemment prouvé M. Cornil. Enfin il est des substances toxiques qui, introduites dans le sang, agissent sur le système nerveux central et par son intermédiaire sans doute sur le système nerveux des reins ; tels l'atropine, la strychnine. L'opium et le mercure ont parfois déterminé de l'oligurie et de l'anurie chez les sujets atteints de lésions des reins depuis un temps plus ou moins long.

On pourrait rapprocher de ces anuries toxiques, l'anurie des asphyxiés qui paraît être la conséquence à la fois de la privation d'oxygène et de l'accumulation dans le sang de l'acide carbonique. Cl. Bernard a bien mis en relief cette notion que la privation d'oxygène diminue les sécrétions. Nous ne pouvons mieux faire que de citer ici une de ses belles expérience sur un lapin curarisé soumis à la respiration artificielle ; il observa ce qui suit : « Dans l'intervalle des insufflations, vous verrez que le sang coule noir partout, l'urine ne coule pas, le sang est noir dans la veine rénale. Lorsqu'on vient à pratiquer la respiration artificielle, les sécrétions entrent toutes en activité ; les urines coulent et bientôt contiennent du sucre. En même temps le sang devient rouge dans les artères et les veines (1). »

Les urines ont été rarement appréciées quantitativement dans l'asphyxie ; cependant Eichorst a observé, que chez les enfants atteints de croup et trachéotomisés, la sécrétion urinaire peut complètement faire défaut dans les dyspnées intenses. De nouvelles recherches sont nécessaires pour démontrer la réalité de cette variété d'anurie toxique.

(1) Cl. Bernard, Liquides de l'organisme, t. I, p. 505.

# INDICATIONS THÉRAPEUTIQUES GÉNÉRALES.

Il résulte de l'exposé des causes et des variétés de l'anurie que cet accident est tantôt la manifestation d'une lésion
irrémédiable, que tantôt, au contraire, il est la conséquence
d'un obstacle mécanique à la sécrétion urinaire ne présentant rien de grave par lui-même. Dans le premier cas, la
médication ne peut être que palliative ; dans le second cas
elle peut être curative. En d'autres termes désobstruer le
rein et ses conduits excréteurs, quand cela est possible, favoriser les éliminations supplémentaires afin de retarder
autant qu'il est possible les phénomènes urémiques,
quand l'anurie est définitive, telles sont les indications
thérapeutiques générales de la suppression d'urine.

*La médication curative* ne s'applique malheureusement
qu'à un petit nombre de cas. Dans l'anurie par néphrite
parenchymateuse aiguë, dans l'ischurie goutteuse où la
suppression d'urine est la conséquence, au moins pour une
grande part, de l'engouement des tubes du rein par du sang,
des produits épithéliaux, des cristaux d'acide urique, on
doit chercher à favoriser le retour de la sécrétion urinaire
par les *diurétiques*, par les *bains chauds*, par les *révulsifs
cutanés*, sinapismes et ventouses sèches et scarifiées sur la
région lombaire. Cette médication pourra dans quelques
cas heureux donner de bons résultats. en désobstruant le
rein, en s'adressant d'autre part à l'élément inflammatoire
et congestif qui complique et détermine l'engouement des tubuli, enfin en faisant cesser le spasme vasculaire qui peut
avoir sa part dans le mécanisme complexe de ces anuries.

La digitale, sous ses diverses formes, semble bien supportée par les malades atteints d'anurie. Elle agit à la fois comme diurétique et comme régularisateur de la tension sanguine. Browne recommande l'application sur la région lombaire de feuilles de digitale fraîche ou de vieilles feuilles et de teinture de digitale ; cette médication serait surtout applicable à l'anurie calculeuse où, d'après cet auteur, le retour de la sécrétion urinaire coïnciderait avec l'abaissement du pouls.

L'anurie calculeuse réclame le même traitement que l'anurie des néphrites. C'est dans cette variété d'anurie, que les bains chauds trouvent surtout leur emploi rationnel. Ils agissent en calmant les douleurs et probablement en combattant le spasme de l'uretère qui s'oppose à l'expulsion du calcul et par conséquent au libre cours des urines. Roberts qui croit peu à l'action des diurétiques et des antispasmodiques, recommande surtout les *manœuvres mécaniques* qui peuvent favoriser le cheminement du calcul, comme bien souvent elles ont déterminé son déplacement et son engagement dans l'uretère. Les manœuvres mécaniques doivent consister dans la marche, les changements de position, les mouvements de toute sorte, enfin le massage méthodique dans la direction des uretères.

Dans l'anurie calculeuse rebelle, les moyens médicaux ayant échoué et la mort étant imminente, la chirurgie est-elle également impuissante ? Rayer déjà s'était posé cette question : « Si, dit-il, le conseil donné par Hévin de ne point inciser le rein, lorsqu'il n'y a point de tumeur aux lombes, a été généralement adopté, il serait cependant permis de tenter la néphrotomie dans un cas de mort imminente par l'effet d'une pyélite calculeuse double, sans tumeur, mais avec anurie complète. »

Malheureusement, si l'indication est nettement posée,

le but et la règle de l'opération qui serait à tenter dans les cas de ce genre ne sont rien moins que précis. G. Simon, de Heidelberg, à propos du traitement chirurgical de la pyélo-néphrite calculeuse, s'occupe bien des moyens de remédier à l'hydronéphrose, mais non de ceux qu'on pourrait opposer à l'obstruction. Cependant il rappelle la possibilité du cathétérisme des uretères par la vessie chez la femme et préconise l'introduction d'instruments particuliers dans ces conduits pour repousser les corps étrangers qui s'opposent au libre écoulement des urines. En définitif, les indications chirurgicales concernant l'anurie calculeuse sont jusqu'à présent peu précises et manquent certainement de sanction pratique.

*Médication palliative.* C'est la seule que l'on puisse mettre en œuvre dans le plus grand nombre des cas. Les purgatifs, les vomitifs, les sudorifiques, les émissions sanguines locales et générales, font tous les frais de cette médication qui procure aux malades une détente de quelques instants, mais ne réussit pas à éloigner beaucoup l'issue fatale. C'est en somme le traitement de l'urémie qui s'impose ici, avec cette arrière-pensée peu encourageante que l'on peut, à la rigueur calmer les accidents, mais que la cause subsiste avec ses mêmes conséquences irrémédiables. Du reste, rien n'est moins certain que l'influence des évacuants et des divers médicaments employés dans ces formes de l'urémie. Debove et Dreyfous n'ont obtenu aucun résultat par l'injection sous-cutanée de pilocarpine ; chez leur malade, le sang renfermait à peu près la même quantité d'urée avant et après la salivation et les sueurs obtenues par ce moyen. Et ils font à ce sujet les réflexions suivantes qu'il est bon de ne pas perdre de vue :

« Nous croyons qu'en excitant diverses sécrétions, on

amène l'élimination d'une quantité d'eau considérable et d'une quantité d'urée relativement peu élevée.; on concentre ainsi l'urée du sang. Si les spoliations produites amènent là résorption d'épanchements hydropiques riches en urée, comme on l'observe dans les néphrites, l'augmentation de l'urée du sang peut être telle, qu'elle amène des urémies transitoires, ordinairement légères. Bartels a vu se produire ainsi des accidents épileptiques d'origine urémique. »

Les hydropisies étant rares dans l'anurie, les accidents signalés par Bartels sont moins à craindre. Cependant, tout en recourant aux émissions sanguines et aux purgatifs légers, il sera prudent de ne les ordonner qu'avec précaution.

Nous n'avons eu en vue dans cet exposé général des indications thérapeutiques de l'anurie que les formes les plus communes et les plus importantes de cet accident. Il est évident que ces mêmes préceptes ne s'appliquent pas à l'anurie des cachexies, des diarrhées, etc., qui demandent un traitement tout contraire.

Quant à l'anurie hystérique, elle se soustrait à toute règle. On peut, comme M. Fernet, avoir recours à une impression morale vive, à l'administration d'un remède simple, décoré d'un nom extraordinaire. Mais ce qui réussit dans un cas ne réussit pas dans l'autre, et l'on ne peut, en présence de pareilles malades, que s'inspirer des circonstances.

# RÉSUME ET CONCLUSIONS.

L'anurie ou suppression de la sécrétion urinaire peut être le résultat soit d'un obstacle à l'excrétion de l'urine par les uretères, soit d'une lésion ou d'un trouble fonctionnel primitifs des reins.

I. — L'anurie par occlusion des uretères s'observe dans deux conditions principales, dans la lithiase rénale, dans le cancer de l'utérus; plus rarement elle est la conséquence de tumeurs développées dans le petit bassin et comprimant la terminaison des uretères, quelquefois de tumeurs nées dans ces conduits eux-mêmes.

L'anurie calculeuse, ou par occlusion calculeuse des uretères, se produit généralement en deux temps; l'un des reins est depuis longtemps supprimé soit par suite de l'obstruction calculeuse de son uretère, soit par le fait de quelque autre cause, quand l'arrivée d'un calcul dans l'uretère resté jusque-là perméable détermine la suppression de l'excrétion, et, bientôt après, de la sécrétion urinaire. C'est dire que l'anurie calculeuse n'est pas un accident primitif de la lithiase rénale, et a été précédée en général d'autres manifestations de cette affection, en particulier de coliques néphrétiques répétées.

Le début de l'anurie calculeuse est le plus souvent insidieux, quelquefois annoncé par des douleurs néphrétiques ou lombaires. Pendant une longue période, période de tolérance, la suppression d'urine est le seul symptôme observé; cette période de tolérance peut être de 7 à 8 jours. Elle est plus longue quand l anurie est interrompue par des crises de polyurie ou quand il existe une hydroné-

phrose considérable qui représente alors un réservoir supplémentaire de l'urine. L'urine rendue au moment des
rémissions de l'anurie est pâle, peu dense, pauvre en urée;
c'est de l'urine pauvre qui peut retarder les accidents, non
les empêcher. Ces accidents consistent en quelques troubles
circulatoires, en une intolérance gastrique absolue avec
vomissements, quelquefois des sueurs et de la sialorrhée,
enfin dans des phénomènes urémiques dont les plus constants sont le rétrécissement pupillaire et les tressaillements musculaires des membres. Il faut y joindre l'affaiblissement progressif, l'algidité, la dyspnée. Les convulsions généralisées et le coma ne sont que rarement observées; l'intelligence reste intacte jusqu'à la mort qui arrive
le dixième ou le onzième jour, c'est-à-dire deux jours
après l'apparition des accidents. Quand la guérison a lieu,
par suite de la suppression de l'obstacle, l'anurie est suivie
d'une période de polyurie et souvent d'albuminurie évidemment passagère.

Les lésions constatées à l'autopsie des malades morts
d'anurie calculeuse consistent, d'une part dans l'altération
ancienne ou l'absence congénitale d'un rein, de l'autre
dans l'occlusion de l'uretère jusque-là normal; le calcul
est généralement arrêté à l'une des extrémités de l'uretère.
Celui-ci n'est que très modérément dilaté au-dessus de
l'obstacle; quelquefois même il n'y a pas d'urine dans le
bassinet et les calices. L'hydronéphrose est l'exception.

L'anurie dans le cancer de l'utérus diffère de l'anurie
calculeuse par deux conditions principales : en premier
lieu par le terrain de l'individu qui n'est évidemment pas
le même; en second lieu par ce fait important, que l'occlusion des uretères, qui est brusque dans la lithiase rénale,
est lente et progressive dans le cancer de l'utérus.

L'anurie dans le cancer de l'utérus est la conséquence de la propagation du néoplasme au trigone vésical ou aux uretères sur les côtés du col, quelquefois d'un simple tiraillement des parois vésicales par suite de la rétraction de la tumeur. Cette complication est fréquente; la moitié des malades atteints de cancer de l'utérus meurent d'urémie.

La symptomatologie de l'anurie cancéreuse, à part quelques cas, est moins nette que celle de l'anurie calculeuse. La suppression des urines est rarement absolue ou du moins n'est constatée qu'au moment de l'apparition des phénomènes urémiques. Quelquefois l'on observe dans le cancer de l'utérus des périodes d'anurie suivies du retour de la sécrétion urinaire; cela paraît dû au double travail d'envahissement et d'ulcération qui caractérise cette néoplasie.

Les lésions des reins et des uretères, dans l'anurie cancéreuse, sont celles de l'hydronéphrose avec ou sans pyélonéphrite suppurée. En cela encore l'anurie cancéreuse se distingue de l'anurie calculeuse.

Si l'on envisage d'une manière générale le mécanisme et la physiologie pathologique des anuries par occlusion des uretères, on voit : 1° que l'occlusion brusque de ces conduits détermine la suppression rapide de la sécrétion urinaire sans hydronéphrose, tandis que l'occlusion lente aboutit à l'hydronéphrose. Dans le premier cas, l'élévation subite de la pression dans les uretères met obstacle à la sécrétion rénale, condition favorisée par la résistance de ces conduits qui, susceptibles de dilatation lente, ne sont pas susceptibles de distension brusque. 2° Que l'oblitération d'un seul uretère ne trouble pas la santé générale, mais a pour conséquence l'atrophie du rein correspondant;

cette atrophie est le fait d'une néphrite interstitielle d'origine épithéliale ou tubulaire. Les lésions immédiates que détermine du côté des reins la ligature des uretères, consistent dans la dilatation générale des tubuli du rein, dilatation qui donne lieu à des lésions purement mécaniques de l'épithélium, mais entrave la circulation de l'organe et ses fonctions. 3° Que les accidents déterminés par l'occlusion des uretères, reproduisent fidèlement les phénomènes observés chez les animaux après la ligature des deux uretères ou la néphrotomie. Indépendemment de la rétention de l'urée dans le sang et de l'urémie, il y a de la stase veineuse, avec abaissement de la pression artérielle, d'où l'œdème signalé dans quelques observations.

II. L'anurie peut être observée dans la néphrite à titre de symptôme passager, ou comme phénomène persistant déterminant promptement la mort par urémie.

Une anurie passagère est fréquemment observée au début de la néphrite parenchymateuse aiguë chez l'enfant ; elle peut être durable et mortelle dans la néphrite scarlatineuse. La suppression d'urine peut apparaître comme phénomène ultime dans les néphrites parenchymateuses chroniques, c'est-à-dire dans la maladie de Bright et dans la pyélo-néphrite chirurgicale.

L'anurie, dans les néphrites, coïncide soit avec des phénomènes fébriles dus à des lésions rénales très aiguës, soit avec des complications également aiguës : pneumonie, pleurésie, péricardite; ces conditions paraissent déterminer la suppression d'urine en exagérant la lésion rénale.

Les accidents qui appartiennent en propre aux néphrites avec anurie durable, sont, d'une part, les vomissements, la dyspnée, l'urémie, avec ses manifestations convulsives

et comateuses; d'autre part, quelques phénomènes acces-
soires qui paraissent liés à des troubles circulatoires, le
bruit de galop du cœur, des éruptions érythémateuses.
L'anurie, au début d'une néphrite aiguë, peut n'avoir aucune gravité; elle est d'un pronostic grave à la fin des néphrites quelles qu'elles soient.

Cette anurie dans les néphrites peut être attribuée, pour
une part importante, à l'obstruction des tubuli, soit par
des détritus épithéliaux, soit par l'exsudat albumineux et
sanguin. Il faut tenir compte, comme causes adjuvantes,
de l'influence, sur la sécrétion urinaire, de la fièvre, des
évacuations supplémentaires, de la perturbation nerveuse
qui joue un grand rôle dans la suppression d'urine qui survient chez les urinaires, à la suite des manœuvres opéra-
toires.

L'anurie, chez les goutteux, peut être la conséquence de
l'obstruction des tubuli par des cristaux d'acide urique ou
d'urate de soude.

Parmi les troubles circulatoires du rein, la stase et les
thromboses veineuses sont les seules qui puissent donner
lieu à une anurie vraie.

III. L'anurie hystérique se distingue des autres variétés
d'anurie par deux caractères principaux : l'absence de lésion appréciable comme cause de la suppression d'urine;
la tolérance et l'absence d'accidents urémiques. Elle s'en
rapproche par les vomissements avec élimination supplémentaire d'urée, tels qu'on les a signalés dans les anuries
expérimentales. Il n'y a pas de rétention d'urée dans le
sang, ce qui semble démontrer un ralentissement des fonctions de nutrition.

L'anurie apparaît chez les hystériques comme phénomène passager à l'occasion des règles, comme phénomène durable dans les formes graves de la maladie, alternant alors avec des crises de polyurie, coïncidant avec de la contracture, de la paraplégie, etc., ou survenant à leur suite. Cette circonstance permettrait de mettre en cause comme point de départ de l'irritation des nerfs vaso-constricteurs du rein qui paraît déterminer l'anurie, une influence centrale, médullaire ou bulbaire..

IV. L'anurie peut être observée comme symptôme accessoire dans différents états pathologiques où elle est, en général, l'indice d'un pronostic grave, sauf chez les enfants où l'ischurie est fréquente au début des maladies aiguës. Elle est signalée dans quelques maladies générales et dans les dyscrasies; elle est la conséquence de certaines affections gastro-intestinales, avec évacuations abondantes, des péritonites par perforation et des étranglements. La contusion des reins, les brûlures étendues déterminent la suppression d'urine au nombre de leurs accidents. Enfin; quelques empoisonnements produisent cette même suppression.

Pour l'explication de ces anuries, on est amené à faire intervenir tour à tour une perturbation nerveuse profonde, l'altération du sang, les troubles circulatoires et les lesions du rein.

# OBSERVATIONS

## I

### Observations d'anurie calculeuse.

#### OBSERVATION I.

Lithiase rénale. Accès d'anurie ayant duré trois jours, suivi de l'élimination de nombreux graviers d'acide urique, de polyurie et d'albuminurie, enfin de pyurie. Guérison.

(Personnelle).

C. (Antoine), forgeron, âgé de 28 ans, entre le 16 avril 1880 dans le service de M. le D$^r$ Millard, hôpital Beaujon, salle Saint-Louis, n° 18.

Cet homme a eu une première attaque de coliques néphrétiques il y a cinq ans. Rien dans ses antécédents héréditaires ne peut en expliquer la cause; il accuse des excès alcooliques dans sa première jeunesse. Depuis cinq ans, il a eu au moins 8 à 10 accès de colique néphrétique; le dernier, six semaines avant son entrée à l'hôpital. Les traitements les plus divers : bicarbonate de lithine, de soude, lait, ne lui ont donné aucun résultat durable. Dès le premier accès, les graviers rendus étaient rouges. C'est un homme maigre, mais bien musclé, vigoureux.

Il passe en médecine le 26 avril, venant du service de M. le D$^r$ Tillaux où il a été soigné depuis le 1$^{er}$ avril. Son accès de coliques l'avait pris trois jours auparavant, sans caractère spécial. Mais le troisième jour de l'accès, accompagné comme les autres fois de vomissements, il n'urina que quelques gouttes.

Les 1$^{er}$, 2 et 3 avril, *anurie complète* sans que la suppression d'urine détermine aucun accident spécial. Douleurs toujours vives dans les reins.

Merklen. 10

Le 4. Emission d'un premier gravier rouge, le plus gros qu'il eût rendu depuis le début de sa maladie, puis, successivement, et en plusieurs jours, de quinze autres graviers de différentes grandeurs. Les douleurs de rein ont continué sans interruption, mais sans paroxysmes pendant toute cette période. L'urine a reparu après la sortie du premier gravier; examinée trois jours après, elle renfermait des quantités notables d'albumine, et cette *albuminurie* a persisté pendant quelques jours.

Dans la semaine qui a précédé son entrée dans le service de M. Millard, nouveaux accidents; accès de fièvre avec frisson et sueurs revenant plusieurs fois par jour. Le dernier accès s'est montré le dimanche 25 avril.

Le 26. Pas de fièvre aujourd'hui. Le malade se plaint de douleurs continues dans les reins et d'une faiblesse entrême. Pâleur, légère obnubilation intellectuelle.

Il est mis au régime lacté et à l'eau de Contrexéville.

Le 28. Urines, 2,000 gr. Sable rouge reconnu à l'examen chimique et histologique, comme constitué par des cristaux d'acide urique pur.

Le 29. 2 litres d'urine. Moins de douleurs et de sable.

Le 30. 3 litres d'urine. Plus de sable; amélioration notable.

1er mai. Urines moins abondantes, 2 litres. Depuis ce matin, émission d'urines *purulentes* (réaction caractéristique par l'ammoniaque et examen histologique). Et cependant il n'y a pas eu de fièvre ces derniers jours, et il n'y en a pas actuellement.

Le 5. Depuis hier, urines normales en quantité et en qualité, ne renfermant plus ni pus ni albumine. Le malade se trouve guéri. Cette pyurie passagère correspondait sans doute à un abcès d'un calice ou d'un bassinet dont la formation avait été annoncée par les accès de fièvre signalés plus haut.

## OBSERVATION II.

Lithiase rénale. Anurie suivie de polyurie et d'albuminurie. Guérison
après élimination d'un gravier.

(Personnelle).

C. (Louis), cuisinier, âgé de 36 ans, entré le 10 août 1878 dans le service de M. le Dr Empis, suppléé par M. Dieulafoy, hôpital de la Charité, salle Saint-Michel, n° 6.

Cet homme a des antécédents pathologiques multiples.

Variole en 1864. Choléra en 1865. Deux blennorrhagies dans sa jeunesse. Syphilis bien caractérisée et traitée en 1869. Mais il y a lieu d'insister plus particulièrement sur l'alcoolisme qui, chez ce malade, est invétéré et très accusé : cuisinier, et par conséquent très prédisposé à ce genre d'excès, il boit 3 litres de vin et 2 à 3 absinthes par jour. Il est de plus doué d'une obésité presque pathologique.

Ses antécédents pathologiques sont à signaler. Il a entendu souvent sa mère se plaindre de douleurs de reins accompagnées de dysurie. Son grand père maternel a eu la pierre.

Depuis un an, ce malade se plaint d'une douleur dans la région lombaire droite, douleur avec irradiations paraissant suivre le trajet des branches abdomino-génitales.

Au mois de mai dernier, il a fait un séjour de quinze jours dans le service de M. Gosselin pour une soi-disant rétention d'urine ; il n'urinait à ce moment que goutte à goutte. M. Gosselin ne constata aucune lésion du canal de l'urèthre ni de la vessie. Le malade, mis aux bains de vapeur et aux diurétiques, sortit du service beaucoup amélioré. Mais les douleurs rénales reparurent, et le malade revint le 10 août dans le service de M. Gosselin, suppléé par M. Berger, qui constata à nouveau l'intégrité des voies urinaires (urèthre et vessie) et le fit passer en médecine.

12 septembre. C'est à partir de ce moment que nous observons le malade. Il nous raconte que depuis son séjour à l'hôpital les douleurs sont moins fortes. Elles étaient assez vives autrefois pour empêcher le malade de dormir. C'est au moment de ces douleurs qu'il y a eu *anurie* absolue ; ces douleurs sont réveillées par la pression de la région lombaire.

L'anurie qui est complète par moments, alterne avec des périodes de *polyurie*. En ce moment, l'urine recueillie, qui, lors des premiers accidents, contenait un peu de sable rouge, est très pâle, comme celle des brightiques, et renferme de l'albumine en quantité assez notable.

Autre symptôme accusé par le malade et observé dans ces derniers temps : dès que paraissent les douleurs néphrétiques et l'anurie, le malade est pris de vomissements et d'une intolérance gastrique absolue ; le lait même n'est plus supporté.

Le traitement consiste en bains de vapeur, pilules de tannin, régime lacté.

Le 13. Urines, 2 litres 1/2. Albumine en moins grande quantité qu'hier. Plusieurs vomissements dans la journée et alimentation impossible.

*Prescription.* — Térébenthine. Bicarbonate de soude.

Dans la soirée, le malade rend un calcul blanchâtre et friable de forme conique.

Le 14. Polyurie très accusée. 4 litres 1/2 d'urine.

Le 15. 3 litres d'urine.

Le 16. 2 litres 1/4. Douleurs lombaires peu vives. Vomissements de plus en plus rares.

Le 17. Urines, 2 litres 1/4.

Le 18. 2 litres 1/4. Etat meilleur. Plus de vomissements ni de douleurs. Le malade se plaint encore d'une sensation de brûlure dans l'urèthre.

Albumine toujours en quantité notable.

Du 18 au 24. 2 litres à 2 litres 1/2 d'urine par jour.

Le 24. L'albumine n'existe plus qu'en faible quantité dans les urines dont la quantité s'élève en moyenne à 2 litres par jour. Plus de vomissements ni de douleurs de reins, mais douleurs dans la fosse iliaque droite, sur le trajet du cordon et au bout de la verge.

Le 30. Guérison complète. Plus d'albumine ni de douleurs.

Le malade demande sa sortie et part pour Vincennes dans le courant d'octobre.

### OBSERVATION III.

Anurie de quinze jours. Urémie le dixième jour. Mort. Oblitération calculeuse de l'uretère droit par un calcul. Calcul libre dans un des calices du rein gauche ayant probablement obturé l'uretère de ce côté. Pas d'hydronéphrose.

(Tennesón. Soc. méd. des hôpitaux, 1878).

P., teinturier, âgé de 56 ans, robuste et bien portant, fut surpris, le 16 septembre 1878, de ne pas uriner. Il en fut de même les jours suivants. Bien qu'il n'éprouvât à aucun degré le besoin d'uriner, cet homme se livra à des efforts de miction violents, répétés, mais impuissants; il ne rendit pas une goutte d'urine. Un médecin, auquel il eut recours, n'en obtint pas davantage avec la sonde.

Le 25 septembre, P. entra à l'hôpital Lariboisière, salle Saint-Jérôme, n° 7, dans le service de M. Jaccoud, que je remplaçais à cette époque.

Le 26. Je trouvai ce malade avec toutes les apparences de la santé, ne souffrant nulle part, ne se plaignant que d'une chose, de ne pas uriner depuis dix jours.

Je percutai la région hypogastrique : sonorité parfaite. Une sonde en gomme pénétra facilement dans la vessie, mais n'amena pas traces d'urine. Le diagnostic du symptôme était dès lors évident : il n'y avait pas rétention d'urine, mais anurie complète depuis dix jours.

Quelle était la cause organique dé cette anurie ? Chez un homme, je devais penser tout d'abord à des calculs rénaux engagés dans les uretères, et je dirigeai mon interrogatoire dans ce sens. Malgré l'insistance de mes questions, toutes les réponses du malade furent négatives. Il n'avait jamais eu de colique néphrétique, jamais d'hématurie, rien présenté, en un mot, qui indiquât l'existence de lithiase urique.

Dans l'abdomen, pas de tumeur, pas d'augmentation appréciable du volume des reins, pas de sensibilité des régions lombaires. Au cœur et aux poumons, rien d'anormal.

Du côté des voies digestives et du système nerveux, aucun symptôme d'urémie. L'appétit était diminué, mais le malade mangeant, ne vomissait pas, n'avait pas de diarrhée. Pas de céphalalgie, pas d'insomnie, pas de somnolence, pas d'amblyopie. Les seuls symptômes que je pus découvrir, furent : un petit tophus sur le bord de l'hélix, et un peu d'œdème aux jambes, dont le malade ne s'était pas aperçu.

Rien dans ses antécédents qui pût être rapporté à quelqu'une des formes du mal de Bright. Pas d'alcoolisme, pas de goutte articulaire, pas de rhumatisme.

Si le diagnostic laissait place à quelque doute, le pronostic, en revanche, était facile. J'annonçai aux élèves du service, que d'ici à un ou deux jours, le malade serait pris d'accidents urémiques, auxquels il succomberait, à moins que l'excrétion de l'urine ne se rétablisse spontanément.

Diète lactée. Lavement purgatif. Bain tiède prolongé.

Dans la journée, il y eut un premier vomissement. Après le bain, le malade rendit, dans un verre, un dé d'urine, la seule qu'il ait rendue depuis dix jours, la seule qu'il devait rendre jusqu'à sa mort; cette urine était trouble et albumineuse.

Le lendemain 27, langue saburrale, éructations, tremblement léger des extrémités. Température rectale, 36,8.

Les jours suivants, l'urémie s'accentua de plus en plus : langue sèche, hoquet, vomissements, diarrhée favorisée par des purgatifs. Température rectale, au voisinage de 36,8. Respiration accélérée, inégale, suspirieuse, dont l'examen de la poitrine ne rendait pas compte. Secousses réflexes dans les membres, provoquées par les excitations périphériques. Un peu de délire calme. Affaissement progressif de l'intelligence. Enfin, coma de quelques heures, et mort le 1er octobre. Température rectale immédiatement après la mort, 36,4.

Au total, quinze jours d'anurie complète (à part les 2 centimètres

cubes d'urine rendus le 26 septembre); sur ces quinze jours, dix jours
sans urémie sensible et cinq jours d'accidents urémiques à partir du
premier vomissement.

.‑ *Autopsie.* — La vessie est vide et saine.

L'uretère droit est complètement obstrué à son tiers supérieur par
un petit calcul urique, dur, du volume d'un gros pois, allongé et im‑
mobile. Au-dessus de ce calcul, les voies urinaires sont très peu dila‑
tées et contiennent un liquide sanguinolent. Un des calices a seul subi
une dilatation notable, et forme une ampoule grosse comme une noix
dans le parenchyme rénal. La substance corticale paraît sclérosée à
l'œil nu. Le rein a son volume normal et n'est pas déformé.

L'uretère gauche est complètement libre. Le rein gauche est un peu
augmenté de volume et congestionné. Dans un calice existe un cal‑
cul urique, jaunâtre, dur, en forme de croissant régulier, ayant 2 cen‑
timètres 1/2 de longueur et 1/2 centimètre d'épaisseur à sa partie
moyenne. Ce calcul est entièrement libre dans le calice; quand on
l'engage dans l'uretère, il l'obture par l'une ou l'autre de ses extré‑
mités.

Pas d'autres concrétions dans les voies urinaires.

Les autres organes n'ont pu être examinés.

## OBSERVATION IV.

Hydronéphrose très considérable formée dans le rein droit, à la suite de l'obs‑
truction de l'uretère par un calcul; anurie complète à la suite de l'obstruc‑
tion de l'uretère gauche. Mort.

(Rayer. Traité des maladies des reins, t. III, p. 490).

M. V..., âgé de 64 ans, avait ressenti à l'âge de 22 ans, dans la
région du rein droit une douleur qui se propageait obliquement vers la
vessie en suivant la direction de l'uretère; cette douleur persista et
augmenta de plus en plus, et les urines étaient parfois sanguinolentes,
et même quelquefois d'une teinte noirâtre. Le malade était pâle et
maigre. Peu à peu l'urine cessa d'être sanguinolente et reprit ses ca‑
ractères ordinaires, et la santé de M. V... devint très bonne; et, pen‑
dant une longue suite d'années, il jouit d'une santé florissante. Pen‑
dant l'hiver de 1828, il contracta une bronchite qui persista plusieurs
mois, et au printemps de 1823 une névralgie sciatique.

M. V... commença vers l'année 1820 à acquérir de l'embonpoint qui
augmenta de plus en plus; le volume du ventre prit un accroissement

fort remarquable, et, dans les derniers temps surtout ce volume du ventre le gênait considérablement dans la marche.

Le 18 septembre 1834. M. V... éprouva dans le ventre un malaise qui l'obligea à s'aliter ; des douleurs se faisaient sentir dans tout l'abdomen, mais surtout vers la région du rein gauche. Cette région était douloureuse au toucher, le malade n'urinait point, n'avait même aucune envie d'uriner et la vessie n'était point distendue. Pendant dix jours, M. V... n'eut aucun besoin d'uriner et au bout de ce temps seulement il rendit deux verres d'une urine citrine. En examinant le ventre, M. Hamel et moi, nous constatâmes la présence d'une tumeur volumineuse qui s'étendait obliquement de l'hypochondre droit vers la fosse iliaque gauche. Cette tumeur présentait une fluctuation obscure, nous pensâmes qu'elle était formée par le rein droit distendu. L'état du malade devint de plus en plus grave. La langue se couvrit d'un enduit limoneux. Les traits s'altérèrent, les nuits furent agitées, le pouls s'affaiblit ; il survint des hoquets et le malade expira le 13 octobre 1834, à 9 heures du matin.

A l'ouverture du corps, nous trouvâmes le rein droit prodigieusement distendu et converti en une poche remplie de 7 livres 11 onces d'un liquide filant ; la tumeur avait 16 pouces de long de bas en haut ; la longueur de son bord convexe était de 22 pouces, et celle de son bord concave de 16 pouces ; la tumeur avait 7 pouces 6 lignes d'épaisseur à son milieu. L'uretère, dilaté à son origine, se rétrécit bientôt subitement. et dans cette espèce d'étranglement on sentait un petit calcul engagé dans ce conduit, qu'il avait complètement obstrué. Au dessous de cet obstacle, l'uretère reprenait ses dimensions ordinaires.

Le rein gauche était considérablement gonflé et rouge ; le bassinet était notablement dilaté et arborisé ; l'uretère gauche, comme celui du côté droit, contenait un petit calcul arrêté à 5 pouces environ du bassinet. La vessie était saine et les autres organes de l'abdomen étaient dans l'état naturel.

## OBSERVATION V.

Anurie de vingt-deux jours. Rémission avec polyurie et albuminurie le treizième jour. Urémie. Calcul de l'uretère gauche sans hydronéphrose. Rein droit kystique.

(J. Paget. Transact. of the clinical Society in London, t. II, 1869).

M. P..., âgé de 74 ans, fermier, avait toujours joui d'une bonne santé jusqu'à une attaque de rhumatisme qui dura du 24 juin au 6 juillet 1868.

Il se rétablit complètement, resta vigoureux, bien portant, obèse jusqu'au 23 avril 1869 où il remarqua qu'il ne rendait plus d'urine. Déjà la semaine précédente il avait uriné moins que de coutume; mais cette fois il y avait anurie absolue. Néanmoins il ne ressentait aucune douleur ni aucune gêne et M. Stevens de Christchurch à qui je dois ces détails, n'observa pendant la dernière semaine (?) ni distension de la vessie, ni trouble de la santé générale.

Le 24. Même état, aucune émission d'urine, cathétérisme facile sans urine; on pense à une fausse route.

Le 25. Aucun changement. Le malade mange bien, dort comme d'habitude; il ne se plaint d'aucune douleur; selles normales. Nouveau cathétérisme sans résultat.

Le 26. Le malade vient à Londres et est confié à mes soins. Rien de spécial au premier examen. Pouls et température normaux. Fonctions digestives en bon état. Vessie non distendue; cathétérisme sans résultat.

Les jours suivants, du 27 avril au 1er mai, aucun changement notable. Le malade dormait beaucoup, environ dix à douze heures dans les vingt-quatre heures. A son réveil, pas de trouble de l'intelligence.

Le 29 seulement, il vomit environ trois onces d'un liquide verdâtre, avec des mucosités. Son appétit avait diminué mais n'était pas perdu. Constipation, deux selles obtenues par le calomel et les lavements

Pouls 60 à 70, plein, fort. Respiration libre et naturelle. Quelques douleurs dans la région rénale gauche. Cathétérisme toujours négatif. Diurétiques salins sans effet.

Le 1er mai, c'est-à-dire le neuvième jour de l'anurie, je lui conseillai de retourner chez lui, pensant que la mort était proche, ce qu'il fit sans accident.

Les jours suivants jusqu'au 5 mai, il n'y eut pour ainsi dire pas de changement dans son état. On obtint quelques selles par des lavements mais sans urine.

Le 5. Le malade fut plus somnolent.

Le 6. Il fut difficile de le réveiller et dans l'après-midi de ce jour, il eut une petite attaque convulsive, premier phénomène appréciable d'une suppression d'urine datant de treize jours.

Durant la nuit du 6 au 7 mai, une quantité considérable d'urine fut rendue par le malade pendant son sommeil, mais on ne put la mesurer, puisqu'elle s'était écoulée dans le lit. Ensuite le malade rendit 6 onces d'urine pâle, albumineuse et les quelques mouvements convulsifs cessèrent.

Le 8. Aucune urine rendue ; pour la première fois les battements du pouls s'accélèrent.

Le 9. Quelques tressaillements des bras ; mains et pieds très froids. Pouls 84 et régulier. Dégoût pour les aliments. Pas d'urine ; pas d'envie d'uriner.

Le 10 Abattement, expectoration d'un peu de mucus teinté de sang. Pouls 110, intermittent. Conscience conservée ; tremblements des membres,

Le 11. Assoupissement. Quelques selles mais pas d'émission d'urine. Pouls 112, intermittent, les tressaillements continuent.

A partir de ce moment, il s'éteint graduellement, son pouls devient plus rapide et plus faible ; le tremblement des membres se modifie (?) de jour en jour, l'intelligence diminue, selles fétides noires, pas d'urine.

Mort le 15 mai, après vingt-deux jours de suppression.

*Autopsie.* — Prostate modérément élargie, mais non à un degré suffisant pour avoir empêché l'écoulement de l'urine.

Vessie vide et contractée. Muqueuse congestionnée et ecchymosée par places.

Uretère droit sain et perméable partout. Uretère gauche hypertrophié et dilaté dans sa partie supérieure ; calcul oblitéral à deux pouces de la vessie. Uretère normal au-dessous de l'obstacle jusqu'à la vessie. Le calcul pouvait être facilement porté vers le rein mais non vers la vessie ; cependant il n'était pas si exactement moulé sur la paroi de l'uretère qu'un stylet ne pût passer sur ce côté.

Le rein droit était réduit à une coque mince parsemée de kystes de différentes grandeurs, le plus grand ayant un diamètre de 2/3 d'un pouce. Le bassinet, les calices, l'infundibulum étaient dilatés et contenaient environ une demi-pinte de liquide de 1010 (pesant spécif), légèrement acide, probablement urine mal formée, qui s'échappa facilement dans l'extrémité inférieure de l'uretère quand le rein fut enlevé.

Pour le rein gauche, le parenchyme paraissait hypertrophié et congestionné, kystique par places. Aucune apparence de dilatation des calices et des bassinets ; pas d'urine dans leur intérieur.

## Observation VI.

Observation sur une suppression d'urine chez un sujet qui n'avait qu'un rein et
dont l'orifice supérieur de l'uretère se trouva hermétiquement bouché par
un calcul.

(Julia Fontenelle. Arch. de méd., t. II, p. 577, 1823).

M. J. J..., négociant, d'une constitution athlétique, et d'un tempé-
rament sanguin, après avoir éprouvé des chagrins violents, se rendit
en Italie d'où il revint au bout de trois ans, et après avoir recouvré
sa tranquillité ; il était alors âgé de 48 ans et jouissait d'une assez
bonne santé, sauf quelques coliques qu'il éprouvait de temps en temps
et qu'il attribuait aux vins et aux eaux-de-vie qu'il dégustait journellement en raison de son commerce. Un jour, après s'être livré à une
colère violente, il fut atteint d'une forte colique et d'une suppression
d'urine totale. Quelques bains de corps, le petit lait nitré, etc., firent
cesser en peu de temps ces deux états. Le même accident eut lieu trois
mois après, et par une semblable cause ; le traitement fut suivi du
même succès. Enfin, deux mois s'étaient à peine écoulés, lorsqu'à la
suite d'une colère violente il éprouva de fortes coliques et une nouvelle suppression d'urine. Le traitement antiphlogistique, qui avait
été employé deux fois avec avantage, fut cette fois sans succès, il ne
fit que diminuer la colique sans rappeler l'écoulement d'urine. Le
D$^r$ Sernin ayant été appelé, s'empressa de sonder le malade sans trouver une goutte d'urine dans la vessie. Un bain de corps, le petit lait et
quelques boissons diurétiques sont administrés sans succès. Le lendemain le malade est sondé de nouveau : l'opération n'a aucun résultat;
la fièvre se déclare et les D$^{rs}$ Pech et Maury sont appelés. Le troisième
jour quinze sangsues sont appliquées sur la poitrine ; le malade paraît
soulagé, et rend naturellement environ quatre onces d'une urine
claire, incolore et presque point chargée de principes salins. Le quatrième jour la fièvre augmente et il survient une hémorrhagie nasale
très forte ; on pratique une saignée du pied ; le malade sécrète environ
deux onces d'urine semblable à la précédente ; les pilules camphrées,
nitrées, et les boissons antiphlogistiques sont mises en usage. Le
sixième jour, cette hémorrhagie devient si forte que tous les moyens
propres à l'arrêter se trouvant insuffisants, il fallut recourir au tamponnement. Une nouvelle saignée, ainsi qu'un lavement émollient sont
administrés ; légère émission d'urine ; mais l'état du malade s'aggrave

fortement. Le septième jour il empire encore; les bols camphrés et musqués, un large vésicatoire sur la poitrine, le petit lait, le sirop d'orgeat, etc., sont employés sans produire aucun amendement; enfin le huitième jour le malade meurt.

L'autopsie cadavérique faite par le D$^r$ Sernin n'offrit rien d'extraordinaire dans aucune cavité ni dans aucun organe; mais en parcourant la région abdominale nous fûmes étonnés de ne trouver dans le côté gauche ni rein, ni aucune trace d'uretère. Nous examinâmes de suite le côté droit, et nous vîmes un rein d'un volume cinq fois plus gros que dans l'état ordinaire, dont l'uretère était distendu à l'orifice supérieur. Ce rein était dans la position ordinaire de cet organe et non transversalement. Nous crûmes que ce volume devait être causé par une hydropisie à laquelle nous attribuâmes d'abord cette suppression d'urine, mais nous fûmes bien surpris de le trouver sain, sans aucun calcul, ni sans une seule goutte de cette sécrétion animale. Parvenus à l'uretère, nous aperçûmes un calcul qui en bouchait hermétiquement l'orifice supérieur. Ce calcul, d'une couleur jaune fauve, ayant la forme d'une amande et pesant environ 5 grammes, était engagé aux trois quarts dans l'uretère. J'ai mis de côté un fragment pesant 1 décigramme qui s'en était détaché en l'enlevant, et je constatai par l'analyse que ce calcul était constitué par de l'acide urique.

### OBSERVATION VII.

Anurie de neuf jours et demi. Urémie. Mort. Atrophie ancienne du rein droit. Occlusion calculeuse de l'uretère gauche.

(Roberts. On urinary and renal diseases).

Homme de 67 ans, ayant, douze ans auparavant, été atteint de colique néphrétique, mais sans avoir rendu de calcul. Six semaines avant sa mort il avait présenté les symptômes d'une affection calculeuse du rein gauche avec fréquentes mictions et douleurs au niveau de cette région, etc. Quinze jours avant sa mort, après une longue promenade, le malade ressentit tout à coup une violente douleur dans le rein gauche, douleur qui persista aussi intense pendant quatre jours et fut accompagnée de mictions très fréquentes, mais peu abondantes. Au bout de ces quatre jours, la suppression s'établit tout à coup et la douleur cessa quelques heures ensuite. Je vis le malade le troisième jour de cette suppression. Il ne présentait aucun symptôme en rapport avec la suspension de la fonction rénale. Je le trouvai calme, ne ressentant aucune douleur; ni nausées ni vomissements, pas d'envies d'uriner ; pouls 80, langue nette, peau sèche, insomnie les deux dernières nuits. On ordonna un bain chaud, une mixture saline. On étendit un liniment le long du trajet de l'uretère et on y fit des massages. Le jour suivant, quatrième jour de la suppression, une pinte d'urine pâle et limpide fut rendue. Le malade avait transpiré abondamment et dormi quelques heures. En palpant les régions rénales, on sentait la droite aplatie et vide, contrastant avec la gauche, qui présentait une surface arrondie et résistante comme à l'état normal.

Le jour suivant (cinquème de la suppression), émission de 12 onces d'urine, claire, presque incolore, d'une densité de 1010 sans albumine, et contenant 1,92 grains d'urée par once. Anorexie, soif, nausée et parfois vomissement, un peu de trouble intellectuel, mais pas de véritable délire. Pouls 80, respiration 24.

Le lendemain (sixième jour), mêmes symptômes avec grande agitation et insomnie. Emission de 16 onces environ d'urine incolore, d'une densité de 1011, contenant 2,08 grains d'urée par once, de nouveaux symptômes apparaissent : sécheresse de la langue vers la pointe, contraction des pupilles et parfois du hoquet; dans la soirée le malade perdit encore 6 onces d'urine l'impide ; densité, 1811. Température axillaire, 98,6.

Dans l'après-midi du jour suivant (septième) grand changement, mais avec aggravation. Pouls 80, irrégulier, respiration 28, laborieuse, traînante, interrompue ; langue sèche et brune, tressaillements musculaires par tout le corps. Le malade est indifférent, assoupi; cependant répond encore intelligemment. Pas d'urine depuis dix-huit heures.

La mort survint trente-six heures après ma dernière visite, neuf jours et demi après le début de la suppression. Pendant la dernière période, les symptômes furent notés par le D<sup>r</sup> Mellor, avec qui je voyais le malade. La respiration devint de plus en plus lente et laborieuse, à caractère suspirieux; l'indifférence augmente, mais le malade répondait encore yes ou no aux questions qu'on lui faisait, mais lentement et à contre-cœur. Pupilles réduites au volume d'une tête d'épingle. Enfin coma absolu. Il y eut peut-être quelques convulsions dans les instants qui précédèrent la mort.

*Autopsie.* — Rigidité cadavérique complète. Corps bien conservé sans odeur urineuse ou ammoniacale. Tous les organes sains, sauf les reins et les uretères. Le rein droit était complètement transformé en une masse fibreuse parsemée de kystes et pesant 2 onces 1/2; l'uretère correspondant était oblitéré dans tout son trajet et transformé en une corde fibreuse. A sa partie moyenne, il présentait un épaississement qui doublait ses dimensions. La partie élargie était fibreuse et solide comme le reste du conduit. Pas de calcul, ni dans le rein, ni dans l'uretère, mais on suppose que la partie épaissie avait été autrefois le siège d'une oblitération et que le calcul ou ce qui avait amené cette oblitération avait été peu à peu détruit par absorption.

Le rein gauche était très gros ; il pesait 10 onces. A la section, coloration foncée, congestion intense. L'uretère était aussi large qu'une plume d'oie et distendu par l'urine. A son extrémité inférieure se trouvaient trois petits calculs d'oxalate de chaux de la grosseur d'un grain de chènevis et pesant à eux trois environ 1 grain 1/2. L'un d'eux était étroitement adhérent à la partie terminale de l'uretère, à son passage dans les parois de la vessie, et avait amené l'oblitération. Le liquide retenu dans l'uretère s'élevait à 3 grammes et consistait en une urine sanglante et grumeleuse. La cavité du rein était seulement un peu dilatée et contenait environ deux drachmes d'une urine sanglante.

La vessie renfermait six onces d'urine pâle et claire. Ses parois étaient saines.

### OBSERVATION VIII.

Anurie calculeuse de neuf jours. Urémie. Mort. Lésion ancienne du rein gauche. Occlusion calculeuse du rein droit.

(Roberts. On urinary and renal diseases).

Homme de 59 ans, robuste, de taille élevée, ayant souffert quatre années auparavant de coliques néphrétiques du côté gauche. Après plusieurs semaines de souffrance, deux calculs d'acide urique avaient été rendus, puis tout s'était calmé.

Après quatre années de bonne santé, le malade fut saisi un matin, sans cause déterminée, d'une douleur soudaine dans la région rénale droite et aussi d'une violente envie d'uriner. La douleur et le besoin impérieux d'uriner continuèrent jusque dans l'après-midi. Toute la journée, le malade rendit, à de courts intervalles, de petites quantités d'une urine sanglante, s'élevant en tout à environ une demi-pinte. Pendant tout ce jour, l'estomac se montra très irritable. Enfin vers le soir, l'écoulement de l'urine cessa complètement et la douleur diminua.

Je vis le malade pour la première fois environ cinquante heures après le début de la suppression. J'étais assisté de M. Grendrod, de New-Mills. Depuis, je vis le malade chaque jour jusqu'à la mort qui arriva neuf jours et quelques heures après l'arrêt de l'écoulement d'urine. Durant tout ce temps, le malade n'urina qu'une seule fois, le quatrième jour, et il rendit alors 2 onces d'urine. Après la mort, la vessie fut trouvée vide. L'aspect de l'urine était tout à fait caractéristique d'une suppression par oblitération. Densité, 1,010. Elle contenait un peu de sang et aussi quelques traces d'albumine. L'urine ayant déposé, elle présentait une couleur jaune pâle, analogue à celle de la paille. Le dépôt contenait, outre les globules sanguins, un grand nombre de cellules épithéliales modifiées et ressemblant à celles des cavités du rein.

Le cas observé avec beaucoup de soin pendant toute sa durée, peut être présenté comme un type de mort par anurie. Le Dr Garrod, mandé de Londres, se joignit à nous le cinquième jour de la suppression. Les six premiers jours, les symptômes furent étonnemment bénins, et c'est à peine si l'on pouvait soupçonner que l'une des plus importantes fonctions de l'organisme se trouvait supprimée. La force musculaire avait bien diminué, le sommeil laissait à désirer, mais le malade était calme. Sa langue, sa peau et ses pupilles étaient normales. Il n'y avait eu qu'un peu de nausées et pas de vomissements après le quatrième jour; l'intelligence n'était nullement obscurcie. La respiration ni la sueur n'exhalaient aucune odeur urineuse ou ammoniacale. Pouls plein, 72 pulsations; respirations, 24. Température s'écartant à peine de la normale. Pas d'envies d'uriner. A peine un peu de douleur et de sensibilité dans la région rénale droite ; le malade continue à s'alimenter convenablement.

Le septième jour, les symptômes caractéristiques de la suppression commencent à se montrer. Quelques légers tressaillements et tiraillements du tronc et des membres ; la langue commence à se dessécher. L'insomnie, marquée dans la première période, devient de plus en plus pénible. Assoupissements de courte durée, tressaillements dans cet état comme dans l'état de veille. Le malade s'alimente convenablement. Ni vomissements, ni soif ; passagèrement, quelques légères nausées.

Le huitième jour, le malade était encore calme, son intelligence n'était pas obscurcie et il ne témoignait pas d'indifférence lorsqu'il était bien éveillé; mais si on l'abandonnait à lui-même, il retombait constamment dans son état d'agitation et d'assoupissement, de réveils en sursaut. Les contractions musculaires étaient plus marquées que la veille ; la faiblesse musculaire avait considérablement augmenté; cependant le patient peut se lever, s'habiller et passer ainsi une heure et demie dans sa chambre à coucher. Pupilles normales. Alimentation assez satisfaisante : un quart de lait, du chocolat, du pain et du beurre, du gâteau de riz. Depuis le commencement de la maladie, des sueurs profuses avaient été obtenues au moyen de bains chauds. Ni nausées,

ni vomissement. On remarque ce jour-là dans la respiration un caractère
suspirieux qui ne fait que s'accroître de plus en plus jusqu'à la mort.
La température commence à diminuer.

Le neuvième jour, grand changement, mais en pis. Insomnie et agitation de plus en plus inquiétantes. Contractions musculaires répétées
et intenses. Langue et bouche entièrement sèches. Pupilles très resserrées, mais encore un peu sensibles à la lumière. Soif, perte d'appétit.
Faiblesse si grande, que le malade ne peut faire un pas sans le secours
de deux personnes ; on avait dû le porter dans le bain. Nausées non
persistantes, mais vomissements provoqués par l'ingestion d'une poudre de jalap. Quoique l'intelligence fût nette, lorsqu'il était réveillé
(il traitait de ses affaires avec son homme de loi), il devenait tout à
fait indifférent si on le laissait dans le calme et tombait rapidement
dans un état d'assoupissement, la bouche ouverte, la mâchoire demi-
tombante ; respiration suspirieuse avec une longue pause entre l'expiration et l'inspiration.

Le 10° jour, à 1 heure de l'après-midi, mort du malade. La maladie
avait duré un peu plus de neuf jours à partir du début de la suppression. Deux onces seulement d'une urine très claire avaient été rendues
pendant tout cet intervalle.

Les accidents qui marquèrent la terminaison fatale furent des plus
pénibles. Augmentation extrême de la faiblesse ; nuit presque sans
repos. Le malade était sans cesse sur pieds pour aller à la selle, mais
ne put rendre qu'un peu de mucus. Augmentation de la soif, de la sécheresse de la bouche et des convulsions. A 6 heures du matin respiration très embarrassée, menace de suffocation. Le malade prie instamment qu'on l'assoie sur le bord du lit. Eructations nombreuses et intenses qui amènent un grand soulagement. Après deux heures
le malade se couchait. mais la tête très élevée. Les jambes étaient
devenues complètement impuissantes ; il disait qu'il ne les sentait plus.
A 9 heures, pouls à 80° ; respiration à 15°, très laborieuse et interrompue.
Pupilles très fortement contractées. Tressaillements incessants dans tout
le corps et dans les membres. La respiration devient plus embarrassée.
On soulève le malade sur le bord du lit, puis on le porte dans son fauteuil.
Les forces diminuent de plus en plus la respiration devient de plus en
plus difficile ; le malaise et l'inquiétude augmentent ; assoupissements
puis réveils en sursaut. Le malade reste dans son fauteuil jusqu'à
1 heure après midi ; à ce moment il se laisse glisser, on veut l'aider à
se relever, il demande à ce qu'on lui frictionne les mains et retombe
sans vie. Ni coma ni convulsions. La nuit il semblait en proie au délire, mais si on le réveillait, on le retrouvait conscient et avec une
intelligence intacte. La respiration avait présenté dans les derniers

jours un caractère particulier qui s'accentua à mesure que la mort approchait. Inspiration de plus en plus prolongée et laborieuse expiration plus courte et plus suspirieuse; pause prolongée entre elles. La difficulté de la respiration qui paraît avoir été la cause déterminante de la mort était évidemment due à l'affaiblissement de puissance des muscles inspirateurs.

L'autopsie fut limitée à l'abdomen. Tous les organes étaient sains sauf les reins et les uretères. Le rein droit était augmenté de volume, et pesait environ 11 onces et demie. Sa surface était parsemée de nombreux points ecchymotiques. Elle était ainsi que la surface de section, d'un pâle pourmelé, anémiée; ce qui contraste fortement avec le rein de couleur sombre, presque noir, trouvé dans la première observation. Les cavités du rein et l'uretère ne présentaient pas la moindre dilatation; ils contenaient environ deux cuillers à thé d'une urine sanglante. On trouva dans la partie inférieure de l'uretère un petit calcul d'acide urique solidement fixé à sa paroi, juste au-dessus du point où le canal s'abouche dans la vessie. Il avait à peu près la forme et la taille d'un grain de chenevis et pesait 1 grain 1/3.

Le rein gauche était complètement détruit. On trouva à sa place un sac lobulé à peu près de même dimension qu'un rein normal. A la coupe, ils s'en échappa environ 5 onces d'un liquide d'un blanc opaque tout à fait analogue à du lait frais. Ce liquide d'aspect singulier conserva sa ressemblance avec du lait, même au bout d'un long temps. On constata qu'il était formé de myriades d'aiguilles d'urate de soude nageant dans un liquide très riche en albumine. Les parois du sac ressemblaient à une peau molle, d'une ou deux lignes d'épaisseur, tout à fait dépourvues de structure analogue à celle du tissu rénal. La cause de la lésion fut trouvée à l'origine de l'uretère où l'on trouva un calcul d'acide urique, du poids de 52 grains obstruant complètement son calibre. Le reste du canal était libre et normal.

La vessie était vide et saine. Le corps était bien conservé et n'exhalait ni odeur urineuse, ni odeur ammoniacale.

### OBSERVATION IX.

Anurie de cinq jours précédée de troubles de la sécrétion urinaire. Urémie.
Mort. Calculs des deux uretères.

(Roberts. On urinary and renal diseases).

Homme de 40 ans, ayant souffert trois mois de coliques néphrétiques du côté droit et rendu à la suite quelques petits calculs. Il s'était bientôt remis de cette attaque et vaquait à ses affaires comme d'habitude jusque vers trois semaines avant sa mort. Il commença alors à souffrir dans la région rénale gauche et cette douleur persista pendant quinze jours. Durant cette période l'émission de l'urine parut aussi abondante qu'autrefois, mais la femme du malade déclara qu'elle avait entièrement changé de caractère : auparavant elle était foncée, maintenant elle était claire comme de l'eau.

A la fin de cette quinzaine survint la suppression complète de l'urine, puis la mort au bout de cinq jours.

Je ne vis le malade qu'une fois le jour qui précéda sa mort, et en consultation avec M. Edwards de la même ville. Il était alors sous le coup d'un empoisonnement urémique manifeste : pupilles réduites au volume d'une tête d'épingle, tressaillements musculaires dans tout le corps, respiration suspirieuse, lente, interrompue. Langue et bouche entièrement sèches. Agitation continuelle ; indifférence presque complète; cependant réveillé il répondait encore intelligemment aux questions. Mort le lendemain de ma visite sans coma ni convulsions. Une heure avant sa mort il pouvait encore parler d'une façon sensée.

Autopsie le lendemain.

Le corps ne présentait pas d'odeur urineuse ou ammoniacale ; il était sain partout excepté du côté des organes urinaires.

Le rein droit présentait un volume à peu près normal. Il était cependant en voie d'atrophie et réduit à une coque formée par ce qui restait de la substance corticale pâle et malade. Infundibula modérément distendus, contenant environ une once de liquide pâle qui ne fut pas recueilli. L'uretère droit était oblitéré à son origine par un calcul d'acide urique de forme allongée et pesant environ 22 grains et demi.

Un autre petit calcul gros comme un grain de chenevis fut trouvé dans un des infundibula. L'uretère au-dessous de l'oblitération était normal.

Le rein gauche était très gros, mais sain. Il avait l'apparence pommelée du rein droit dans l'observation II. On trouva à l'état libre dans les infundibula trois petits calculs d'acide urique gros comme des grains de moutarde qu'on aurait aplatis. L'uretère et les cavités du rein étaient modérément distendus par du liquide. L'uretère paraissait de la grosseur d'une plume d'oie. En l'ouvrant on trouvait des érosions superficielles sur tout son trajet, révélant l'expulsion antérieure d'un calcul. On le trouva en effet au voisinage de la vessie à la terminaison de l'uretère. Il glissa dans la vessie durant les manipulations de la pièce. C'était un calcul d'acide urique arrondi, de la taille d'un petit pois et pesant un grain et demi.

La vessie était vide et saine.

Merklen.                                                    11

## Observation X.

Lithiase rénale. Anurie incomplète de quinze jours. Mort.
Pas d'autopsie.

(Roberts. On urinary and renal diseases).

Homme de 65 ans, sujet depuis quelques années à des attaques de coliques néphrétiques et ayant rendu de temps à autre des calculs d'acide urique. Environ quatorze jours avant ma visite des accidents de coliques néphrétiques à gauche étaient survenus, avec douleur dans les lombes et fréquente miction. J'appris que pendant ces quatorze jours, le malade avait rendu une quantité considérable d'urine mais d'une façon irrégulière, environ deux pintes en moyenne. Il y avait des jours où il n'avait pas rendu d'urine, tandis que d'autres jours il en avait rendu de grandes quantités en deux ou trois fois.

Lorsque je vis le malade, il était dans la dernière période de l'urémie. Pupilles très fortement resserrées. Nombreux tressaillements musculaires dans tout le corps. Pouls 100. Respiration 16, très suspirieuse. Intelligence entière lorsqu'on excitait son attention.

L'hypogastre était saillant et mat. Le D$^r$ Jepson et moi nous introduisîmes une sonde et retirâmes deux pintes d'urine ayant les caractères de l'urine appartenant à la suppression par oblitération : très pâle, de densité 1006.

La mort arriva le quinzième jour de la suppression, laquelle du reste ne fut jamais que partielle. L'autopsie ne fut pas permise, mais il n'était pas difficile de deviner ce qui s'était passé. Le rein droit avait sans doute été détruit à une date antérieure par l'oblitération de l'uretère par un calcul. Le rein gauche devenu le seul organe de la fonction urinaire avait eu ensuite a subir le même accident. Un calcul engagé dans l'uretère n'avait pu cheminer jusqu'à la vessie, d'où suppression incomplète et mort en quinze jours.

## Observation XI.

Anurie de dix jours. Tumeur de la fosse iliaque droite. Polyurie abondante et disparition de la tumeur.

(Roberts. Loc. cit., d'après Allbutt).

M. W..., âgé de 56 ans, homme sain et vigoureux visité pour la première fois par M. Wheelhouse, le mercredi 11 septembre 1867. Il se plaignait alors d'une douleur violente dans la région lombaire, d'un sentiment de plénitude et de pesanteur, d'un malaise général, de troubles fébriles.

Lundi 16 septembre. Signes de la descente d'un calcul dans le canal de l'uretère.

Samedi 21. Le calcul suit selon toute apparence sa marche dans le canal de l'uretère.

2 octobre. Depuis la dernière visite le calcul paraît s'être arrêté à l'entrée de l'uretère dans la vessie; douleur persistante avec paroxysmes jusqu'à trois heures du matin. A ce moment il s'est produit un soudain et complet soulagement. On dit au malade de se surveiller au sujet des accidents possibles d'une pierre dans la vessie qui pouvaient se manifester. A 6 heures, il rend une petite quantité d'urine.

Jusqu'à ce jour, la miction s'était faite librement et l'urine était normale.

Le 3, 9 heures du matin. Aucune urine rendue. Cathétérisme, on ne trouve pas d'oblitération. Vessie complètement vide, 3 heures après midi, même état. Absence complète de douleur, pas d'urine. Aucun signe d'urémie, 10 heures. Consultation avec le Dr Albutt. Même état. Température 100°. On ordonne des bains chauds et des fomentations.

Le 4 (vendredi) 9 heures du matin, même état. Pas d'urine. Pas d'urémie. Beaucoup de malaise local et d'agitation. Température 98,2. Fomentations, purgatifs salins et délayants. Bromure de potassium avec un peu d'iodure, l'opium étant contre indiqué, 9 heures du soir, même état. Expulsion d'une goutte ou deux d'urine juste assez pour faire une tache au fond d'un petit vase. Aucun symptôme d'empoisonnement· Malade ayant toute son intelligence et se trouvant beaucoup mieux.

Le 5. M. W... est appelé à 5 heures du matin. Vive douleur au même endroit que les premiers jours. Engourdissement dans les membres du même côté. Pas une goutte d'urine quoique fréquentes envies d'uriner. Sp. Ether sulfurique ordonné chaque demi-heure, 8 heures 30. Vu avec le Dr Albutt. La douleur a cédé à quelques doses d'éther. Pas d'urine. Respiration calme. Perspiration normale. En percutant, matité dans toute la moitié gauche de l'abdomen.

Matité modifiée un peu par la position. Malade lucide et intelligent. Pas d'assoupissement, éther et bromure abandonné, 3 heures après midi. Même état. La douleur réapparaît. Ni urine ni urémie, 9 heures 30. Vu avec le Dr Albutt. Examen physique. Matité dans toute la région hypogastrique au-dessous d'une ligne transversale passant par le nombril. Le toucher rectal détermine de la douleur dans un point situé derrière la prostate mais on ne sent aucune saillie. Cathétérisme

facile suivi de l'issue de quelques gouttes d'uriné environ 20 à 30 ;
puis à la fin de l'opération expulsion d'un peu de mucus sanguinolent
L'exhalation pulmonaire a une odeur urineuse. Esprit net. Pas de céphalalgie. Pouls un peu plus faible et rapide. Le pouls et la température avaient toujours été normaux.

Le 6, 9 heures 30. Pouls 96. Amélioré. Température 98,2. Bonne nuit
mais pas d'urine. La matité abdominale remonte un peu au-dessus du
nombril du côté gauche, mais est descendue du côté droit. L'exhalation
pulmonaire ne présente plus d'odeur urineuse. Les purgatifs salins
avaient maintenu l'intestin libre jusqu'à aujourd'hui où le malade ne
va pas à la garde robe, 9 heures 30 du soir. Intelligence merveilleusement
nette. Sommeil tranquille de cinq heures. 2 selles fluides. Pas d'urine
si ce n'est quelques gouttes après beaucoup d'effort. Le malade est
gai, peut s'asseoir et se lever ; il se promène dans sa chambre. Il tousse
un peu, ce qui imprime quelques secousses un peu douloureuses à la
région hypogastrique. Langue chargée ; le malade mange convenablement mais peu à la fois. Il a mangé une petite perdrix aujourd'hui.
Pouls et température normaux. Respiration tranquille. Pas d'œdème
malléolaire. Matité dans toute la région hypogastrique.

Le 7, 9 heures 30 matin. Bonne nuit. Pouls normal. Température 97°.
Ni stupeur ni mal de tête. Sensation d'une tumeur mobile dans la partie inférieure de l'abdomen. Quelques gouttes d'urine environ une cuil-
ler à thé, rendues après des efforts répétés, 10 heures du soir. Sentiment de pesanteur à l'hypogastre du côté gauche et douleur à cet endroit provoquée par la toux. Malaise pendant la journée Pouls normal
ainsi que la température. Pas de signes d'urémie.

Les 8, 9, 10. Même état. Peut-être un peu d'assoupissement et une
tendance à l'égarement.

Le 11. Ce matin un peu d'urine ; on ne l'a pas mesurée. Beaucoup
d'hébétude manifestée au réveil. Mine triste ; assoupissement. Pupilles
rétrécies. Matité abdominale à peu près la même. Elle s'est un peu
accrue à gauche pour diminuer à droite. Purgation sans qu'aucune
médecine ait été administrée.

Le 12. Un peu moins d'obtusion de l'intelligence. Un bain chaud, qui
lui fait du bien. Nouvelle diarrhée qu'on ne cherche pas encore à arrêter. Langue chargée. Appétit nul. Température normale.

Le 13. Amélioration marquée. Abondant écoulement d'urine dans la
nuit. Intelligence lucide. Soirée excellente, appétit un peu revenu. Matité
anormale beaucoup diminuée.

Le 14 et 15. Violente douleur ; tiraillements intenses et paroxystiques. Elle se montre à la même place que les premiers jours, au dessus et à gauche du pubis Malade irritable agité. Expression de fatigue

et d'anxiété. Pas de douleur à l'extrémité de la verge. Pouls 100, faible.
Température 100. Comme l'émission de l'urine est maintenant très
abondante, nous pouvons ordonner du champagne, des injections de
morphine, des bains chauds qui font beaucoup bien. La diarrhée persiste
encore.

Les 16 et 17. La douleur a cessé. On n'a pas trouvé de pierre, convalescence.

Le 21. Peut être considéré comme guéri. Fonctions normales. Bon
appétit. Plus de matité dans l'abdomen.

## OBSERVATION XII.

Anurie de neuf jours. Guérison après expulsion de plusieurs graviers.

(Roberts, d'après Duigan).

Robert Duigan, Homme fort, vigoureux, dans la force de l'âge, marchand de bétail et vivant à la campagne. A souvent souffert de coliques
néphrétiques et rendu des calculs d'acide urique. La suppression commença par une douleur dans les lombes des deux côtés. Elle durait
depuis trois ou quatre jours quand le D$^r$ Duigan vit le malade en consultation avec le D$^r$ Smallmann de Willing ban. La douleur avait complètement disparu et sauf la perte d'appétit et la suppression d'urine,
ne présentait rien à noter. On le sonde; la vessie est vide. Il reste
dans cet état pendant neuf jours encore sans rendre la moindre
quantité d'urine et sans présenter aucun symptôme inquiétant, envies
de vomir ou autres signes d'empoisonnement urémique. Au bout de ce
temps, les reins se mirent à fonctionner et il rendit une grande quantité
d'urine claire, et de densité faible ne contenant du reste rien d'anormal. Avec cette urine il rendit aussi trois ou quatre petits calculs
d'acide urique et peu après il fut complètement rétabli.

## OBSERVATION XIII.

Observation d'une suppression totale de la sécrétion de l'urine dans les reins
Anurie calculeuse de dix jours.

(Gaultier de Claubry. Biblioth. méd., t. XLVIII, p. 368.
Rayer, t. III, p. 27).

La suppression de l'urine fut subite et complète. Elle succéda à beaucoup d'erreurs de régime, d'excès de tous genres, de chagrins, d'im-

prudences et à plusieurs attaqués de coliques néphrétiques, avec expulsion de petits calculs et quelquefois rétention d'urine, Elle a duré deux
cent vingt-quatre heures, n'a été accompagnée ni de fièvre, ni de douleurs vives à l'intérieur, ni d'envies d'uriner, ni (au moins d'une manière
prononcée) de ces phénomènes graves qui, dans les rétentions d'urine,
signalent le transport de ce fluide dans toutes les parties de l'économie ; point de fièvre urineuse, de symptômes putrides, de lésions des
facultés intellectuelles, d'épanchement séreux considérable. Au lieu de
tout cela, peu ou point de sommeil, du malaise, de l'inappétence ; un
froid aux jambes avec douleurs intolérables aux genoux et aux mollets
surtout, qui alternent quelquefois avec des douleurs momentanées de
l'abdomen, des flatuosités, une bouffissure du ventre, enfin une faiblesse qui, extrême dès le début, s'est accrue chaque jour, et à laquelle s'est jointe de l'oppression pendant les vingt-quatre dernières
heures de la vie du malade.

A l'ouverture du cadavre, l'épiploon, mollasse et fluant sous les
doigts, a paru dans un état de décomposition ; l'abdomen contenait une
chopine de sérosité, mais aucune trace d'infiltration ne se remarquait
aux environs des reins : ceux-ci, ensevelis dans une graisse comme
squirrheuse par sa dureté, avaient leurs veines extrêmement dilatées
par un sang noir et épais, très foncé en couleur et d'une consistance
qui les faisait crier sous le bistouri, à la manière des cartilages (phénomènes moins marqués à l'égard du rein droit) ; ils n'ont pas fourni
à la pression une seule goutte d'urine. Tous deux avaient leurs calices
exactement remplis par des calculs qui variaient de telle sorte, que le
seul qui existât à droite, était formé d'acide urique et de sous-phos-
phate de chaux, intimement mêlés, tandis que chacun des quatre trouvés
du côté gauche offrait un noyau d'oxalate de chaux, enveloppé d'une
couche d'acide urique. Les uretères, aussi bien que la vessie, étaient
fort resserrés sur eux-mêmes et parfaitement vides d'urine ; un demi-
dé seulement de ce fluide se voyait entre les calculs du rein gauche et
à la surface des mamelons ; ceux-ci, dans les deux reins, étaient hé-
rissés de quelques grains calculeux.

## OBSERVATION XIV.

Urémie par obstacle à l'excrétion des urines. Calcul vésical enchâtonné
comprimant l'embouchure des uretères.

(Amodru. Bulletins de la Société anatomique, 1875, t. XX, p. 298).

J... (Marie), 68 ans, couchée au n° 11 de la salle Sainte-Agathe
(Saint-Antoine, service de M. Molland).

Cette femme avait été trouvée dans une chambre où elle vivait seule. Les personnes qui l'apportaient à l'hôpital n'avaient pu fournir des renseignements de quelque valeur sur ses antécédents.

La malade était plongée dans un coma profond, d'où on ne pouvait la tirer que par des excitations très vives. Si l'on pinçait fortement la peau des membres, la malade les retirait. La pression exercée sur le ventre était particulièrement douloureuse et arrachait à la malade un gémissement plaintif. La respiration était stertoreuse ; le pouls petit, filiforme.

La mort eut lieu pendant la nuit.

*Autopsie.* On a trouvé la vessie fortement rétractée et vide d'urine ; le réservoir ayant été ouvert, on a rencontré un calcul du volume d'un petit œuf de poule, occupant le trigone vésical, enchatonné dans l'épaisseur de la paroi, de façon à être immobilisé et à comprimer exactement l'embouchure des deux uretères.

Les uretères sont d'ailleurs énormément distendus ; ils ont à peu près le volume du pouce. La dilatation est plus considérable sur l'uretère du côté gauche, que sur celui du côté droit.

A gauche, la dilatation se continue sur le bassinet correspondant, lequel contribue à former une vaste tumeur fluctuante, pleine d'urine, tumeur dont les parois sont constituées à la fois par le bassinet et par la substance propre du rein, refoulée comme une bandelette mince au pourtour de la poche.

L'atrophie du rein gauche est à peu près totale.

L'atmosphère cellulo-graisseuse du rein gauche contient une certaine quantité de pus vers son extrémité supérieure. Il y a de la pleurésie diaphragmatique de ce même côté.

A droite, les lésions ne sont pas aussi accusées. La dilatation de l'uretère droit est un peu moindre ; celle du bassinet atteint à peine le volume d'un gros œuf de poule. Le rein droit, loin d'être atrophié, est le siège d'une hypertrophie manifeste.

Tous les autres organes : cerveau, poumons, estomac, intestins, foie, utérus, ont été trouvés intacts.

### Observation XV.

Observation d'anurie. Mort par urémie.

(Weber. Société médicale du Haut-Rhin, 1869. Gazette médicale de Strasbourg, n° 8, 1870).

(Résumé).

M. (N.), âgé de 59 ans. Accidents néphrétiques il y a dix ans.

21 juillet. A la suite d'un refroidissement, douleur dans la région

lombaire gauche avec picotement dans les bourses ; gêne de la miction et émission avec les urines d'un petit caillot sanguin. Courbature, inappétence complète ; apyrexie.

Le 22. Embarras gastrique prédominant ; ni selles, ni urines. Eau de Birmenstzoff. presque sans effet.

Le 23. Infusion laxative de Vienne qui produit quelques garde-robes aqueuses, mais sans soulagement pour le sentiment de plénitude que le malade éprouve dans le ventre.

Le 24. Huile de ricin qui enfin produit en abondance des selles faciles et soulage le malade. Persistance de la douleur du flanc gauche. Anurie complète.

Les jours suivants, absence persistante d'urine. Le malade prend peu de boisson parce qu'il se trouve toujours le ventre embarrassé et gonflé, que la bouche est mauvaise et la langue très chargée. Soulagement vers le dixième jour et émission d'urine après administration d'une émulsion d'huile de ricin.

Le malade est vu en même temps par MM. Klippel et Ehrmann, de Mulhouse, Picard de Guebwiller.

Le 31. Les urines se suppriment de nouveau et cela pendant une douzaine de jours, pendant lesquels apparaissent des symptômes de plus en plus graves d'urémie : agitation continuelle, malaise général, insomnies, refroidissement de la peau, pouls ralenti et faible, démangeaisons en différents points, dyspnée sans signes à l'auscultation, enfin œdème des pieds et commencement d'épanchement abdominal.

Insuccès des diurétiques, etc. Tout à coup, sans cause appréciable, les urines commencent à couler en abondance, et pendant deux ou trois jours, le malade en rend plusieurs litres par jour. Cette urine est claire, citrine ; elle n'a pas de mauvaise odeur ; l'acide nitrique n'y décèle point d'albumine. Les phénomènes urémiques disparaissent.

Le malade parait sauvé, mais la répugnance pour tout aliment, les spasmes du pharynx, les éructations et quelquefois les vomissements rendent l'alimentation difficile. De plus, le malade est excessivement irritable et très faible.

15 août. A l'occasion d'un accès de colère, nouvelle suppression d'urine qui cède au bout de quatre jours sous l'influence probable des antispasmodiques. Le malade rend en peu d'heures plusieurs litres d'urine.

Le 20. A la suite d'une contrariété, nouvelle suppression qui ne dure qu'un jour et demi.

Revenues le 22, les urines se ralentissent le 23, et se suppriment complètement dans la soirée de ce même jour.

Depuis le 23 jusqu'au 28 août, anurie absolue. Affaiblissement extrême, agitation, insomnie. Soulèvements d'estomac dès que le malade veut avaler le moindre aliment. L'hydropisie ne reparaît pas.

Le 28. Sur les conseils du professeur Hirtz, de Strasbourg, le malade prend un bain avec douche froide sur la région rénale gauche. De retour au lit, le malade est pris de frisson, puis de douleurs violentes dans les membres inférieurs qu'il sent comme paralysés. Cependant la sensibilité et le mouvement n'ont pas entièrement disparu. Il s'éteint la nuit suivante, en pleine connaissance, sans avoir présenté ni coma ni convulsions.

L'autopsie n'a pas été obtenue.

L'auteur pense qu'il s'agissait d'une anurie calculeuse, mais les rémissions et les aggravations, l'absence de modifications dans les caractères des urines l'ont fait hésiter pendant quelque temps, entre les deux hypothèses d'obstacle matériel et de phénomène spasmodique.

## OBSERVATION XVI.

Rétention d'urine par la présence de calculs dans les uretères.

(Prus. Société anatomique).

s'agit d'une femme de 80 ans qui, entrée à l'infirmerie de la Salpêtrière, n'offrait d'autres symptômes morbides qu'une douleur lombaire assez intense et une suppression complète de l'émission des urines. Cependant la vessie était vide, ce que démontraient l'absence de toute tumeur dans la région hypogastrique, la sonorité de cette région et enfin le cathétérisme. Cette femme resta dix jours sans uriner et mourut en quelques heures. A l'ouverture du corps, on reconnut que la mort était due à une hémorrhagie cérébrale des plus considérables.

Quant à l'appareil urinaire, on le trouva vide d'urine, aucun des réservoirs ou conduits d'émission de ce liquide n'avait subi de dilatation ni de rétrécissement, soit au-dessus, soit au-dessous des deux calculs qui obstruaient complètement les deux uretères à une petite distance des reins. Les uretères et les reins n'offraient aucune altération de texture. Le bassinet du rein droit contenait environ 12 grammes de sang très liquide ou d'urine fortement sanguinolente. Le poids et le volume du rein étaient à peu près dans l'état normal. Le rein droit pesait 90 grammes et le rein gauche 105 ; le grand diamètre du premier était de 11 centimètres et celui du second de 13 centimètres, 5 millimètres.

## Observation XVII.

Anurie calculeuse de vingt jours, suivie de polyurie et de guérison. Mort plusieurs mois après. Guérison.

(James Russell. Medical Times and Gazette, mai et novembre 1880).
(Résumée).

Homme de 49 ans. Antécédents de rhumatisme et de gravelle ; coliques néphrétiques répétées surtout à gauche. Malade vu par James Russell le douzième jour d'une anurie survenue avec des douleurs accompagnée de vomissements. A ce moment, abattement, pas de phénomènes urémiques ; sueurs profuses malgré le froid. Le malade sans cesse sur pieds transporte ses traversins de côté et d'autre, ne trouvant nulle part de position convenable. Soif vive ; œdème considérable des membres inférieurs vers le vingtième jour.

Le vingtième jour, envie d'uriner. Polyurie abondante ; près de dix litres d'urine en vingt-quatre heures. Urine pâle. Expulsion d'un calcul. Guérison.

Mort plusieurs mois après, d'accidents mal déterminés.

*Autopsie.* — Atrophie du rein gauche ; bassinet gauche distendu par un calcul. Hypertrophie du rein droit. Dilatation du bassinet et de l'uretère ; occlusion de l'extrémité inférieure de ce conduit par un calcul.

## Observation XVIII.

Néphrite calculeuse dans un cas de rein unique.

(Bulletin de thérapeutique, 1861, t. LX, p. 433).

M. L..., âgé de 60 ans environ, d'une bonne constitution, a eu, à des époques différentes de sa vie, des coliques néphrétiques dont le caractère ne saurait être douteux, en présence des petits calculs qu'à diverses reprises il a rendu spontanément dans plusieurs de ces attaques.

Jusqu'à l'époque où, pour la première fois, nous observons le malade, il ne paraît pas qu'il se soit présenté rien du côté de la fonction urinaire qui ait pu mettre sur la voie de la lésion pathologique, dont nous parlerons tout à l'heure. Il y avait déjà plusieurs jours que le malade souffrait de ses coliques ordinaires, lorsque nous le vîmes. Il y avait des vomissements fréquents, des douleurs intenses du côté des reins, une fièvre vive, insomnie et un sentiment de malaise général, beaucoup plus grand que dans le cas de néphrite calculeuse ordinaire, mais ce qui frappe surtout notre attention, c'est que le malade n'avait pas rendu la plus petite quantité d'urine et non seulement cette sécrétion avait manqué d'une manière absolue, mais en palpant l'hypogastre on ne sentait point la vessie qui, si elle eût contenu de l'urine, aurait dû former une tumeur manifeste, à considérer le longtemps depuis lequel M. L... n'avait point uriné.

Bien que ce symptôme négatif ne nous laissât aucun doute sur le fait qu'il dénonçait, nous n'en crûmes pas moins devoir introduire une sonde, c'est à peine si celle-ci ramena quelques gouttes de liquide urinaire. Fort incertain sur la cause qui produisait un tel résultat, et bien que ne comprenant pas qu'une néphrite calculeuse si probable, mais existant déjà depuis plusieurs jours, eût abouti à une anurie si complète, nous n'en conseillâmes pas moins une saignée du bras, des bains, des diurétiques abondants, etc.

Tous ces moyens échouèrent et la vessie resta vide jusqu'à la fin. Mais d'un autre côté, les symptômes généraux marchaient avec une rapidité effrayante; le délire survint et la malade ne tarda pas à succomber.

Nous obtinmes de faire l'autopsie, à une condition toutefois, c'est que nous bornerions nos investigations à constater l'état des voies urinaires.

Les résultats furent les suivants : le rein droit était complètement atrophié, son tissu dense ; le volume n'en dépassait pas une grosse noix : l'uretère correspondant était réduit à une sorte de cordon ligamenteux. Le rein gauche, au contraire, était au moins doublé de volume, il était rouge, enflammé, ramolli dans ses deux éléments et contenait une gravelle abondante et inégalement répartie. L'uretère du même côté ne nous a pas semblé plus dilaté qu'à l'état normal et il contenait également une certaine quantité de sable fin, mais en quantité insuffisante pour empêcher mécaniquement l'écoulement du liquide urinaire, aux cas où ce rein l'eût sécrété comme dans l'état de santé.

### Observation XIX.

Anurie calculeuse suivie de polyurie.

(Anglada. Bibliothèque du médecin praticien de Fabre, 1844, t. ll, p. 525).
(Résumé).

M. J..., ancien boulanger, 75 ans ; bonne santé habituelle ; pas d'excès. Fièvre muqueuse en 1812.

En 1826, premières douleurs lombaires légères; à partir de 1832 et 1833, véritables attaques de coliques néphrétiques.

Le 9 août 1842, à la suite d'un travail pénible, apparition de douleurs lombaires avec vomissements et suppression d'urine.

Le 10. Pas de malaise, mais anurie absolue qui inquiète vivement le malade; un peu de sensibilité à la pression dans la région lombaire droite.

*Prescription.* — Bains, eau de seltz, chiendent nitré.

Du 10 au 15. Anurie persistante sans accidents; cathétérisme toujours négatif.

Le 15. Douleurs pongitives dans les régions lombaires. Sangsues.

Le 16. Pas de selles depuis quatre jours. Huile de ricin sans effet. Léger ascite et œdème des membres inférieurs, malléolaire.

Le 17. 0,60 centigrammes de calomel produisent 4 ou 5 selles abondantes. L'épanchement abdominal augmente.

Les 18, 19 et 20. Le malade prend chaque matin 20 centigrammes de calomel, ce qui détermine chaque fois deux gardes-robes. Il ne prend que de l'eau de Seltz, de l'eau vineuse, du bouillon.

Le 20. Un peu de transpiration pour la première fois. Le soir, ventre souple, l'épanchement séreux a diminué, l'œdème malléolaire a disparu. Pouls fréquent, 90, plein, large, résistant. Grande altération. Une cuillerée d'urine claire, non coagulable à une haute température, rendue la nuit.

Le 21. Selles et vomissements bilieux; pas de calomel.

Le 22. Plus d'ascite.

Le 23 dans la nuit. Besoin violent d'uriner; expulsion de 5 litres d'urine contenant à peine quelques filaments de matière muqueuse sanguinolente sans albumine. Retour de la sécrétion urinaire à partir de ce moment.

Mort un mois après par hecticité.

Pas d'autopsie.

Bretonneau avait porté le diagnostic d'atrophie ancienne d'un rein avec oblitération calculeuse de l'uretère opposé.


### OBSERVATION XX.

Anurie de treize jours, suivie de polyurie. Mort. Atrophie d'un rein. Occlusion calculeuse de l'uretère du côté opposé.

(Anglada). Recueil des travaux de la Société médicale d'Indre-et-Loire, 2ᵉ série, p. 8).

Un négociant de Tours fut pris d'une suppression d'urine. Cet accident ne le força pas à garder la chambre ; et comme il se trouvait à une époque de l'année où ses affaires l'appelaient dehors, il put y vaquer comme si de rien n'était. Tout à coup et vers le treizième ou quatorzième jour de cette suppression, il rendit en une seule fois plusieurs litres d'urine et la miction put s'opérer ensuite comme par le passé. Il se croyait guéri, lorsque, à peine quelques jours écoulés, la fièvre le prit ; il ne tarda pas à succomber.

L'un des reins était complètement atrophié ; à peine avait-il le volume de la dernière phalange du petit doigt. L'autre rein, au contraire, avait augmenté de volume, et l'uretère, jusqu'à sa partie moyenne, était dilaté énormément Immédiatement au-dessus de cette dilatation existait un calcul oblong, terminé inférieurement en une pointe qui se trouvait arrêtée et comme enchaînée par un repli de la muqueuse. Le liquide, par la pression incessante, s'était enfin frayé un passage pour arriver jusqu'à la vessie sans dilater davantage la partie inférieure de l'uretère, ni déplacer l'obstacle.

### Observation XXI.

Urémie, avec suppression complète pendant seize jours de la sécrétion urinaire, à la suite de quelques crises névralgiques. Anurie probablement calculeuse. Mort. Pas d'autopsie.

(Observation tirée d'un mémoire du docteur Foissac. Considérations pratiques sur le traitement des névralgies. Union médic,, 1876).

M. . de L..., 25 ans, issu d'un père goutteux, doué d'un embonpoint considérable, hypochondriaque et sujet à de légères attaques d'asthme.

10 février. Violente crise névralgique dans la fosse iliaque droite. Nuits suivantes, même douleur, mais très affaiblie ; insomnie.

Du 17 au 22, aucun accident.

Le 22. A 10 h. du soir, douleur déchirante dans le mollet gauche, puis dans les lombes, ensuite dans la fosse iliaque gauche.

L'accès se renouvelle le 23 à la même heure ; le malade est comme un fou.

Le 24 et le 25. 1 gr. de sulfate de quinine. L'accès douloureux ne revient pas ; mais insomnie et angoisse inexprimable.

A partir du 1er mars, changement de caractère, mélancolie, rêveries. Suppression complète d'urine.

Le 2. Pas d'anurie. Purgatif. 3 selles liquides.

Le 3. Pas d'urine.

Le 4. Cathétérisme sans résultat fait par Amussat.

Le 5. — Bain de son pendant lequel malaise et refroidissement. Diète lactée ; au 3ᵉ 1/2 verre, *étouffement*, dégoût et *vomissements*.

Le 6. Aucun changement ; parfois transpiration générale ou sueurs aux pieds, fait fréquent chez le malade en santé. Les seuls symptômes sont l'inappétence, les nausées, un grand malaise et les *rêveries nocturnes ; aucune fièvre.*

Le 7. Consultation de Nélaton. Anurie persistante. *Pas d'œdème.* Diagnostic indécis. Des perles de térébenthine, ordonnées par Nélaton, occasionnent un vomissement violent et un affreux dégoût ; la potion de digitale est seule supportée et calme les nausées.

Les 8 et 9. Anurie. *Hoquet fréquent,* surtout la nuit. Lavement purgatif suivi de plusieurs garde-robes. Asperges mangées sans dégoût et bien digérées

Le 10. Toujours anurie. Un *vomissement brun ;* vésicatoire à l'épigastre.

Le 11. Nuit dernière, hoquet fréquent et, après chaque crise de hoquet, vague des idées et rêveries. Matin, pouls, 68. *Engourdissement des membres inférieurs.* Nausées intenses. Un lavement purgatif détermine une selle abondante, au moment de laquelle le malade croit avoir rendu quelques gouttes d'urine. *Les boissons provoquent des vomissements de mucosités filantes. Aucun œdème aux pieds. Figure pas altérée.* Asperges supportées.

Le 12. Pas de souffrance aiguë, mais *nausées continuelles. Deux vomissements,* l'un de bile jaune, l'autre avec quelques *filets de sang noirâtre. Le malade recherche la digitale, qui calme les nausées.*

Selle copieuse après lavement.

*Demi-cuillerée à café d'urine albumineuse,* seule rendue en l'espace de seize jours.

Le 13. Anurie. Pouls, 68. Chaleur de la peau naturelle. Visage peu altéré.

Le 14. Sommeil tranquille, mais réveils fréquents. Egarements passagers. Hoquet. *Dyspnée.* Etouffements, nausées, crachements sans vomir. Respiration pure. Pouls, 68 à 80.

Electrisation par Duchenne, de Boulogne. Sans résultat.

Le 15. Les accès de dyspnée redoublent. Râles sous-crépitants à la base du poumon gauche.

*Rien dans les selles, rien dans de très légères sueurs ne rappelle l'odeur de l'urine.*

Le 16. Le malade n'a pu rester dans son lit à cause de la *dyspnée* et passe la nuit dans un fauteuil. *Expuition sans toux de crachats san-guinolents.* Rien aux poumons. Pouls, 72. Respiration, 25 à 32. Chaleur normale. *Pas d'œdème.*

Dans la nuit du 16 au 17, plusieurs crises de dyspnée. Mort le 17 à 5 h. du matin, sans une convulsion et avec sa pleine connaissance.

L'auteur attribue l'anurie, soit à la névralgie ayant paralysé les plexus rénaux (?) soit plutôt à la polysarcie d'où conversion des reins en une masse graisseuse (?)

### Observation XXII.

Lithiase rénale. Anurie de neuf jours avec rémission de douze heure le sixième jour. Pas d'accidents urémiques. Guérison.

(Hutchinson. Lancet, 1874).
(Résumée).

Homme, âge moyen. Lithiase rénale datant de plusieurs années ; il est probable qu'une pyélite calculeuse avait détruit depuis longtemps un de ses reins.

Malade vu le quatrième jour d'une suppression d'urine. Vessie vide. Pas de douleurs. Pas de phénomènes urémiques. Prescriptions : diurétiques, diaphorétiques, purgatifs.

*Diagnostic.* — Un seul rein, obstruction calculeuse de son uretère.

Le sixième jour, vomissement bilieux ; pas d'urine. Bain suivi du retour des urines pendant douze heures.

Le septième jour, nouvelle suppression d'urine de quarante-huit heures.

Le huitième jour, Potion purgat.

Le neuvième jour, effet purgatif et urines. Mictions fréquentes et urines abondantes de demi-heure en demi-heure. Urine limpide, pâle, sans odeur.

Guérison complète.

### Observation XXIII.

Vomissements incoercibles. Rétention d'urine due à l'existence de culculs du rein.
(Kostlin. Arch. de méd., t. XX, 1869).

Une femme âgée de 54 ans, souffrait depuis plusieurs années de douleurs dans la région de la rate et du foie. Absence totale de signes de lithiase biliaire. Elle avait éprouvé des douleurs périodiques très violentes dans les reins, et les urines étaient alors teintes de sang. Le 28 mars 1869, après un violent refroidissement, elle fut prise d'une rétention d'urine qui dura onze heures et de vomissements incoercibles. La rétention d'urine dura treize jours et la malade fut emportée par un œdème du poumon.

A l'*autopsie*, on trouva une hypertrophie des deux reins ; le rein gauche avait un volume double de celui du rein normal. Les bassinets et les calices étaient dilatés et ne renfermaient cependant qu'une quantité relativement minime d'urine. La première portion de l'uretère gauche était dilatée ; à ce niveau se trouvait un calcul très volumineux. A l'entrée de l'uretère droit existait également un calcul un peu plus petit; dans le calice inférieur et dilaté du rein droit, on trouva encore quatre calculs étoilés. Tous ces calculs étaient formés d'oxalate de chaux, combiné à une faible proportion d'acide organique.

L'obstruction des uretères avait entraîné une dégénérescence brightique aiguë avec suppression de la sécrétion urinaire et production d'urémie.

### OBSERVATION XXIV.

Anurie de douze jours. Mort par urémie. Calculs des deux bassinets.

(Nunneley. Trans. of the path. Society, v. XI, cité par Hutchinson, Lancet, 1874)
(Résumée).

Femme de 33 ans. Anurie totale de douze jours. Le sixième jour, quelques soubresauts des tendons et anéantissement. Soif, vomissements. Conscience parfaite jusqu'à la mort.

Antécédents de lithiase rénale.

A l'*autopsie*, calculs des deux reins ; les deux organes étaient tellement malades qu'on pouvait à peine retrouver des traces de leur structure normale.

L'intention de l'auteur est de démontrer que l'anurie peut exister quand les calculs n'ont pas quitté les reins.

### OBSERVATION XXV.

Anurie de huit jours, probablement colculeuse. Urémie. Mort. Pas d'autopsie.
(Hutchinson. Lancet, 1874).
(Résumée).

Voyageur de commerce, 50 ans. Excès.
Mort le septième ou huitième jour d'une attaque d'anurie.

Pendant la première semaine, symptômes légers : nausées, sentiment de faiblesse, tendance à la transpiration ; mais rien d'alarmant.

Les derniers jours, assoupissement subdélirium. Mort dans le coma.
Sueurs urineuses.

Pas d'autopsie. Anurie calculeuse probable.

## Observation XXVI.

Anurie de huit jours. Retour de la sécrétion urinaire et guérison après
expulsion de nombreux graviers.

(Tournadre. Gazette des hôpitaux, 1874).

(Résumée).

Malade rhumatisant, rendant depuis quelque temps des urines
rouges. Début d'une anurie sans douleur lombaire, avec diarrhée séreuse.

Le troisième jour ventre ballonné ; accès de dyspnée dans la nuit ;
douleurs à l'épaule gauche et sous le sein gauche; envies de vomir.
Pouls lent.

Cathétérisme négatif, mais amenant dès graviers très ténus. Diurétiques, bains.

Quatrième jour. Nuit mauvaise, dyspnée, tympanisme ; douleurs er-
ratiques.

Cinquième jour. Purgatif. Nuit meilleure ; un peu de sang et d'u-
rine.

Sixième jour. Aggravation. Pouls petit à 60 ou 65. Respiration
suspirieuse. Léger subdélirium, sommeil.

Septième jour. Un peu de sang et d'urine, diarrhée.

Huitième jour. Nuit très mauvaise. Douleurs généralisées. Météorisme, dyspnée intense. Lavement d'éther et bain prolongé.

Sous cette influence, expulsion de gaz par l'anus, de 12 à 15 graviers
par l'urèthre. Le cours de l'urine se rétablit et le malade urine toute
la soirée et toute la nuit presque sans relâche. Guérison.

## OBSERVATION XXVII.

Fait remarquable d'obstruction périodique d'un uretère dans un cas de rein unique. Autopsie.

(Wilcox. The medic. Record. New-York, mai 1880).
(Analyse de la Gaz. hebd., n° 30, 1880).

Le malade présentait comme symptômes principaux à chaque nouvelle attaque une suppression plus ou moins complète de la miction, une violente douleur dans le côté gauche, s'étendant de l'hypochondre à la région inguinale. L'attaque se terminait par des vomissements et par l'émission d'une quantité plus ou moins grande d'urine claire, sans albumine. La température restait normale, le pouls conservait sa fréquence habituelle, il était seulement plus faible. Les accidents se répétèrent avec quelques variantes pendant plusieurs années, mais prirent une gravité exceptionnelle aux mois de février et de mars 1880. Le malade mourut sans avoir présenté de phénomènes urémiques.

A l'autopsie, on trouva environ trois pintes d'urine épanchée dans l'abdomen ; cette urine claire contenait de l'albumine. Il n'y avait pas trace de rein droit. Le rein gauche occupait sa position normale ; il était congestionné, semé de taches livides à sa surface et présentait à sa partie supérieure et antérieure une petite perforation par laquelle l'urine s'était épanchée dans le péritoine. Le bassinet qui présentait les traces d'une distension considérable contenait 2 ou 3 onces d'urine. L'uretère était obstrué au voisinage de la vessie par une petite masse ovoïde contenant dans une capsule fibreuse deux calculs d'acide urique.

## OBSERVATION XXVIII.

Un cas de lithiase rénale suivie de mort. Anurie de neuf jours.
(Secondo Mancini. Lo Sperimentale, juin 1875).
(Résumé).

Femme de 60 ans, prise subitement de coliques revenant par accès et s'irradiant aux lombes et aux cuisses. Anurie absolue dès le premier jour de la maladie. Les jours suivants, les douleurs se calment ; surviennent des vomissements ; l'anurie persiste. Sixième jour convulsions et coma.

Mort le neuvième jour.

A l'autopsie, reins un peu augmentés de volume. Chacun d'eux renferme dans le bassinet un calcul ovoïde appliqué simplement sur les orifices des uretères, sans être engagés dans leur cavité.

### OBSERVATION XXIX.

Anurie de onze jours. Kyste hydatique remplaçant le rein droit. Obstruction complète du bassinet gauche par un calcul, sons hydronéphrose.

(Muhrbeck. Graefe u. Walther Journal, Bd. XVII, tiré de Naumann, loc. cit., p. 70).

Homme de 60 ans. Lithiase rénale datant de trois ans. Anurie de onze jours avec douleur vive dans la région rénale gauche. Sueurs copieuses, diarrhée ; coma. Mort.

Rein unique. Bassinet complètement rempli par un calcul sans liquide.

### OBSERVATION XXX.

Anurie calculeuse de sept jours. Mort. Rein unique. Oblitération calculeuse de l'uretère correspondant.

(Eve:ard Home, Traité des maladies de la prostate. Traduction française, par Marchant, 1820, p. 52).
(Résumée).

Jeune homme de 24 ans, atteint subitement d'anurie avec douleurs néphrétiques. Impuissance de tous les moyens thérapeutiques. Mort le septième jour.

Pas de trace du rein gauche ; oblitération de l'uretère droit par un calcul. Vessie vide.

### OBSERVATION XXXI.

Anurie avec rémissions et récidives. Urémie. Mort. Calcul des bassinets.

(Dittel, cité par Ebstein, loc. cit.).
(Résumée).

Un homme de 39 ans est pris subitement de coliques néphrétiques, avec hématurie. Même accident un mois après une oligurie et bientôt anurie accompagnée de délire, de coma, de vomissements. Guérison et récidive au bout d'un mois. Mort.

A l'autopsie calculs des deux bassinet .

## OBSERVATION XXXII.

Anurie de treize jours. Guérison après l'expulsion d'un calcul.
(Salgado, cité par Ebstein dans Ziemssen, loc. cit., p. 157).

Anurie de treize jours chez une femme de 63 ans, souffrant depuis quinze ans d'une lithiase rénale ; guérison après élimination d'un calcul de la grosseur d'un haricot et de graviers.

## II.

## Observations d'anurie dans le cancer de l'utérus et quelques autres variétés d'occlusion des uretères.

### OBSERVATION XXXIII.

Anurie de 24 jours dans un cancer de l'utérus. Retour incomplet de la sécrétion urinaire dans les derniers jours. Mort.

(Debove et Dreyfous. Société médicale des hôpitaux, 1880).
(Résumé).

Femme de 70 ans, entrée le 25 août à l'Hôtel-Dieu. Pas d'antécédents. Douleurs vagues depuis quelques mois.

Première attaque d'anurie de trois jours suivie du retour de la sécrétion urinaire. Anurie définitive depuis le 23 août. Pas de phénomènes particuliers à l'entrée.

Du 25 au 31 août, les seuls faits à noter sont les suivants :

1º La température axillaire s'abaisse et varie de 37 à 36º,3.

2º L'haleine est infecte, odeur de poisson pourri.

Le 31 août, huitième jour de l'anurie, nausées, vomissements, lourdeur de tête. T. mat. 36º,4 soir 36º,8.

1ᵉʳ septembre. T. mat. 36º,4, soir 36º,4.

Le 2. Selles fétides, glaireuses. Vomissements bilieux. Sensation de chaleur interne. T. 36º,5 ; 36º,6.

Le 3. Injection sous-cutanée de 0 gr. 02 de nitrate de pilocarpine suivie de salivation abondante et de vomissements : 400 gr. de salive renfermant 5 gr. d'urée pour 1,000 gr. Ce sang analysé avant l'injection de policarpine renfermait 2 gr. 64 d'urée pour 1,000, après 2 gr. 66 Temp. le soir 35°,5.

Pas d'effet thérapeutique appréciable.

Le 4. douzième jour. Diarrhée, inappétence, insomnie.

Le 5. Somnolence. Gémissements. Vomissements. Pouls irrégulier, inégal, petit. T. 36°,3 ; 37°,2.

Le 6. Même état. Ecoulement de sang par le vagin.

Le 9. dix-septième jour. Semi-coma. Les urines reparaissent. Le sang renferme 4 gr. 04 d'urée pour 1,000 ; les matières fécales en contiennent 0,139. T. 35°,4. 36.

Le 10. Nausées, vomissements. Le sang renferme 3,989 d'urée pour 1,000.

Le 11. Le sang renferme 4,186 d'urée pour 1,000 ; 150 gr. d'urine. D. 1,012 renfermant 892,50 d'urée pour 1,000.

Les vomissements et la somnolence persistent.

Epistaxis légère le soir.

Le 12. Moins de somnolence. Epistaxis. Constipation. Nausées.

Le sang renferme 4 gr. 441 d'urée, 155 gr. d'urine renfermant 10,75 d'urée pour 1,000.

Le 13. Cris. Urines involontaires. Haleine moins fétide. Le sang renferme moins d'urée (3,90) et l'urine en contient plus (15 gr. 50). Albumine. Pus. 37° ; 37°,5.

Le 14. Même état. Soif extrême. Moins de vomissements ; 37°,5, 38°.5, Sang renfermant 2 gr. 62 pour 1,000 urinés (148 gr.) 15 gr.

Le 16. Mort par affaiblissement progressif.

*Autopsie* . Cancer du col de l'utérus sans propagation à la vessie ; dilatation considérable de l'uretère droit qui renferme 250 grammes d'urine sanguinolente contenant 7 gr. 30 d'urée par litre. Dilatation de la grosseur d'un poing du bassinet du même côté. Rein pâle ; atrophie de la substance corticale ; cercles hémorrhagiques entourant les pyramides.

Uretère gauche moins dilaté, renfermant 4 gr. de liquide purulent. Calice et bassinet dilatés. Rein œdématié, mou, points hémorrhagiques à la base des pyramides.

Liquide des plèvres renfermant 4 gr. 459 d'urée pour 1,000 gr.

Cerveau contenant 1 gr. 727 d'urée pour 1,000.

## Observation XXXIV.

Attaque d'anurie et d'urémie survenue dans le cours d'un cancer de l'utérus.
Rémission des accidents.

(Observation recueillie par M. Huc, due à l'obligeance de notre ami
et collègue Faisans.)

D... (Angélique), âgée de 38 ans, entre le 25 février 1880 dans le service
de M. le Dr Duguet, hôpital Saint-Antoine, salle Sainte-Geneviève.

Pas d'antécédents. Règles régulières depuis l'âge de 15 ans ; deux
fausses couches et cinq enfants dont l'aîné a 13 ans.

Il y a un an, cette femme a eu pour la première fois des pertes sanguines avec caillots qui ont duré trois jours. Ces pertes étaient assez
abondantes pour obliger la malade à s'aliter. Ces métrorrhagies se sont
renouvelées plusieurs fois depuis cette époque, à des périodes indéter-
minées. Dans l'intervalle des pertes sanguines, écoulement blanchâtre
et fétide, puis roussâtre. Cachexie et amaigrissement depuis quelques
mois.

Avant son entrée à l'hôpital, cette femme avait de l'œdème des
membres inférieurs, qui disparaît par le repos au lit. Avec cela, diminution des urines depuis quelque temps et diarrhée incoercible.

Le 25 février au matin, l'œdème des jambes avait augmenté. La
malade perdit complètement connaissance dans l'après-midi, et on la
transporta à l'hôpital, ayant alternativement des convulsions et du
coma. L'interne de garde appelé immédiatement sonda la malade, et
n'obtint que quelques gouttes d'urine ; les attaques éclamptiques se
rapprochant de plus en plus, il pratiqua une saignée de 400 grammes.
Après cette saignée, on n'observa plus que trois attaques convulsives,
mais la malade resta longtemps encore dans le coma, et ne revint à
elle que le 27. Pendant ces trois jours il y eut anurie.

En examinant la malade, M. Duguet trouva un cancer ulcéré du col
de l'utérus, immobilisé par des adhérences.

Les jours suivants, la malade urine de 120 à 200 gr. d'urine ; elle ne
digère pas ; elle a continuellement des vomissements et de la diarrhée.
Elle se plaint également de douleurs dans les reins et dans les membres
inférieurs.

4 mars. Vomissements. Râles sous-crépitants aux deux bases. Expectoration abondante, un peu de dyspnée, près de un litre d'urine.

Le 6. OEdème de la face. Vomissements répétés. Expectoration abondante, diarrhée incoercible.

Le 8. L'expectoration a un peu diminué ; la malade n'urine pas un litre.

Le 11. Diarrhée très abondante et séreuse. Urine albumineuse La malade sort vers le 15, se trouvant toujours dans le même état.

## OBSERVATION XXXV.

Anurie de 15 jours. Urémie. Cancer de l'utérus.
(Roberts. On urinary and renal diseases.)

M^me P..., âgée de 56 ans, sujette depuis dix-huit mois à des hémorrhagies utérines dues à un cancer du col de l'utérus.

Le 15 janvier 1876, l'urine devint très rare, et le jour suivant elle cessa complètement. Depuis cette époque jusqu'à sa mort, le 30 janvier, pas une goutte d'urine ne fut rendue. Je la vis le dixième jour de la suppression avec mon ami le D^r Lloyd Roberts à qui je dois cette observation : état de la malade étonnamment calme ; alimentation et sommeil comme d'habitude ; langue humide ; pupilles normales; pouls 84 ; température 99 ; de douleur nulle part.

Le D^r Roberts m'apprit que la malade avait présenté les deux premiers jours de la suppression une légère anasarque, plus marquée à la face. Ce symptôme avait complètement disparu le troisième jour, mais le jour qui précéda la mort, il se montra un léger œdème du côté des pieds.

Au toucher, on trouvait chez la malade une production squirrheuse étendue, ayant envahi le col de l'utérus, et les parties avoisinantes du vagin dans le point qui correspond à la base de la vessie. Ceci expliquait la suppression. Les uretères, à leur passage à travers le trigone, étaient sans doute compris dans la production cancéreuse et comprimés. La vessie fut trouvée vide.

Les symptômes étaient restés à peu près les mêmes jusqu'au 29 janvier. A ce moment ils devinrent plus alarmants : pupilles rétrécies ; tressaillements musculaires dans la face ; affaiblissement rapide des forces musculaires, d'abord dans les bras et les jambes, puis dans le tronc. La malade mourut tranquillement le 30 janvier, au matin, apparemment par paralysie des muscles respirateurs. La température du 29 était tombée d'un degré au-dessous de la normale.

On ne put faire l'autopsie.

## Observation XXXVI.

Urémie dans un cas de cancer de l'utérus. Analyse du liquide retenu dans l'uretère.

(Raymond. Soc. anat., 1875.)

Hugonnier, 59 ans, entrée le 11 juin 1874 à la Salpêtrière, service de M. Charcot ; cancer de l'utérus ayant eu son évolution habituelle ; dans les quatre derniers jours de la vie, la malade urine difficilement ; diarrhée abondante, puis coma qui précède la mort de deux jours.

*Autopsie.* L'uretère, du côté droit, est comprimé par le cancer utérin ; le rein, du même côté, très atrophié dans sa substance propre, présente un développement considérable du bassinet. Les deux uretères sont gros comme l'intestin grêle ; ils sont remplis d'un liquide clair, aqueux. Ce liquide a été analysé par M. Regnar, interne des hôpitaux.

| | |
|---|---|
| Quantité du liquide...... | 125 gr. |
| Densité................... | 1   012 |
| Couleur.................. | jaune citrin. |

*Dosage rapporté à 1,000 grammes.*

| | | |
|---|---|---|
| Eau...................... | 977 gr. | |
| Urée..................... | 3 | 85 |
| Albumine................ | 7 | 60 |
| Chlorures alcalins........ | 6 | 10 |
| Phosphates, sulfates, etc.. | 5 | 45 |
| | 1,000 gr. | |

## Observation XXXVII.

Anurie et urémie dans un cancer de l'utérus.

(Carpentier-Méricourt. Soc. anat., 1874.)

... Cancer du vagin et de l'utérus ayant détruit la portion vaginale du col.

Au bout de quelques jours de séjour à l'hôpital, la malade fait remarquer qu'elle urine bien moins ; en même temps, elle a des nausées plus fréquentes ; puis, elle se met à vomir les jours suivants ; ces vomissements ne présentent pas de caractère spécial, pas de coloration noirâtre ; ils surviennent aussi bien avant qu'après l'ingestion des aliments. L'examen attentif de la région épigastrique ne fait constater aucune tumeur ni à l'estomac, ni au foie.

La malade a perdu tout appétit, accuse une soif vive ; elle ne prend plus que du lait, de l'eau de Seltz et de la glace. Mais les vomissements persistent, fréquents dans la journée, alternant avec des hoquets qui fatiguent cruellement la malade. Cet état et les douleurs lancinantes dans le petit bassin, dans les cuisses, empêchent tout sommeil, et la malade prie instamment qu'on la fasse dormir. Deux injections de chlorhydrate de morphine sont faites ; mais on ne les continue pas, sur la demande de la malade, qui les accuse de la rendre « toute drôle » et de ne pas la faire dormir du tout.

La persistance des vomissements, en même temps que la lenteur du pouls, l'abaissement à la main de la température du corps, portent M. Beaumetz à diagnostiquer des accidents d'urémie, tenant probablement à une compression des uretères par la tumeur du bassin.

La température axillaire prise le 21 février, au matin, est de 30° ; le soir, à la visite, la malade était morte ; elle s'était éteinte, pour ainsi dire, par surprise, après avoir causé avec sa voisine, avec la religieuse du service, ayant conservé sa connaissance jusqu'au bout et sans avoir rien présenté d'extraordinaire, ni coma ni convulsions. Dans la journée, elle paraît cependant avoir eu moins de nausées, mais des hoquets fréquents sans vomissements. Elle se plaignait aussi d'être fatiguée et essoufflée.

*Autopsie*, vingt-neuf heures après la mort. — Cadavre ayant un notable embonpoint, face pâle, anémiée, mais pas de teinte jaune paille ; à la coupe, épaisseur considérable du tissu adipeux.

*Poumons*. — Rien. Un noyau induré au sommet gauche seulement.

*Cœur*. — Couvert d'une couche considérable de graisse. Cor boris. Hypertrophie considérable des parois du ventricule gauche. Dilatation uniforme de l'aorte avec signes d'aortite, plaques jaunâtres, molles sous la séreuse, non indurées. Rien aux valvules, pas de caillots.

*Foie, rate, intestins*. — Normaux.

*Estomac*. — Vide, un peu de lait caillé seulement. Pas d'altération.

*Organes génito-urinaires*. — Reins différents de volume et d'aspect,
Le rein droit, plus volumineux, plus allongé, est très chargé de graisse. Il est assez difficile d'enlever l'enveloppe des reins ; elle est très épaisse, très adhérente en certains points, à l'extrémité supérieure par exemple.

où elle recouvre une sorte de cicatrice du rein. En ces points, la face interne de la capsule est très vasculaire.

M. Liouville, qui a examiné les reins, y a constaté de la néphrite, une sclérose qui paraît également prononcée dans la substance corticale et la substance médullaire, avec atrophie d'un certain nombre de glomérules de Malpighi. Les reins présentent les dimensions suivantes : rein gauche, un peu atrophié, paraît légèrement arrondi ; longueur, 11 centimètres ; largeur, 4 centimètres ; épaisseur, 3 centimètres.

Rein droit, assez volumineux, allongé ; longueur, 13 centimètres ; largeur, 7 centimètres 5 millièmes ; épaisseur, 3 centimètres.

Uretères dilatés. Aspect de deux cordons blanchâtres, transparents, ressemblant à l'intestin grêle de l'enfant. Comme les reins, ils offrent entre eux des différences ; à gauche, bassinet très dilaté, aplati, il a une longueur de 3, 5 centimètres. Uretère très dilaté aussi : 4 centimètres de circonférence.

A droite : bassinet peu dilaté, aplati, 1 centimètre ; uretère moins dilaté, plus à la partie inférieure, 3 centimètres de circonférence. On peut suivre le trajet des uretères et les isoler des parties voisines jusqu'au point où ils vont contourner l'utérus ; là, ils sont englobés dans une masse dont il est impossible de les isoler : ils ne sont pas froncés, ils ne paraissent pas brusquement rétrécis. En pressant fortement de haut en bas sur l'uretère distendu, on peut faire sourdre dans la vessie quelques gouttes de liquide entraînant avec lui de petits grumeaux blanchâtres, identiques à ceux que nous retrouvons dans la masse cancéreuse. L'uretère gauche contenant plus de liquide, on fend le rein, et le liquide recueilli est examiné au laboratoire de l'Hôtel-Dieu par M. Roux.

On a constaté la présence d'un peu d'ammoniaque, et peut-être y avait-il de l'urée, mais l'examen a été fait trois jours après la mort, la présence dans le liquide de matières organiques, cellules épithéliales, globules blancs et rouges, pourrait expliquer la présence de l'ammoniaque. Pas de cristaux d'acide urique au microscope.

*Vessie.* — Peu d'urine, dans laquelle flottent quelques grumeaux blancs ayant l'aspect de grains de semouille agglomérés ; graisse détachée d'une plaque cancéreuse, dure, occupant le bas-fond de la vessie : on distingue sur cette plaque deux saillies, en forme de virgule, dont la base regarderait l'orifice des uretères qu'elle oblitère et dont le sommet se reliant à celui du côté opposé forme une sorte de rigole conduisant à l'orifice vésical de l'urèthre. Les autres portions de la vessie sont indemnes. L'urèthre a sa muqueuse congestionnée et striée de fins vaisseaux parallèles à sa direction.

*Utérus.* — Envahi à peu près totalement par le cancer, sauf dans le tiers supérieur qui est mollasse et contient dans la cavité un liquide roussâtre, avec détritus blancs jaunâtres. En pressant entre les doigts la vessie, la portion inférieure de l'utérus et le vagin, on ne sent qu'une tumeur dure, faisant deux saillies notables de chaque côté de la ligne médiane. Si l'on fend l'utérus et le vagin, on voit que ce dernier se confond insensiblement avec le corps de l'utérus (on ne distingue plus le col), transformé en une masse cancéreuse blanchâtre, granitée. Au niveau de l'orifice vésical de l'uretère droit, il y a un ramollissement et une désagrégation notable de la tumeur ; il s'est formé là une sorte de caverne qui n'est séparée de l'intérieur de la vessie que par une mince cloison que l'on romprait facilement. Il se serait, en ce point, bientôt formé une fistule vésico-utéro-vaginale. Les ovaires portent chacun un kyste plus volumineux à droite (un œuf de poule). Par la pression, on fait refluer un peu de liquide dans la trompe droite.

*Rectum.* — Pas d'altération de la muqueuse. Le cancer n'a pas encore gagné ses parois.

### OBSERVATION XXXVIII.

Anurie de sept jours, suivie du retour de la sécrétion urinaire dans un cancer de l'utérus.

(Roberts. On urinary and renal diseases.)

Il s'agit d'une vieille dame d'environ 60 ans, que je visitai avec le D<sup>r</sup> Gardhner d'Asiton. Elle était atteinte d'un cancer de l'utérus et du vagin ayant envahi la base de la vessie et probablement l'extrémité terminale des uretères. Quand je la vis, elle n'avait pas rendu d'urine depuis quatre jours et la suppression continua encore trois jours, ce qui fait en tout sept jours de suppression. Au bout de ce temps, l'urine reparut et fut rendue normalement durant les quatre semaines que la malade vécut encore. A l'époque de la suppression il y avait de l'insomnie et de l'agitation; la physionomie de la malade exprimait l'excitation et l'anxiété. Aucun tressaillement des muscles, ni convulsions, ni coma.

Pas d'autopsie.

## OBSERVATION XXXIX.

Néphrite, avec suppression prolongée de la sécrétion urinaire et oblitération des uretères, consécutives à une affection cancéreuse de l'utérus.

(Tournié. Union médicale, 1860.)

Le 23 juin 1849, je fus prié d'aller aux Ternes, rue de Villiers, pour voir une femme qui avait été au service d'une dame de mes clientes.

Cette femme était malade depuis plusieurs jours; elle avait eu de la diarrhée et des vomissements bilieux; la diarrhée avait cessé, mais les vomissements continuaient. Pour tout traitement, elle avait bu de l'eau de riz, et appliqué sur la région de l'estomac des cataplasmes de farine de graine de lin.

Au moment de ma visite, la région épigastrique était douloureuse, le ventre souple et indolent; la langue était rouge à la pointe et un peu sur les bords; il y avait de la soif, peu de fièvre, sans chaleur à la peau.

Je prescrivis quinze sangsues à l'épigastre, des cataplasmes émollients, de la limonade au citron et un bain d'eau de son.

Trois jours après, les vomissements avaient cessé, il y avait encore de la sensibilité à l'épigastre, la langue était moins rouge; le pouls était à 76; il y avait eu une garde-robe la veille.

Je revis la malade le 5 juillet; la malade avait pu pendant quelques jours se lever et prendre quelques potages, mais depuis deux jours, les vomissements bilieux avaient reparu, et cette femme se plaignait de douleurs vives dans les régions lombaire et inguinale; depuis trois jours elle n'avait pas uriné. Cependant l'hypogastre n'est ni tendu ni sensible à la pression; la vessie ne fait point saillie au-dessus du pubis. Le cathétérisme est pratiqué et il ne s'écoule pas une seule goutte d'urine.

Questionnée sur ses antécédents, voici ce que cette femme m'apprit : elle est âgée de 52 ans, mariée à l'âge de 20 ans, elle a eu sept enfants;

tous ses accouchements ont été heureux. Jusqu'à ce jour, elle n'a jamais eu de maladie; elle a toujours été bien réglée jusqu'à l'âge de 46 ans. Il y a six ans, elle a cessé de voir ses règles, et peu de temps après, est survenue une leucorrhée abondante, sans que sa santé en ait paru altérée ; elle n'a rien fait pour l'arrêter.

Il y a quelques mois, elle a perdu un peu de sang par le vagin, mais elle ne se plaignait alors ni de douleurs de reins, ni d'aucune autre souffrance, ni de pesanteur dans la région lombaire.

En pratiquant le toucher vaginal, je trouve le col de l'utérus et une partie du corps de cet organe, le quart environ, atteint d'un engorgement squirrheux. Il s'élève de la lèvre antérieure une excroissance fibreuse, en forme de champignon, de la largeur d'une pièce de 2 francs. L'examen au spéculum confirme celui qui a été opéré par le toucher, et ces deux explorations sont la cause d'une légère hémorrhagie.

Jamais la malade n'a rendu de graviers ; jamais elle n'a eu de rétention d'urine.

*Diagnostic.* — Suppression de l'urine dans la vessie due à une oblitération des uretères par l'extension de l'affection squirrheuse de l'utérus. Quinze sangsues à l'anus; frictions d'onguent mercuriel sur les régions inguinales, et de liniment laudanisé sur la région lombaire.

6 juillet. Les sangsues ont fourni beaucoup de sang, la malade est faible, les vomissements continuent. Pas de miction, douleurs vives dans les reins et les anus; fièvre légère.

Le 7. Pas d'urine, mêmes douleurs, vomissements persistants, la malade ne répond que lentement aux questions que je lui adresse, elle a l'air hébété.

Le 8. Pas encore de miction, la malade est très faible, les mêmes phénomènes persistent. Quelques cuillerées de bouillon froid n'ont pas été supportées.

Dans la soirée, la malade urine, et, dans le courant de la nuit elle a uriné dix fois, mais chaque fois en très petite quantité ; à peine si en tout, elle a rendu 200 grammes d'une urine claire, limpide, blanche, sans coloration ni trouble d'aucune espèce. Les vomissements ont cessé immédiatement comme par enchantement; les régions lombaires et inguinales ·sont peu douloureuses; pas de fièvre. La malade se sent complètement soulagée. Les matières vomies n'ont pas la moindre odeur d'urine.

Jusqu'au 13 juillet, la miction a continué facile et peu abondante, avec les mêmes caractères de limpidité, sans odeur ni dépôt d'aucune espèce. La malade se lève, et se promène dans sa chambre; elle a retrouvé sa gaîté, prend avec plaisir un peu de bouillon qu'elle digère parfaitement. Cet état satisfaisant dure pendant dix jours ; mais le 13, les urines manquent encore une fois, les vomissements bilieux reparaissent.

Depuis ce jour jusqu'au 4 août, c'est-à-dire pendant vingt et un jours, malgré de prétendus besoins d'uriner, pas une goutte d'urine ne s'écoule. Pendant tout ce temps, les vomissements bilieux, verdâtres, porracés, redoublent de fréquence et de violence. Les douleurs de reins sont parfois si violentes, que la malade pousse des gémissements continuels et s'arrache les cheveux ; son air hébété s'est transformé en stupeur. Le cathétérisme a été pratiqué plusieurs fois sans résultat.

*Traitement.* — Tous les jours, bains de siège émollients, deux fumigations avec la vapeur d'une décoction de feuilles de jusquiame, de racine de guimauve et de teinture de scille. Trois pilules contenant chacune 10 centigrammes de scille, 2 centigrammes d'extrait de belladone et d'opium.

Les douleurs ne s'apaisent que médiocrement, la malade s'affaiblit de plus en plus, les yeux s'excavent, la voix est altérée, le teint est devenu d'un jaune paille, terreux, et la patiente va succomber, lorsque le vingt et unième jour, à 10 heures du soir, elle rend avec beaucoup de douleurs un demi-verre d'urine claire et limpide.

Aussitôt après cette miction, quoique l'urine soit peu abondante, les vomissements s'arrêtent, le pouls qui était fréquent, petit et faible, devient moins fréquent et plus fort.

Depuis le 4 août jusqu'au 16, la malade a uriné un peu tous les jours ; elle n'avait pas eu de fièvre, mais éprouvait toujours des douleurs dans la région lombaire. Pendant ces douze jours, elle a pris du bouillon, puis du potage, un peu de café, et n'avait pas eu de nouveaux vomissements.

Le 16. La miction est de nouveau supprimée, et tous les accidents ordinaires reparaissent : douleurs vives, vomissements, affaiblissement extrême, stupeur profonde.

Mort le 17 août.

## OBSERVATION XL.

Oblitération des uretères et hydronéphrose consécutive au cancer de l'utérus.

(Gauchet. Union médicale, 1859.)

Le 1er avril 1859, une femme, paraissant âgée d'environ 35 ans, fut trouvée par M. Aran, à sa visite, au n° 32 de la salle Sainte-Thérèse.

Aucun renseignement n'avait été donné, qui pût mettre sur la voie du diagnostic de l'affection dont elle était atteinte, et elle était absolument incapable de répondre aux questions qui lui étaient adressées. Elle présentait des phénomènes convulsifs épileptiformes, et était dans un état extrêmement grave, si grave qu'elle succomba dans les vingt-quatre heures qui suivirent son admission, sans avoir un instant repris sa connaissance.

Or, à l'autopsie, malgré les phénomènes qu'on avait observés, l'on ne trouva aucune lésion des centre nerveux encéphaliques ni de leurs enveloppes. C'était dans les organes génitaux urinaires que siégeaient les altérations matérielles appréciables de l'affection qui avait entraîné la mort.

A l'ouverture de la vessie, il s'écoula un peu d'urine purulente, mêlée de flocons membraneux, jaunâtre. Le bas-fond était occupé, à gauche principalement, par une ulcération qui avait mis à nu la tunique musculaire dans l'étendue d'une pièce de 1 franc ; autour de cette ulcération, la muqueuse était couverte de granulations rougeâtres, et ses bords, détachés, des tissus sous-jacents, étaient flottants lorsqu'on y versait de l'eau. Au côté droit du trigone vésical, se voyait un petit noyau du volume d'une noisette, formé de substance encéphaloïde en voie de ramollissement. La cloison vésico-vaginale, notablement épaissie, avait près de 2 cent. d'épaisseur. Dans le côté gauche de l'excavation pelvienne, de nombreuses adhérences unissaient entre elles les annexes de l'utérus, comme ratatinées vers le bord extérieur de cet organe. Les deux ovaires étaient atrophiés, les trompes oblitérées. L'utérus était le siège d'une infiltration cancéreuse qui remontait presque jusqu'au fond de l'organe ; les deux lèvres du col étaient complètement détruites par une ulcération à fond rougeâtre, empiétant sur le vagin dans une étendue de 1 centimètre environ, mais qui n'avait pas gagné du côté du rectum ; celui-ci n'était que très faiblement adhérent au vagin. Les deux reins étaient transformés en un grand nombre de petits kystes à parois épaisses ; ce qui restait de la substance rénale était complètement décoloré et induré. Les bassinets et les uretères étaient dilatés, les deux dernières ayant au moins le volume de l'index ; mais cette dilatation n'existait pas à la partie inférieure de ces conduits, qui, dans leur trajet terminal pour gagner les reins, passaient au milieu de tissus ramollis, et d'une matière jaunâtre et épaisse ; leurs orifices vésicaux étaient libres.

Au devant de la colonne lombaire, se trouvaient des ganglions volumineux, infiltrés de substance cancéreuse.

Les organes digestifs contenus dans l'abdomen ne présentaient aucune altération, à l'exception du foie, qui était comme ratatiné. Quant aux viscères thoraciques, il existait seulement des adhérences anciennes au sommet du poumon droit dont, le parenchyme était parsemé de quelques tubercules crétacés.

## OBSERVATION XLI.

Cancer de l'utérus. Urémie. Compression des uretères et hydronéphrose.
(Gauchet. Union médicale, 1859.)

Une femme âgée de 43 ans, pâle, amaigrie, entrée à l'hôpital Saint-Antoine le 6 septembre 1858, avait depuis cinq mois des pertes sanguines et muqueuses par les parties génitales. Il était d'ailleurs impossible d'obtenir d'autres renseignements, tant elle avait d'hébétude et de difficulté à rendre compte de son état. Le toucher vaginal fit reconnaître l'existence d'un cancer ulcéré du col de l'utérus, propagé à la partie supérieure du parois du vagin. Pas de rétention d'urine; mais urine rare, peu abondante, sans trace d'albumine. Restée dans le service, cette malade continua à présenter de la torpeur, de l'hébétude à un degré remarquable. Dans les premiers jours d'octobre, on s'aperçut qu'elle devenait de plus en plus absorbée; elle demeurait presque constamment accroupie, silencieuse, et indifférente à tout ce qui se passait autour d'elle. Elle tomba enfin dans un coma complet et mourut le 16 octobre.

Frappé de la torpeur habituelle et surtout des phénomènes comateux que présentait cette malade, phénomènes qu'il avait remarqués dans des cas analogues, M. Aran n'hésita pas à affirmer qu'il existait chez elle une dilatation des uretères et des bassinets ayant entraîné la destruction plus ou moins complète du tissu rénal.

*Autopsie.* — Cavité abdominale. Après l'enlèvement de la masse intestinale, on trouva les deux uretères énormément dilatés, surtout dans leur partie supérieure, le gauche un peu moins que le droit dont le volume était celui de l'intestin grêle. Au voisinage de la vessie, ces conduits se rétrécissaient, et leurs parois, ramollies et transformées en une sorte de matière pultacée, se déchiraient avec la plus grande facilité.

Le rein gauche, décoloré et comme bosselé à sa surface, mesurait 13 centimètres; le bassinet, dilaté et ayant une dimension de 35 millimètres verticalement et transversalement, contenait un liquide séropurulent. La dilatation du bassinet se continuait dans le calice et dans l'intérieur de la glande, refoulant le tissu rénal décoloré et criblé de petits foyers purulents ayant le volume d'un pois ; il ne restait plus trace de la substance tubuleuse du rein.

Le rein droit mesurait 10 cent. 1/2, était presque entièrement transformé en une poche kystique multiloculaire, à parois minces, et ne présentait plus que très peu de tissu rénal décoloré. Le bassinet était fortement dilaté, comme l'uretère correspondant.

Des adhérences filamenteuses unissaient la face antérieure du rectum, resté exempt de toute altération, à la face postérieure de l'utérus, surtout à gauche et en approchant du fond du cul-de-sac recto-utérin; dans ce cul-de-sac, au-dessous des adhérences, il y avait un peu de pus.

En avant des adhérences s'étendaient également de la vessie vers le milieu de la face antérieure de l'organe utérin ; et, au-dessous, il existait une ulcération large environ comme une pièce de 5 francs, au milieu de laquelle le bas-fond de la vessie était presque perforé par suite de ramollissement et d'ulcérations des parois; la muqueuse à ce niveau était en bouillie.

Le vagin était transformé en une espèce de putrilage, et la portion vaginale du col était tout à fait détruite ; le reste du col était entièrement infiltré de substance encéphaloïde ; les parois du corps utérin étaient amincies, ramollies, et dans sa cavité, la muqueuse présentait de nombreuses végétations cancéreuses dans sa moitié inférieure, et une injection assez vive dans le reste de son étendue.

La trompe droite flexueuse, adhérente à la partie supérieure du bord externe de l'utérus était distendue par une matière demi-liquide, de couleur chocolat, et était complètement oblitérée à son orifice péritonéal.

L'ovaire droit, étroitement appliqué contre l'utérus, par des adhérences, se trouvait transformé en un kyste du volume d'un œuf de poule, à parois minces et transparentes, et rempli de sérosité citrine; le pédicule de cet ovaire n'avait pas plus de 1 centimètre de longueur.

La trompe gauche flexueuse, également adhérente à l'ovaire et au ligament large, contenait un liquide couleur chocolat.

L'ovaire gauche atrophié, réduit à une espèce de moignon informe, couvert de cicatrices, présentant des parois épaisses et comme fibreuses, était surmonté d'un petit kyste ; il existait dans son épaisseur un follicule contenant un petit caillot.

Foie décoloré. Rate, intestin, rien de notable. Poumons, emphysémateux. Cœur surchargé de graisse. Pas d'altération valvulaire.

Cerveau : assez grande quantité de liquide séro-sanguinolent dans la cavité de l'arachnoïde.

Merklen.                                                        13

## OBSERVATION XLII.

Cancer de l'utérus. Cachexie profonde. Troubles urinaires. Phénomènes urémiques. Refroidissement progressif. Coma. Mort. Compression et oblitération des uretères. Hydronéphrose. Néphrite. Atrophie rénale.

(Liouville. Soc. anat., 1873.)

Marie L...., 53 ans, réglée à 12 ans ; règles abondantes et régulières ;
ménopause à 51 ans.

En 1870, première perte de sang ; développement d'un cancer de
l'utérus.

A son entrée à l'Hôtel-Dieu, le 1er janvier 1872, on note : anémie
profonde, cachexie cancéreuse, diarrhée rebelle, cancer de l'utérus.

Le 2 janvier, la malade accusait une sensation interne et pénible de
refroidissement général et la température axillaire était remarquable-
ment basse (36,8). On remarqua ensuite des troubles de l'urination qui
était irrégulière, peu abondante, et aussi quelques désordres momentanés
de l'intelligence, de l'agitation et de la dyspnée. La malade est morte
dans la nuit du 12 au 13 janvier. Elle s'est éteinte lentement dans un
état comateux profond qui avait été remarqué dès l'après-midi. Pendant de longues heures sa respiration a été bruyante et sifflante. La
malade paraissait ne plus voir ni entendre. La fonction urinaire était
suspendue. On a observé un refroidissement progressif du corps, très
accentué, augmentant de plus en plus à mesure que l'agonie se pronon-
çait. Pour nous elle paraît avoir succombé avec les principaux signes
du coma urémique.

*Autopsie.* — Nous ne relèverons que les lésions relatives aux voies
urinaires. Distension énorme de la vessie par 1 litre environ de liquide
puriforme de couleur verdâtre, avec dépôt par le repos. Les uretères
sont distendus au point d'avoir presque le volume de l'intestin grêle
et contiennent un liquide clair, transparent, laissant un dépôt blanchâtre au fond du vase, et donnant par la chaleur et l'acide azotique,
un précipité abondant d'albumine. L'analyse chimique de ce liquide,
faite par M. Hoeppfner, y a dénoté la présence de l'urée. La muqueuse
des uretères était altérée ; on voyait nettement à sa suface des colon-
nes et des anfractuosités.

Les uretères, à leur issue dans la vessie, étaient comprimés par une
sorte de mamelon cancéreux, qui avait amené une oblitération presque
absolue, assez complète pour ne laisser passer qu'avec peine, un crin
de cheval.

Les reins sont durs, ont un aspect lardacé. Au microscope on reconnaît une désintégration granulo-graisseuse, portée quelquefois très loin, et qui est due à l'étouffement des éléments comprimés.

## OBSERVATION XLIII.

Cancer de l'estomac et du péritoine. Propagation aux uretères et oblitération de ces conduits. Anurie rapide et complète. Urémie à forme algide. Mort. Autopsie.

(Barth. Bullet. de la Société clinique de Paris, 1879.)

Marron (Louis-Joseph), âge de 40 ans, horloger, entre le 20 mars 1879, à l'hôpital Cochin, dans le service de M. Bucquoy.

Les antécédents héréditaires sont négatifs ; en fait de maladies antérieures, le malade ne signale qu'une fièvre intermittente, contractée à Rome en 1865, et qui aurait duré deux ans. Il s'est bien porté depuis. Il n'est pas alcoolique, il ne présente aucun antécédent syphilitique.

Depuis six mois environ, il a commencé à souffrir dans l'abdomen, surtout au niveau du creux épigastrique ; il a eu des alternatives de constipation et de diarrhée, parfois des vomissements. En même temps il a maigri, a perdu ses forces ; il garde le lit depuis près de deux mois. Il y a six semaines, il aurait eu une hématurie qui ne s'est pas reproduite.

Au moment de son entrée, le 21 mars, le malade présente un facies amaigri, effilé ; la maigreur est extrême, la peau bistrée, sèche et terreuse. Pouls régulier, un peu dur, peu fréquent. T. 35,4.

La langue est normale, l'appétit est conservé, mais les vomissements sont fréquents, et se répètent depuis quelques jours après chaque repas ; il y a souvent des renvois aigres. L'abdomen est tendu, douloureux, uniformément ballonné ; la palpation, très difficile, ne révèle aucune tumeur ; le malade accuse une sensibilité excessive au niveau des lombes et à l'épigastre. On constate un peu d'épanchement ascitique dans la cavité du péritoine ; pas de frottements péritonéaux à l'auscultation. Il n'y a pas de diarrhée, mais plutôt un peu de constipation.

L'examen du thorax ne révèle rien d'anormal, sauf une très légère diminution de la sonorité avec respiration rude au sommet gauche, il n'y a pas de toux, jamais d'hémoptysies.

Les battements et les bruits du cœur sont sains. Les membres inférieurs sont légèrement œdématiés ; il en est de même des bourses et des parties déclives de l'abdomen; toutefois les veines superficielles du ventre ne sont pas dilatées.

Les urines claires, peu abondantes, d'aspect normal, ne renferment pas d'albumine.

Les jours suivants, le même état persiste, sans modification notable; les vomissements diminuent de fréquence. La température reste normale.

25 mars. Vomissements alimentaires de nouveau plus fréquents, se faisant sans effort, par simple régurgitation. Le malade accuse un peu de dyspnée; la tension et le gonflement du ventre ont augmenté, ainsi que l'œdème des membres inférieurs.

Le 26. Les vomissements continuent avec les mêmes caractères. Urines rares, colorées, non albumineuses.

Le 27. Les vomissements sont devenus fétides, noirâtres; cependant ils ne renferment pas de sang; ils se reproduisent avec une fréquence excessive toutes les fois que le malade veut avaler quelque chose. Légère hématurie; les urines sont colorées par une notable quantité de sang. Abattement marqué; refroidissement des extrémités.

Le 28. L'abdomen, toujours tendu, est très douloureux à la pression; sensibilité excessive au niveau des flancs, rendant la percussion impossible. Encore quelques vomissements; constipation. La miction. depuis hier, a été difficile et douloureuse; fréquents besoins d'uriner; l'urine rendue est en très petite quantité et renferme encore un peu de sang.

Le malade est depuis hier dans un état d'algidité remarquable; les extrémités, la face sont cyanosées. T. 35°. P. petit, régulier, 60.

Soir, T. 34,9. Pas de céphalalgie, pas de délire, aucun phénomène nerveux. Depuis le matin, le malade n'a pas uriné; son haleine exhale une odeur fétide, ammoniacale, toute particulière.

Le 29 matin. Même état; le malade n'a pas uriné une seule fois depuis vingt-quatre heures; le cathétérisme pratiqué sans aucune difficulté n'amène pas une goutte d'urine; la vessie est vide et rétractée. La fétidité de l'haleine a encore augmenté. T. 35°; aucun trouble cérébral; la connaissance est entière, et le malade, bien qu'un peu affaissé, répond aux questions.

Soir. L'algidité augmente rapidement. T. 34,7; l'anurie est toujours complète. Le malade s'affaisse de plus en plus, et succombe le 29 mars à 11 heures du soir, sans accidents convulsifs.

*Autopsie.* Les poumons sont sains, sauf un petit noyau tuberculeux ancien, au sommet du poumon gauche.

Le *cœur* ne présente rien de remarquable, le péricarde est marbré d'ecchymoses.

La *cavité péritonéale* contient environ 2 litres de liquide citrin, sans flocons ; le péritoine est sain dans la plus grande partie de son étendue, sauf en arrière, où il présente des lésions sur lesquelles nous reviendrons tout à l'heure.

L'*estomac* étant ouvert, on constate au niveau de la petite courbure, à 4 ou 5 centimètres de l'orifice du pylore, une masse cancéreuse formée par cinq ou six bourgeons, du volume d'une noix à peu près, tomenteux à leur surface, qui est recouverte d'une couche blanchâtre ces bourgeons offrent la consistance du squirrhe, *et* les caractères histologiques du carcinome alvéolaire.

Au voisinage de la tumeur stomacale, les ganglions qui entourent l'aorte sont le siège d'une dégénérescence de même nature ; toute la masse des ganglions mésentériques est également envahie ; les glandes qui la composent, énormément hypertrophiées, forment une tumeur considérable qui englobe le pancréas, la veine cave, l'aorte, et s'étend en bas jusqu'à l'angle sacro-vertébral, de chaque côté jusqu'au hile du rein.

Le *péritoine* qui recouvre la face postérieure de l'abdomen est parsemé de petits noyaux blanchâtres, durs, arrondis, très semblables à des granulations tuberculeuses, mais qui au microscope sont reconnus nettement pour du cancer.

Les *reins*, volumineux, ne présentent aucune adhérence avec les masses cancéreuses voisines ; leur surface est pâle, lisse; leur aspect normal; mais en les incisant par leur face convexe, on constate une dilatation marquée des bassinets et des calices, d'où s'écoule un liquide aqueux, légèrement trouble. Ce commencement d'hydronéphrose est dû à une oblitération des conduits excréteurs, par propagation du carcinome aux uretères. En effet, l'uretère du côté droit, au niveau où il se continue avec le bassinet, est envahi par un bourgeon squirrheux qui remplit entièrement son calibre et oblitère la lumière ; quelques bourgeons de même nature sont disséminés sur la paroi du bassinet dilaté ; au-dessous de l'obstacle, l'uretère est revenu sur lui-même et, bien que parfaitement sain, offre un diamètre très inférieur à l'état normal.

L'uretère du côté gauche est libre et intact dans les trois quarts supérieurs de son étendue; plus bas, au moment où il va plonger dans le bassin, il présente également un nodule cancéreux qui a végété dans la paroi, et a transformé, sur une longueur de 5 à 6 millimètres, le canal uréthral en un cordon plein ; au-dessus de l'obstacle, l'uretère est légèrement, mais manifestement dilaté ; à 1 centimètre environ du bourgeon principal, un autre petit noyau cancéreux fait saillie à l'intérieur du conduit, il semble indiquer le mécanisme par lequel celui-ci s'est oblitéré.

La *vessie* est parfaitement saine ; elle est rétractile sur elle-même, et ne renferme pas une goutte d'urine.

Il est à observer que les noyaux carcinomateux des uretères, bien que situés au voisinage des ganglions cancéreux, ne font pas corps avec ceux-ci ; ils s'en détachent facilement à l'aide du manche du scalpel ; il y a contiguïté et non continuité de tissu.

Le foie et les autres organes abdominanx ne présentent aucune lésion digne d'être notée ; les ganglions périphériques, axillaires, inguinaux, etc., ne sont pas atteints.

Cette observation présente un double intérêt : au point de vue anatomique et au point de vue clinique. Le fait anatomique de la propagation d'un cancer mésentérique aux uretères, sans altération des reins ni de la vessie, a été rarement signalé ; il est à remarquer qu'il ne s'agit pas d'une simple propagation de proche en proche, mais d'une sorte de généralisation, d'un véritable cancer secondaire, développé sans doute pas la voie des lymphatiques.

Quant à l'évolution clinique qui a été la conséquence de cette double lésion, elle n'est pas moins remarquable ; il y a eu suppppression complète et rapide de l'urine et ce fait ne peut s'expliquer que par un développement extrêmement prompt des bourgeons cancéreux qui ont oblitéré les uretères. Une urémie rapide à forme gastrique a été la conséquence de l'anurie, et la mort est survenue en quelques jours, avec des phénomènes d'algidité qui ont dominé la scène morbide, e imprimé jusqu'au bout à la maladie un cachet tout spécial.

## OBSERVATION XLIV.

Anurie d'abord intermittente puis définitive. Urémie. Squirrhe de la base de la vessie englobant les deux uretères.

(Roberts. Loc. cit.)

Homme de 59 ans, visité par moi avec le Dr Herbert Renshaw de Sale, le 10 juillet 1871. Six mois auparavant il avait commencé à se plaindre d'une douleur dans le dos, de perte d'appétit, d'affaiblissement des forces, de constipation. La douleur dorsale était continue et présentait un caractère très aigu nécessitant l'emploi d'injections hypodermiques de morphine. Urine pâle et abondante, mais rendue d'une façon irrégulière. Jamais jusqu'à ma visite elle n'avait contenue de sang ni d'albumine.

Un mois auparavant, le malade avait présenté une suppression complète d'urine pendant quatre jours. On en vint à bout en forçant le malade à marcher entre deux assistants. La miction revint et la douleur disparut. A partir de ce moment cependant, la miction devint très irrégulière et on remarqua que, lorsque l'urine coulait librement, la douleur dorsale était soulagée, mais qu'elle augmentait au contraire lorsque l'urine était supprimée pour quelque temps. Après l'attaque de quatre jours dont nous venons de parler, le malade se trouva beaucoup mieux et alla à Southport. Là il fut pris de diarrhée et forcé de retourner chez lui.

Au moment de ma visite, il souffrait beaucoup de sa douleur dorsale. Grande faiblesse, jambes légèrement œdematiées. Il rendait alors quotidiennement une ou deux pintes d'une urine claire, contenant une légère trace d'albumine. Je priai qu'on recueillit l'urine de chaque jour et qu'on me l'apporta chacun des trois jours suivants. Le premier jour le malade rendit deux pintes, le deuxième une pinte et le troisième 8 onces. Les trois jours suivants l'urine fut complétement supprimée et le malade mourut. Les caractères de l'urine furent toujours les mèmes ; elle était pâle et diluée, d'une densité variant entre 1009 et 1010. Elle était acide et contenait des traces d'albumine.

Les symptómes durant les trois derniers jours, furent les suivants (ils furent notés par le Dr Renshaw et la femme du malade, car pour mon compte je ne le vis qu'une fois) : Augmentation de la faiblesse, respiration suspirieuse, diarrhée les deux derniers jours, soubresauts des muscles, délire lorsque le malade était laissé à lui-mème, mais conscience parfaite jusqu'à la fin lorsqu'on excitait son attention. Ni coma, ni convulsions.

*Autopsie.* — Corps ne présentant aucune odeur ammoniacale ou urineuse. Tous les organes sains, sauf l'appareil urinaire. L'origine des désordres était une masse squirrheuse très dure, de la grosseur d'une orange et remplissant à moitié le bassin. Cette tumeur embrassait la base de la vessie et la prostate. Elle était adhérente et le comprimait dans l'étendue d'un pouce, mais on pouvait encore passer deux doigts dans la portion la plus rétrécie. Le siège du squirrhe dans la paroi vésicale était le tissu sous-muqueux. Ni la muqueuse, ni le péritoine n'étaient envahis, mais présentaient des plis et des vides dus à la contraction de la paroi vésicale hypertrophiée. Tout le trigone était envahi. La lésion s'étendait au-dessus du trigone, se terminant par un bord abrupt et épais. Les parois de la vessie dans la région envahie mesuraient 1/2 à 3/4 de pouce en épaisseur. Le bas-fond de la vessie était complètement sain ; sa capacité était d'environ une demi-pinte d'urine. L'urèthre traversait dans la longueur d'un pouce environ la prostate plus dense et présentant une épaisseur d'environ un pouce et demi. Le canal était, du reste, tout à fait libre ; on avait pu pendant la vie passer à plusieurs reprises une sonde sans la moindre difficulté.

Les extrémités terminales des deux uretères traversaient dans la longueur d'un pouce environ la masse squirrheuse ; leur trajet à ce niveau était tortueux et leur calibre rétréci par le tissu environnant, mais on pouvait encore y passer un stylet, ni l'un ni l'autre n'étant complètement obstrués. Au-dessus de la vessie, les uretères étaient dilatés et aussi larges que le petit doigt (le gauche l'était plus que le droit) et étaient distendus par de l'urine. Rein gauche très atrophié, pesant seulement 2 onces 1/2. Plus de traces de pyramides, ce n'était plus qu'une coque formée par la substance corticale réduite à une lame de tissu homogène d'apparence charnue. Le rein droit était augmenté de volume, et pesait 7 onces ; il était aussi creusé à son intérieur mais non aussi complètement. Les pyramides avaient disparu et la substance corticale commençait aussi à diminuer. Le bassinet avait les dimensions d'un œuf et était distendu par de l'urine.

Il était évident que le rein gauche avait cessé de fonctionner depuis plusieurs mois ; que la conservation de la vie n'avait été due qu'à l'hypertrophie du rein droit, jusqu'à ce qu'enfin l'uretère correspondant eut été englobé dans le développement de la tumeur vésicale.

La tumeur avait contracté des adhérences et s'était étendue aux parties voisines dans le bassin. Les vaisseaux iliaques traversaient la masse squirrheuse et avaient été plus ou moins comprimés ; c'est ce qui explique évidemment l'œdème des jambes.

## OBSERVATION XLV.

Myome utérin avec nerfs et sinus veineux considérables. Urémie avec abaissement de la température.

(Hanot. Bulletins de la Société anatomique, 1873.)

Veldem..., âgée de 40 ans, est entrée le 6 février 1873 à l'hôpital Cochin, salle Saint-Philippe, n° 23 (service de M. Bucquoy).

Cette femme avait toujours eu une bonne santé jusqu'à son dernier accouchement. Elle avait eu cinq enfants : cinq accouchements laborieux. Elle accoucha pour la dernière fois il y a cinq mois. A partir de ce moment elle perdit abondamment chaque mois et même dans l'invalle des règles ; en même temps elle s'aperçut que son ventre était dur et tuméfié.

Les hémorrhagies utérines devinrent plus fréquentes et plus abondantes. Le 3 février, une nouvelle perte prit les proportions les plus considérables, et quoi qu'on fit, ne céda pas. On conduisit la malade à l'hôpital où l'on pratiqua immédiatement le tamponnement du vagin.

V... est exsangue, abattue ; la peau a une teinte cireuse ; les muqueuses sont absolument décolorées, le pouls presque imperceptible.

Le 8 février on note quelques vomissements.

Le 9. Quelques vomissements et frissons toute la journée.

Le 11. Etat général alarmant. Polydypsie, polyurie ; urines pâles, mais ne contenant pas d'albumine.

Le 12. V... est encore plus pâle, plus abattue ; mêmes caractères de l'urine. La langue est humide comme elle l'a toujours été ; le tégument donne au toucher la sensation de chaleur qu'il a toujours donnée. La malade a vomi toute la nuit ; pas de diarrhée. Crises nerveuses survenant à chaque instant pendant lesquelles la malade se met tout à coup à crier : « Maman ! maman ! je vais mourir ! », à grincer des dents, à agiter les bras comme une femme énervée. Quand, à ce moment, on lui demande si elle souffre, elle répond que non ; si ce n'est un peu dans les talons. A chaque instant il semble qu'elle va tomber en syncope. La peau est froide. Soir, T. 38,2 ; P. 98 ; R. 24.

Le 14. Même état ; mêmes crises nerveuses ; vomissements toute la nuit ; pas d'albumine dans l'urine.

Matin. T. 38,1 ; P. 128 ; R. 28.

Soir. T. 37° ; P. 116 ; R. 24.

Le 15. Crises nerveuses pendant la nuit ; peau froide ; constipation plutôt que diarrhée.

Matin. T. 36,8 ; P. 108 ; R. 16.

Soir. T, 35,2 ; P. 104 ; R. 16.

Le 16. Même état. T. 34° ; P. 104 ; R. 12. Vers midi agitation extrême ; la respiration s'embarrasse. Mort à 2 heures de l'après-midi.

*Autopsie.* — Tumeur utérine à peu près sphérique de 0 m. 12 de diamètre, d'aspect rosé, parfaitement lisse à sa surface. Elle est fortement adhérente au segment gauche du bassin, point du tout adhérente à droite.

Le *vagin* est déjeté à droite, contourne tout le bord droit de la tumeur et rejoint ainsi le col utérin qu'on trouve à droite de la portion de la tumeur la plus éloignée du pubis. Le vagin, dans cette étendue, était comprimé entre la tumeur et les parties osseuses correspondantes du pubis ; sur la paroi du canal, accolée à la tumeur, est une ulcération circulaire de 0 m. 003 millimètres de diamètre, qui conduit dans un des sinus veineux qui, partis de la tumeur, rayonnent dans tous les sens et vont se perdre dans la tumeur où bientôt on ne peut plus les suivre à l'œil nu.

La *vessie* est aussi déviée à droite ; l'uretère gauche, pour la rejoindre, s'accole, en y adhérant intimement, à toute la portion gauche de la tumeur sur laquelle il forme comme un canal creusé à sa périphérie. Les deux uretères comprimés par la tumeur ont un diamètre environ quatre fois plus grand qu'à l'ordinaire, et leurs parois ont triplé d'épaisseur. L'uretère gauche, ayant son embouchure dans le bassinet, sur une étendue de 0,003 millimètres présente sur sa face interne des sortes de valvules conniventes, limitant entre elles des culs-de-sac plus ou moins saillants en dehors ; il est impossible de faire pénétrer directement un stylet dans la cavité du bassinet. La substance des deux reins est criblée d'une multitude de petits abcès.

La *tumeur* est presque exclusivement constituée par des fibres lisses, disposées par faisceaux qui s'entrecroisent dans tous les sens ; il en est qui ont jusqu'à quatre fois la longueur ordinaire, et qui sont contournés en spirale.

### III.

## Observations d'anurie dans les néphrites et les maladies des reins.

### OBSERVATION XLVI.

Néphrite parenchymateuse aiguë. Pleurésie double et péritonite. Hématurie et anurie. Hypertrophie du ventricule gauche. Mort.
(Personnelle).

D... J..., âgé de 20 ans, garçon maçon, entre le 16 avril 1880 dans le service de M. le Dr Millard, hôpital Beaujon, salle Saint-Louis, n° 14.

Ce malade ne présente aucun antécédent héréditaire qui mérite d'être noté ; il y a deux ans, il a eu une pleuro-pneumonie.

Actuellement, cet homme est malade depuis quatre ou cinq jours. Pas de scarlatine antérieure, pas de refroidissement appréciable ; mais il y a eu lieu de tenir compte de l'abaissement subit de la température qui s'est manifesté ces jours derniers. La maladie a débuté par un œdème de la face ; après un repos de deux jours, puis une reprise de travail, œdème des jambes et bronchite légère sans phénomène général, ni accident nerveux. Le malade ne s'est aperçu d'aucune modification dans la quantité de ses urines.

16 avril. On constate à son entrée une bouffissure caractéristique, avec pâleur blafarde de la face, de l'œdème des jambes ; pas d'éruption. Léger trouble de la vue. Bronchite légère. Bruits du cœur exagérés,

bruit de galop s'entendant par moments seulement dans toute la région précordiale, plus accusé à la pointe, où il existe un léger dédoublement du premier temps. Urines foncées, renfermant des nuages comparables à du mucus, se prenant en masse par la chaleur et l'acide nitrique. Quantité : 8 à 900 grammes.

*Prescription.* — Régime lacté. Ventouses scarifiées sèches sur la région lombaire.

Le 23. Le malade, probablement à la suite d'un nouveau refroidissement, a été pris de douleurs à la base du côté gauche. On constate actuellement du frottement pleurétique aux deux bases, surtout à gauche.

Le 24. Signes d'un épanchement pleurétique double ; souffle, égophonie, suppression des vibrations aux deux bases. Ventouses sèches. Purgation.

Le 25. Etat stationnaire de l'épanchement pleurétique, progrès de l'hydropisie, qui gagne les bourses de l'abdomen. Vésicatoire à ne laisser que quelques heures sur le côté gauche.

Le 27. Disparition complète du souffle ; persistance des frottements. Urines toujours albumineuses, foncées.

1er mai. Le malade, après une période d'amélioration, est pris d'un violent frisson avec vomissements.

Le 2. T. 39,8. Pas de localisation autre que des douleurs abdominales ; vomissements assez fréquents.

Le 3. Urines rares, sanguinolentes. Œdème considérable des diverses régions. Ventre douloureux à la pression. Péritonite probable.

Rien au cœur. Urines, 450 grammes.

Le 4. Urines des vingt-quatre heures : 125 grammes, sanglantes. Examinées au microscope, elles renferment de très nombreux cylindres, les uns purement fibrino-globulaires, les autres recouverts de cellules épithéliales.

Le malade a pris hier un vomitif. Il ne se plaint d'aucun phénomène nerveux, ni céphalée, ni troubles de la vue, mais de douleurs violentes revenant sous forme de coliques, surtout vers la moitié supérieure de l'abdomen, et d'une gêne respiratoire assez grande. Rien à noter du côté du thorax. Cœur normal comme bruits ; mais sa matité est augmentée dans le sens vertical, et dépasse inférieurement les limites normales. Œdème considérable et ascite.

Soir. Pas d'urine depuis hier soir à 4 h.; le cathétérisme ne donne issue qu'à 50 grammes de ce liquide toujours très sanguinolent, mais renfermant moins de cylindres fibrineux, et au contraire de nombreuses cellules granuleuses.

Pas de diarrhée, ni de vomissements, mais nausées continuelles.

Pas de sueurs ; peau sèche.

Numération des globules sanguins : 2,583,000.

Lavement purgatif. Ventouses sèches.

Le 5. Le malade se trouve mieux. Néanmoins, depuis le cathétérisme d'hier soir, il n'a rendu que 40 à 50 grammes d'urine toujours sanguinolente, mais moins foncée que celle d'hier.

Le lavement purgatif a agi ; moins de douleurs et moins de dyspnée.

24 respirations. Pouls, 72.

Cœur ne présentant rien de spécial ; premier bruit un peu prolongé.

Angine érythémateuse. Langue très sale, saburrale.

M. Millard prescrit un éméto-cathartique, puis de l'eau de Contrexéville, dans le but d'activer la sécrétion urinaire.

Soir. Amélioration. Urine rare, renfermant très peu d'urée : 4 grammes par litre environ.

Le 6. Pas de miction dans la nuit. Le malade meurt à 8 h. du matin, se disant étouffé.

*Autopsie.* — L'œdème persiste après la mort. On constate sur le cadavre une dilatation très prononcée des veines du thorax et des membres supérieurs.

*Poumons et plèvres.* — Adhérences assez complètes du poumon droit, naissantes et peu solides. A gauche, épanchement séro-sanguinolent peu considérable ; les deux poumons sont très congestionnés.

Ecchymoses sous-pleurales à la base des deux poumons. Emphysème de leur bord antérieur.

*Cœur.* — Pesant 375 gr. non ouvert, vidé des caillots principaux. Dilatation de l'oreillette droite. Hypertrophie considérable du ventricule gauche.

*Abdomen.* — Péritonite avec épanchement séro-purulent, fausses membranes à la partie postérieure.

*Foie.* — Gras, présentant de nombreuses petites ecchymoses vers son bord postérieur, ainsi qu'à la face inférieure du petit lobe. Poids, 950 gr. A la coupe, congestion énorme.

*Rate.* — Rien à noter, à part un peu de développement des vaisseaux de la capsule.

*Reins.* — Triplés de volume, d'un rouge vineux.

Poids : le gauche, 350 gr.; le droit, 325 gr.

La capsule, peu adhérente, présente des vaisseaux très développés. La surface du rein décortiqué est lisse, présente un granité rougeâtre, due évidemment à des vaisseaux très développés. A la coupe des reins, on constate une tuméfaction prononcée, avec pâleur de la substance corticale, et une congestion violacée des pyramides de Malpighi. Au niveau de la zone limitante, les vaisseaux radiés sont particulièrement saillants sur le fond pâle de cette substance.

*Estomac.* — Vascularisation très prononcée de la muqueuse. Petites taches ecchymotiques agglomérées.

*Intestin grêle.* — Développement très prononcé des vaisseaux de la muqueuse.

*Cerveau.* — Stase veineuse très considérable des méninges; état criblé et sablé de la substance cérébrale. Pas d'excès de liquide céphalo-rachidien.

*Examen histologique des reins et du cœur.* — Sur des coupes faites après séjour des fragments du rein dans l'acide osmique au 1/100 et l'alcool absolu, on constate que la plupart des tubuli de la substance médullaire, et une bonne partie des tubes contournés sont absolument obstrués par des globules sanguins au milieu desquels on voit çà et là des vacuoles claires et arrondies, qui ne peuvent être que les boules albumineuses décrites par Cornil. On peut, du reste, retrouver cette lésion en voie de formation, en examinant avec soin l'épithélium des tubes contournés. L'altération vacuolaire s'y retrouve dans ses divers stades. Sur un grand nombre de points, l'épithélium de ces tubes est détruit ou desquamé et libre dans la cavité de ces canalicules, tandis que l'épithélium des tubes collecteurs paraît intact. L'hémorrhagie n'est pas seulement intra-tubulaire, mais par place, elle est interstitielle.

Dans les espaces lymphatiques qui entourent les tubuli, il existe des cellules lymphatiques en grand nombre.

Sur des coupes durcies par l'acide picrique, la gomme et l'alcool, et colorées par le picro-carminate d'ammoniaque, on constate qu'il n'existe aucune trace de néphrite interstitielle chronique; c'est à peine si on rencontre çà et là des traces de prolifération embryonnaire.

En résumé, les lésions histologiques de ces reins consistent en une néphrite exsudative, avec engouement sanguin et dilatation des tubuli.

Des fragments du ventricule gauche examinés au microscope ne permettent pas de constater de lésions aiguës du myocarde; les fibres musculaires très développées sont intactes; la seule particularité à noter, c'est l'existence de cloisons fibreuses assez nombreuses, qui séparent les faisceaux musculaires, et d'un peu de sclérose périvasculaire.

## OBSERVATION XLVII.

Pneumonie du sommet droit chez un vieux saturnin. Anurie et phénomènes urémiques. Roséole. Mort. Néphrite mixte.

(Personnelle).

B... (G.), étameur, âgé de 38 ans, entre le 17 septembre 1878, dans le service de M. le D$^r$ Empis, supplée par M. Dieulafoy, hôpital de la Charité, salle Saint-Michel, n° 22.

Ce malade est atteint d'ozène depuis une fièvre typhoïde qu'il a eue il y a douze ans. Il a eu il y a cinq ans une attaque de coliques de plomb.

Depuis quelque temps, malaise, fatigue, extinction de voix. Début de l'affection actuelle il y a cinq jours par un frisson suivi de fièvre, une courbature générale, une douleur localisée dans le sommet droit. Toux avec expectoration de crachats jaunes, épais.

Depuis deux jours, diarrhée abondante avec colique; défaut absolu de soins jusqu'à l'entrée du malade à l'hôpital.

17 septembre. Faciès abattu. Vésicules d'herpès sur la paupière supérieure droite. Conjectives rouges et recouvertes d'une couche de de mucus vitreux.

Langue saburrale sans caractères spéciaux. Haleine fétide. Ventre douloureux, météorisé. Diarrhée persistante. Pas de taches, Signes d'une pneumonie du sommet droit; en avant, obscurité du son, respiration rude, avec quelques râles muqueux; en arrière, matité vraie, avec exagération des vibrations; souffle tubaire, pectoriloquie au niveau de la partie interne de l'épine de l'omoplate. T. 39,5.

Prescription: Vésicatoire. Potion Tood avec teinture digitale, 15 gouttes.

Le 18. T. matin, 38,9. Soir, 39,2.

Crachats jaunes, typiques. Mêmes signes. Abattement moins prononcé.

Le 19. T. matin, 38,2. Soir, 38°.

L'herpès de la paupière a gagné la conjonctive, il existe sur la cornée des exulcérations sans doute consécutives à la rupture de vésicules.

Les signes locaux de la pneumonie restent les mêmes; l'état général est meilleur.

Le 20. Le malade se plaint d'avoir été très souffrant pendant la nuit; il a *vomi* à plusieurs reprises; il se plaint de douleurs vives dans le ventre, surtout au niveau de la région hépatique. Plus de diarrhée. Crachats jus de pruneaux.

*Hypothermie.* — T. matin, 35,9 ; prise à plusieurs reprises avec deux thermomètres.

T. soir, 35,7. P. 66.

Cet abaissement de la température et les vomissements sont d'abord attribués à la digitale qui est supprimée.

Le 21. T. matin, 35,2. Soir, 35,7.

Nous demandons les urines du malade pour voir si cet abaissement de la température ne peut être attribué à une lésion rénale. L'infirmier du service nous dit à ce moment que le malade n'a uriné qu'une seule fois depuis son séjour à l'hôpital.

Le cathétérisme pratiqué à plusieurs reprises ne donne issue qu'à quelques gouttes d'urine. *Il y a donc anurie.*

Lavement purgatif. Potion Tood et acét. ammoniaque.

Le 22. Températ. matin 35,8. Soir 36,3.

*Dépression profonde.* — Ventre très douloureux, surtout dans les régions hypogastrique et hépatique. Hyperesthésie des cuisses. Langue dépouillée, sèche.

*Vomissements continuels et abondants.* — *Anurie absolue.* Souffle au premier temps en arrière du sternum, s'entendant dans toute la hauteur de la région précordiale, mais prédominant au niveau des orifices artériels.

Les signes de la pneumonie persistent toujours les mêmes : matité, souffle bronchique, plus de crachats.

Lavement purgatif.

Le 23. Un peu d'amélioration. 100 grammes environ d'urine *sans albumine.*

Températ. matin 36,5 ; soir 37,3, Pouls 60.

Vomissements énormes sans efforts et sans nausées. Constipation toujours opiniâtre, ne cédant qu'aux lavements purgatifs.

Hyperesthésie abdominale et des membres inférieurs. Quelques soubresauts des tendons.

Persistance des signes de la pneumonie.

Le malade est indifférent, ne demande rien, se plaint quand on le dérange. L'intelligence est du reste conservée.

En l'absence d'albuminurie et de lésion rénale, cet abaissement du pouls et de la température, et ces mêmes phénomènes typhoïdes pourraient peut-être être attribués à un état cérébral, à une granulie méningée.

Le 24. T. matin 36,8. Soir 37.

Malade un peu plus éveillé; plusieurs selles diarrhéïques, sans caractère spécial.

Apparition sur l'abdomen et les cuisses, de taches rosées, irrégulières, donnant à la peau un aspect marbré. Véritable *roséole*. 100 grammes d'urine. Iod. pot. 1 gr.

Le 25. Bronchite généralisée. Souffle persistant à la base du cœur.

Ventre affaissé, mat dans sa moitié inférieure. Hyperesthésie persistante des cuisses. Plus de vomissements. 100 gr. d'urine. 1 selle. Un peu de contracture dans les membres supérieurs; tressaillements dans les extrémités. Etat de somnolence continuelle. T. matin 36,7. Soir 37°. Pouls 60 à 66.

On constate dans les urines, une quantité moyenne d'*albumine*; elles renferment 8 à 9 grammes d'urée par litre.

Le 26. Urines 250 grammes. Constipation. Pas de vomissements.

Somnolence continuelle. Bouche sèche, fuligineuse. Roséole persistante, quoiqu'un peu plus pâle. T. matin 37,8. Soir 38,2.

Le 27. *Somnolence* de plus en plus prononcée. T. 36, 8. Vers 5 heures du soir *convulsions* et *mort*.

*Autopsie.* — *Cerveau.* Liquide céphalo-rachidien plus abondant que de coutume. Pie-mère injectée. Pas de méningite vraie.

*Poumons.* — Adhérences pleurales très prononcées à droite. Les deux tiers supérieurs du poumon droit sont le siège d'une hépatisation grise manifeste. Dans le poumon gauche, noyau caséeux au sommet. Hépatisation rouge avec ramollissement à la base; les fragments de ce poumon tombent au fond de l'eau.

*Cœur.* — Très dilaté, sans hypertrophie. Un peu d'insuffisance pulmonaire.

*Foie.* — De consistance lisse, gras au toucher, violacé.

*Rate.* — Grosse, diffluente.

*Reins.* — Gros, blancs. Substance corticale jaunâtre, mais diminuée d'épaisseur; capsule un peu adhérente; surface du rein granuleux. (Pièce malheureusement égarée, et non examinée histologiquement.)

*L'intestin* examiné par sa surface externe ne paraît pas être le siège d'ulcération. Les ganglions du mésentère sont normaux.

## Observation XLVIII.

Néphrite aiguë *a frigore*, Anurie initiale. Roséole. Bruit de galop. Passage à l'état chronique. (Personnelle.)

Laurent (Sylvain), âgé de 15 ans, entre le 11 août 1879 dans le service de M. le D^r Ernest Besnier suppléé par M. Quinquaud, hôpital Saint-Louis, salle Saint-Léon, n° 10.

Le 19 août. Ce malade est entré il y a huit jours dans le service, pour un rhumatisme articulaire subaigu datant de trois jours, siégeant sur la plupart des grandes articulations et se caractérisant par de la douleur et de la rougeur au niveau de ces jointures. Peu de fièvre et aucune manifestation cardiaque à ce moment.

L'administration pendant trois jours consécutifs d'une potion contenant 3 grammes de salicylate de soude, calme rapidement les douleurs, et le malade, qui est en même temps atteint de teigne tondante, recommence à partir de ce moment à se promener dans les jardins.

Ce matin, sans que le petit malade se plaigne d'aucun malaise, l'attention est attirée par la pâleur et la bouffissure de la face ; les urines, immédiatement examinées, renferment des quantités énormes d'albumine ; au microscope cylindres granuleux, pas de cellules épithéliales.

Le malade cependant n'éprouve aucune douleur et aucun trouble digestif. Interrogé spécialement au point de vue de l'existence antérieure d'une scarlatine à laquelle se rapporteraient et les douleurs rhumatismales et l'albuminurie, il affirme n'avoir eu ni maux de gorge, ni éruption avant l'apparition de ses douleurs.

Cette albuminurie est donc jusqu'à nouvel ordre, rapportée à un refroidissement. Il est à noter cependant que la mère du petit malade est morte phthisique, que lui-même a été atteint pendant toute son enfance de scrofule ganglionnaire du cou. Il y a donc des réserves à faire au point de vue du rein scrofuleux.

L'auscultation du cœur permet de constater un léger dédoublement du premier temps à la base. Rien au poumon.

Le 20. Le malade qui a été mis immédiatement au régime lacté, a eu hier un vomissement très abondant et deux selles diarrhéiques. Par contre, la quantité d'urine rendue depuis hier à 4 heures est insignifiante et peut être évaluée à 50 ou 60 grammes. Il y a donc *anurie*. Cette urine est toujours aussi chargée d'albumine.

Merklen.                                                           14

Nous constatons encore le *bruit de galop* perceptible surtout dans la région rétro-sternale, du cœur. La matité du cœur est assez étendue.

Pas de céphalée ni de phénomènes nerveux.

Nous remarquons, pendant l'examen de la région thoracique, l'existence d'une *éruption maculeuse*, d'*apparence rubéolique*, surtout marquée sur la partie antérieure du thorax, et sur les côtés du ventre. Quelques taches rosées sur la face.

Prescriptions : Régime lacté, Bains de vapeur. Perchlorure de fer 20 gouttes.

Soir. — Pas d'urine depuis ce matin, 3 selles diarrhéiques ; pas de vomissements, bouffissure persistante de la face, et léger œdème des jambes. T. s. 37,4.

21 août. — Hier soir, *accès dyspnéique* ayant duré plusieurs heures ; nous avons vu le malade après cet accès ; il était endormi, mais sa respiration était fréquente (42), de temps en temps interrompue par une pause expiratoire.

Pouls 66, sinapisme, lavement purgatif.

Ce matin le malade est plus calme, mais n'a uriné que 100 gr. environ depuis hier ; une seule selle.

Quelques obscurités passagères de la vue ; surdité également intermittente. Plus d'éruption. — T. 27,4. — P. 66. — Respiration calme. Soir, T. 37,4. Pouls 66. Pas d'urine. Bruit de galop persistant.

8 ventouses scarifiées, appliquées sur la région lombaire, ont déterminé une diminution de la gêne respiratoire.

22 août.—100 gr. d'urine toujours très albumineuse. 3 selles diarrhéiques dans la journée d'hier ; pas de vomissements.

T. 37,2.

23 août. — 500 gr. d'urine. Amélioration très réelle. Le bruit de galop n'est plus entendu ; il existe actuellement un bruit prolongé au premier temps, à la pointe.

Moins d'albumine.

24 août. — 650 gr. d'urine. Etat satisfaisant.

6 septembre. — Etat stationnaire. La maladie paraît avoir passé à l'état chronique. Urines 100 gr. environ par jour. Au cœur, souffle à la pointe. Œdème léger du scrotum et des membres inférieurs.

5 décembre. — Après plusieurs essais thérapeutiques infructueux (bains de vapeur, tannin, etc.), le malade est envoyé à l'hôpital Sainte-Eugénie.

## OBSERVATION XLIX.

Néphrite parenchymateuse. Lichen aigu et érythème survenu à deux reprises
avec accidents urémiques.

(Inédite, due à l'obligeance de notre cher maître, M. le Dr Quinquaud).

Le nommé Ch... (Jean), 38 ans, homme de peine, entre le 8 juin à l'hôpital Saint-Antoine, salle Saint-Louis, no 2, service de M. le Dr La-
boulbène.

Ce malade raconte qu'il travaille souvent dans les puits ; ne boit
qu'un litre de vin par jour, n'a pas de pituite, ni de cauchemars. Il y a
un mois, à la suite d'un refroidissement, il fut pris d'œdème généralisé
avec urines rares et foncées ; en même temps, la respiration devenait
gênée. Il éprouve une douleur lombaire peu intense, mais persistante.

En ce moment, on constate une anasarque peu intense, mais très
nette. Les urines foncées, précipitent abondamment par la chaleur et
l'acide nitrique. Le microscope dénote de nombreux cylindres granulo-
graisseux. La céphalagie est habituelle, s'exaspérant de temps à autre ;
à peine quelques palpitations ; rien d'anormal au cœur. Le malade se
plaint de voir quelques brouillards. Il éprouve en même temps quelques
nausées avec inappétence. La respiration est gênée (30 par minute) avec
quelques râles sous-crépitants d'œdème.

T. 37,2.

Le 12 juin, ce malade fut pris subitement de somnolence invin-
cible, avec demi-coma. Il n'urina que 300 *grammes d'urine* fortement albumineuse. De plus, on trouve, disséminée sur l'abdomen les
bras et les cuisses, une efflorescence caractérisée : 1o par des papules
de lichen aigu surtout très abondantes sur l'avant-bras droit ; 2o des
taches érythémateuses disparaissant, sous la pression du doigt, sur le
côté droit de l'abdomen. Au centre de plusieurs de ces taches ou à côté,
existent des papules.

Il y avait donc danc ce cas *coexistence de l'éruption avec le maximum
des troubles urinaires.* Au moment où l'anurie était la plus intense, à ce
même moment apparaissait l'éruption cutanée, ce qui montre la relation de cause à effet. Sous l'influence du régime lacté, des révulsifs, des
diurétiques, les symptômes s'améliorent rapidement. Dans l'espace de
huit à dix jours, l'éruption avait disparu avec l'amélioration des troubles de sécrétion urinaire.

Mais le 17 juillet, sans cause bien appréciable, l'œdème augmenta, la
respiration devint gênée, la sécrétion urinaire diminua, le malade fut
pris de son coma et de la même éruption lichénoïde et érythémateuse.

Le régime lacté exclusif eut encore raison de tous ces accidents, et à la fin d'août le malade put sortir guéri de ses accidents cérébraux et des symptômes cutanés, mais conservant encore une grande quantité d'albumine dans les urines.

## OBSERVATION L.

Hydropisie scarlatineuse, sans albuminurie. Anurie presque absolue pendant sept jours. Péricardite. Mort.

(Roberts. Lancet, 1868, et On urinary et renal diseases, p. 24.)

(Résumé.)

Enfant de 7 ans atteint d'une scarlatine normale. Convalescence au bout de dix jours; le treizième jour, apparition d'une anasarque générale accompagnée de vomissements et de diarrhée. Urine rare, presque supprimée, très concentrée, couleur safran foncé et contenant des cylindres, mais pas d'albumine. Pupilles fortement contractées, langues et peau très sèches.

Amélioration sous l'influence de bains de vapeur, mais urine toujours rare. Le sixième jour vomissements intenses et frottement péricardique. Mort le septième jour après une grande agitation, mais sans coma, ni convulsions.

6 ou 7 onces d'urine avaient été rendus dans les sept jours.

Pas d'autopsie,

## OBSERVATION LI.

Anurie scarlatineuse. Convulsions. Amaurose. Mort.

(Willau. Cases of Ischuria renalis ln children-medical feats and observations vol. III, London, 1792. — Rayer, t. I, p. 418.)

(Résumé.)

Garçon de 9 ans, atteint au commencement d'octobre 1786 d'une scarlatine angineuse rapidement guérie. L'enfant sortit au bout de peu de jours et se porta bien pendant huit jours, au bout desquels apparurent de la diarrhée, des vomissements, de la perte des forces.

Le 25. Anurie complète.

Le 26. Anurie persistante. État général bon. Bouffissure de la face; langue sale.

Purgatif et bain chaud de vingt minutes, après lequel l'enfant rend un petit verre d'urine limpide.

Le soir. Nouveau bain. Quelques gouttes seulement d'urine.

Le 27. Bain chaud de trois quarts d'heure, sans résultat. Attaque d'éclampsie.

Le soir. L'enfant paraît dans un état satisfaisant, mais anurie persistante. Nouveau bain chaud.

A minuit, amaurose subite et mort dans une attaque convulsive. Pas d'autopsie.

## OBSERVATION LII.

### Anurie scarlatineuse. Guérison.

(G. Pisano. Giornale di medicina militare, mai 1876. Analyse Revue des sciences médicales, 1879.)

Il s'agit d'un enfant de 3 ans qui, à la suite d'une scarlatine légère, eut de la fièvre, des vomissements, des douleurs lombaires et de la diminution des urines. Du 27 janvier au 6 février l'excrétion urinaire fut absolument nulle. Pendant ces dix jours, les sueurs étaient abondantes; il y avait de la constipation et le malade ne vomissait que si on lui faisait respirer des liquides. Pas d'œdème. Le 6 février, le malade rendit un verre d'urine rougeâtre, acide, albumineuse, renfermant un grand nombre de cellules épithéliales, de cylindre albumineux et de globules de sang altérés. Les jours suivants, l'excrétion urinaire redevint normale.

## OBSERVATION LIII.

### Un cas d'anurie ayant duré vingt-cinq jours et terminé par la guérison.
(Whitelaw. Lancet, 1877.)

Au mois de mai de l'année dernière sur six enfants qui vivaient dans une maison récemment batie et dans d'excellentes conditions, deux furent atteints de la scarlatine à forme bénigne et guérirent. En revenant des bains de mer, au commencement de septembre, les quatre autres tombèrent malades à leur tour. Trois d'entre eux guérirent parfaitement; mais le quatrième, un vigoureux enfant de 8 ans, présenta une série de phénomènes extraordinaires. Le 11 septembre, mal de gorge très marqué, langue ayant l'apparence d'une fraise; température ne dépassant jamais 101, rash presque imperceptible, desquamation très peu considérable. La coexistence des trois autres cas ne laissait cependant aucun doute sur la nature du diagnostic.

L'enfant allait bien tout en conservant un peu de faiblesse. Rien de particulier jusqu'au 3 décembre. A ce moment on remarqua que les urines étaient devenues plus rares que d'habitude. Le 5 décembre, je fus appelé; je trouvai l'enfant jouissant en apparence d'une santé parfaite : appétit meilleur que d'habitude, langue nette, pouls 80, température 98,5. Il existait un peu de douleur et de sensibilité à la pression sur les deux régions lombaires. On ne remarquait aucun gonflement de la face, des mains, des pieds ou de l'abdomen, et durant les vingt-quatre heures précédentes, émission de 10 onces d'urine, haute en couleur, de densité 1018 et sans albumine. — On ordonna un bain chaud, des cataplasmes aux reins, des boissons aussi abondantes que possible, une potion contenant de l'acétate de potasse, de la scille, digitale et genêt. Le 6, je trouvai le malade ayant rendu seulement 2 onces de liquide, mais ayant sué abondamment après le bain; il mangeait et dormait bien. Le 7, l'enfant rendit seulement 1 drachme d'urine, et à partir de ce moment jusqu'au 20 pas une seule goutte ne fut émise, et cependant à l'exception de quelques légers maux de tête la santé restait excellente; durant ce temps l'administration de la poudre de jalap détermina 3 ou 4 selles liquides; la diaphorèse fut maintenue au moyen de bains et de cataplasmes.

Le 19. Le Dr Lumgair de Largo vit avec moi le malade et avait de la peine à croire que la suppression d'urine ait pu durer si longtemps, sans qu'il fût survenu de l'hydropisie ou quelque symptôme d'urémie. Il conseilla un vésicatoire sur les reins, qui dans les 24 heures qui suivirent son application amenèrent l'émission de 2 onces d'urine, sans albumine. J'espérais que les reins allaient être ainsi délivrés de leur torpeur, état auquel on avait, je le croyais, affaire, bien plus qu'à une véritable néphrite. Cependant aucune autre quantité d'urine ne fut rendue. Le 27, nouveau vésicatoire, mais cette fois sans résultat. On cessa de prescrire des bains, des cataplasmes et du jalap, dans la croyance qu'ils servaient à l'émission de l'urée, et que celle-ci ne pouvant plus s'éliminer par ces moyens, la vessie serait forcée de reprendre sa fonction. On continua cependant les diurétiques. Ce changement dans le traitement fut sans résultat. Les intestins continuèrent à fonctionner spontanément; l'enfant continuait à se bien porter.

Le 31 décembre, on nota un peu d'œdème aux pieds et aux chevilles, et le 2 janvier au matin 1 drachme d'urine fut rendue. Le même jour, assisté du Dr Fraser, superintendant de l'asile de Kinross, j'électrisai la colonne vertébrale et la région rénale; un petit cathéter fut aussi introduit dans la vessie, dans l'espérance de provoquer un réflexe.

Le 3 et le 4 janvier, émission de la même quantité; mais le 5, une pinte entière fut rendue, par petites quantités, en huit fois différentes.

Depuis ce temps les reins ont repris leur fonctionnement normal et l'enfant est tout à fait rétabli.

Les points suivants méritent d'être notés dans cette observation :

1° Les 12 semaines écoulées entre le début de la scarlatine, — (à forme bénigne) et l'établissement de la suppression.

2° A l'exception de 2 onces rendues le treizième jour, l'anurie fut complète pendant 25 jours.

3° Excepté un peu de mal de tête, un peu d'œdème vers la fin de la maladie, il n'y eut pas de signes d'hydropisie ou d'urémie.

4° Pas d'albuminurie. Pas de fièvre.

Les reins semblent avoir subi une sorte de torpeur, et avoir été suppléés dans leur travail par les intestins, la peau et les poumons.

5° Il est difficile de dire la part du traitement dans la guérison. La vésication avait d'abord paru efficace, puis impuissante. 1 drachme d'urine avait déjà été rendue avant l'application de l'électricité et le bénéfice de la guérison ne peut lui être attribué. Il est probable que la cessation des diaphorétiques et des purgatifs, en forçant les reins à se charger de la sécrétion de l'urée, joua un rôle très favorable, quoi qu'il semble qu'il y eût quelque risque à employer ce procédé.

Je puis ajouter que l'enfant était surveillé de près nuit et jour par ses parents et ses domestiques ; qu'on lui offrit de le récompenser s'il voulait uriner ; en sorte que toute tromperie fut écartée. Les D<sup>rs</sup> Lumgair et Fraser, tout d'abord sceptiques sur ce sujet, sont aujourd'hui parfaitement convaincus de l'authenticité du cas que je viens de rapporter.

## OBSERVATION LIV.

Atrophie ancienne du rein droit par hydronéphrose. Néphrite aiguë suppurée avec gangrène du rein gauche hypertrophié. Anurie et urémie. Mort.

(Personnelle.)

C... (Marie), âgée de 28 ans, couturière, entre le 8 janvier 1876 dans le service de M. le D<sup>r</sup> Isambert, hôpital Lariboisière, salle Sainte-Marie, n° 34.

Les renseignements obtenus sur l'état de cette malade avant son entrée à l'hôpital sont incomplets. Sa santé a toujours été bonne jusqu'au mois de novembre dernier ; mais à partir de ce moment elle a souffert d'un état de malaise continuel, avec céphalée, toux et douleurs dans les côtés de la poitrine. Néanmoins elle n'a pas maigri, et son état général est resté satisfaisant.

Quinze jours avant son admission la malade a eu une hémoptysie assez considérable, et il y a trois jours elle a été prise assez subitement de douleurs violentes à la base du thorax, avec dyspnée, fièvre, céphalée plus intense que de coutume; enfin plusieurs accès de tremblements convulsifs auraient été constatés ces jours derniers.

8 janvier. Soumise à l'observation, la malade présente les phénomènes suivants :

Fièvre très violente. Pommettes colorées. Facies dénotant une dyspnée très intense. Hoquet continuel. Prostration très grande. La malade ne répond que par des gémissements plaintifs aux questions qu'on lui pose. Mise sur son séant pour l'exploration du thorax, elle ne peut se soutenir, et le moindre contact provoque des cris. L'hyperesthésie est générale : c'est ainsi que la palpation abdominale n'est pas possible, mais la douleur paraît la plus vive à la partie inférieure du côté gauche du thorax. Et cependant la percussion et l'auscultation du thorax ne dénotent rien d'anormal.

Troubles gastriques très prononcés, constipation complète depuis trois jours. Langue sale, recouverte d'un enduit limoneux épais.

Le 9. Même état, hoquet persistant. La malade a eu dans la nuit des vomissements et du délire. Les pupilles sont fortement contractées. Il y a absence d'urine depuis l'entrée de la malade, et cependant le cathétérisme ne donne issue qu'à 100 grammes à peine d'une urine trouble, chargée de phosphates, probablement purulente, mais ne contenant pas d'albumine.

On pense à une méningite tuberculeuse, bien que les symptômes présentés par cette malade soient très obcurs.

Le 10. Plusieurs frissons dans la nuit. Persistance du hoquet et des phénomènes précédents. Signes toujours nuls du côté du thorax.

Le soir la malade est beaucoup plus calme, et pour la première fois répond d'une façon lucide aux questions qu'on lui pose. Le hoquet a disparu, mais revient à chaque ingestion de boisson; la température, qui le matin, était de 38,6, est descendue à 36,4.

Cette amélioration peut être attribuée à l'administration d'un ipéca stibié qui, a déterminé des selles très abondantes.

Le cathétérisme donne issue comme hier à 100 grammes environ d'urine.

Métrorrhagie peu abondante.

Le 11. Nouvelle exacerbation des symptômes du début. Vomissements. Hoquets. Contraction des pupilles. Stupeur, Convulsions générales mais surtout prononcées dans le côté droit de la face et du corps.

Métrorrhagie persistante. Le sang est rendu en caillots par le vagin.

La malade crache également, pendant qu'on l'examine, un caillot sanguin, foncé et assez volumineux.

Constipation. Langue et lèvres sèches et fuligineuses. Température du matin 40,4.

Le soir, la température est revenue à 36,4 ; le hoquet a disparu, mais les mouvements convulsifs persistent.

Les 12 et 13. Perte de connaissance complète. Tremblements convulsifs très fréquents.

L'urine obtenue par le cathétérisme est toujours en faible quantité, mais est remarquable par sa couleur rosée et son odeur fétide.

Persistance de la métrorrhagie. Crachats sanguinolents.

Le 13 au soir, l'état fébrile a reparu. Peau chaude et couverte de sueurs.

Le 14. Mort dans le coma à 9 heures du matin.

*Autopsie.* — *Poumons.* Les lobes inférieurs sont très congestionnés et présentent un état marbré dû à la présence d'un grand nombre de petits foyers apoplectiques.

*Cœur.* Aucune altération notable. Pas d'hypertrophie.

*Cerveau.* Etat criblé très prononcé, surtout manifesté dans les parties médianes de la base de l'encéphale, à savoir : la protubérance, le bulbe et les pédoncules cérébraux.

*Reins.* Le rein droit est réduit au quart environ de son volume normal, et cette atrophie parait due au refoulement de la substance rénale par les calices et le bassinet dilatés.

L'artère et la veine rénale de cè côté sont perméables, et présentent leur disposition habituelle.

Le rein gauche présente une hypertrophie très considérable, il est certainement doublé de volume. Très congestionné, il laisse voir à la coupe un grand nombre de petits points blanchâtres, qui paraissent constitués par des abcès miliaires et deux cavités anfractueuses remplies d'un liquide brunâtre et fétide. La surface interne des calices et du bassinet, qui sont dilatés, présente une infection vasculaire, et sur certains points une extravasation sanguine très manifeste.

*Remarques.* — Nous reproduisons cette observation telle que nous l'avons recueillie en 1876. Par suite d'une omission regrettable, les organes pelviens n'ont pas été examinés, en sorte que l'origine de cette double pyclo-néphrite reste obscure. Les métrorrhagies observées à la fin, et que nous étions tentés à cette époque de rapporter à

l'urémie pourraient faire penser à une anurie par obstruction cancéreuse des uretères, bien que différents détails ne
concordent pas avec cette hypothèse. Le diagnostic pyclo-
néphrite secondaire est le seul que l'on puisse affirmer.

## OBSERVATION LV.

Oblitération de la veine sus-hépatique droite, de la veine cave inférieure et de
ses branches afférentes. Infarctus des reins par arrêt de la circulation veineuse sans oblitération artérielle. Anurie.

(Nottin. Société anat., 1869.)
(Résumée.)

Femme de 25 ans entrée le 10 novembre 1868 à l'hôpital Saint-Louis,
service de M. le D\u02b3 Lailler.

Cette femme, scrofuleuse dans son enfance, était soignée dans le service pour une éruption d'acné, quand, le 26 décembre, elle accusa des
phénomènes d'embarras gastrique fébrile, une névralgie temporo-cer-
vicale à accès périodiques. Puis, le 29 décembre, elle fut prise subitement d'une faiblesse générale avec pâleur et refroidissement des extrémités.

Le lendemain, à la visite du matin, elle présentait une *cyanose* très
prononcée et l'on constatait une *anurie* à peu près complète, le cathétérisme ne donnant que quelques gouttes d'une urine fortement albumineuse. Pouls petit, vomissements le soir.

A 9 heures du soir, *accès de dyspnée* très violent.

Le 31 décembre. Anurie persistante. Vomissements de boissons.
Pouls petit. Raideur dans la jambe droite. Selle sans caractère.

1\u1d49\u02b3 janvier 1869. Pouls petit, fréquent. Vomituritions.

Absence presque complète d'urine ; pas de selles. Douleur vive au
niveau du flanc gauche. Oppression et anxiété vive.

Le 2. 100 Puls. Même état.

Quelques gouttes d'urine albumineuse sanglante et sans tubes d'épithélium.

Le 3. 80 puls. Douleur diaphragmatique vive. Inspiration brusque et
convulsive. Amaurose. Pupilles dilatées. Douleurs et œdème des membres inférieurs.

Anurie. Pas de selles.

Le 4. 76 puls. Insomnie. *Hoquet*. Régurgitation. Pas de garde-robe.

Urines très rares et sanglantes. Léger œdème avec douleur des membres inférieurs.

Le 5. Diarrhée abondante. 68 puls. Pas de fièvre. Urines moins sanglantes et moins rares. Hoquet continuel.

Le 6. Pouls, 68°. Régurgitations continuelles d'un liquide incolore. Œdème et douleur des membres inférieurs plus prononcés ; dilatation des veines superficielles de l'abdomen.

Mort subite à midi, sans convulsions, ni cyanose, en pleine intelligence.

*Autopsie.* — Rien aux poumons. Cœur graisseux ; cavités droites remplies de caillots.

La veine cave inférieure et ses branches afférentes (iliaques, rénales, utéro-ovariennes, capsulaires et lombaires) sont oblitérées et remplies comme par une injection de suif noir. L'aorte et ses branches sont libres.

Pas de phlébite de la veine cave mais de la veine sus-hépatique droite, point de départ probable de l'obstacle au cours du sang dans la veine cave.

Les reins sont très tuméfiés et d'un rouge brun, surtout celui de gauche. Entre la capsule fibreuse et l'enveloppe cellulo-graisseuse, on voit des ecchymoses multiples. Dans quelques points le tissu cellulaire est induré et adhère à la capsule ; à ce niveau, on trouve à l'extrémité supérieure du rein gauche un large infarctus jaunâtre, de forme irrégulière, limité par un liséré rouge sombre, très sinueux et très net ; deux autres infarctus sur le rein gauche ; un seul sur le rein droit. Ces infarctus font une saillie à la surface du rein, et leur tissu est d'une consistance plus ferme à la coupe. Le tissu du rein est d'un rouge livide très prononcé, et l'infarctus, d'un jaune pâle, s'étend en profondeur jusqu'à la substance tubuleuse.

A l'extérieur des veines, les divisions du rein sont remplies de caillots que la pression fait sortir. Les artères, suivies aussi loin que possible, ne sont pas oblitérées, même dans les branches qui correspondent aux infarctus.

Bassinets et uretère libres, mais très injectés. Vessie vide.

## Observation LVI.

Tentative de lithotritie. Cystite. Taille suivie de lithotritie. Anurie.
Mort. Abcès rénaux.
(Malherbe. Soc. anat., 1872.)

M. Malherbe présente les organes génito-urinaires d'un homme âgé
de 40 ans, atteint de calcul vésical et soumis à la taille et à la lithotritie. Le malade souffrait de la pierre depuis deux ans. Il aurait eu des
accès de fièvre et n'aurait jamais été sondé. Après quatre essais infructueux de lithotritie suivis de cystite et de fièvre légère, il est soumis à
la taille.

La difficulté d'extraction de la pierre exige la lithotritie employée
avec succès.

Le soir même survient de la fièvre ; la température s'élève à 39°,9.
Dans la nuit l'*anurie* se manifeste. Le cathétérisme ne donne pas 100
grammes d'urine purulente. La mort survient deux jours plus tard.

A l'*autopsie* on trouve à l'angle gauche du fond de la vessie, une
cavité non perforée qui paraît être une cellule vésicale. Au-dessous du
péritoire à ce niveau existe une ecchymose marbrée.

Le rein gauche est très petit ; les calices sont congestionnés. Le rein
droit offre des abcès en voie de formation. Le foie ne paraît pas altéré.

## Observation LVII.

Cystite chronique. Anurie survenue à l'occasion d'un cathétérisme. Mort.
Dégénérescence graisseuse du rein gauche. Infarctus dans le rein droit. Inversion des viscères.

M. Girard montre les reins et la vessie d'un homme mort à l'âge de
74 ans. Les urines étaient mucoso-purulentes, la miction douloureuse.

On eut recours à l'application d'une sonde à demeure et à des injections d'eau fraîche. Il se développe un accès de fièvre ; l'*anurie* se produit, la température s'élève à 38°.

Le malade succombe avec de la carphologie.

L'autopsie permet de constater une inversion complète des organes
avec inversion des cavités du cœur, la dégénérescence graisseuse du
rein gauche, l'existence d'infarctus dans le rein droit.

Le présentateur attribue la mort à l'anurie brusque survenue sous l'influence du cathétérisme. La sonde aurait déterminé une congestion rénale suivie d'hémorrhagie ; d'où diminution du champ de la sécrétion urinaire.

## IV.

## Observations d'anurie hystérique.

### Observation LVIII.

Hystérie. Phénomènes d'anurie et vomissements urémiques. Développement graduel d'une paraplégie considérée comme hystérique. Accès convulsifs et comateux. Mort. Méningite spinale à l'autopsie.
(Observation due à l'obligeance de notre cher maître M. le Dr Rendu.)

Elisa C..., âgée de 45 ans, née à Paris, entre le 19 juillet 1874 dans le service de M. le Dr Potain, hôpital Necker, salle Sainte-Anne, n° 16.

Cette femme est amenée le 19 juillet. Elle se plaint de maux de tête et de vomissements depuis près de deux mois. Au début elle s'est plainte de douleurs lombaires. Depuis quatre semaines, elle est au lit, elle n'a pas de fièvre notable. Ce matin, elle a eu 84 pulsations, le pouls faible, régulier. Elle se plaint de douleurs de tête extrêmement intenses, et on peut à peine la remuer. La respiration est bonne, le bruit vésiculaire normal. Le cœur ne présente aucune altération.

Ce qui domine chez cette malade, c'est un air égaré, un peu d'incohérence. En ce moment, elle n'a pas les jambes enflées, ni la moindre anasarque. Elle se plaint de maux de tête considérables ; elle n'a pas de diarrhée, mais quelques vomissements. Elle dit qu'elle urine peu. En même temps on constate un notable degré de dyspnée, bien que l'auscultation ne révèle rien.

Pendant qu'on l'examine, la malade a une sorte de crise nerveuse sans convulsions, mais avec des maux de tête très intenses. Ceci, au premier abord, paraît répondre à de l'hystérie. Toutefois, la malade affirme qu'elle n'a jamais eu d'attaques de nerfs avec perte de connaissance. Purgatif.

20 juillet. Bien que la malade ait bu considérablement toute la nuit, elle n'a pas uriné plus de deux cuillerées à bouche d'une urine trouble, foncée, contenant une très légère quantité d'albumine, ayant un peu l'odeur de bouillon.

Ce matin, on trouve la malade affaissée, avec de la dyspnée, la voix cassée, se plaignant d'un violent mal de tête, sans fièvre; soif excessive.

*Prescription.* — Eau-de-vie allemande. Tisane d'uva ursi. Eau de. Seltz et glace. Régime lacté exclusif. Trente ventouses sèches et six scarifiées dans la région lombaire.

Les jours suivants, bien que la malade continue à uriner 30 à 40 grammes d'urine par jour, il y a une amélioration notable dans l'état général. L'embonpoint et l'appétit se conservent.

Le 24. On constate qu'il existe des zones hyperesthésiques très évidentes. Ainsi, la douleur de la nuque dont elle se plaint est une rachialgie; la pression sur les apophyses épineuses est excessivement pénible. Elle a aussi de l'épigastralgie et de la pleuralgie. En revanche, la pression sur les ovaires n'est pas douloureuse. Dans la journée, un vomissement bilieux.

Evidemment, la malade est une hystérique avec de l'ischurie et de l'anurie sans phénomènes urémiques autres que le vomissement.

Le 26. Dans la journée, la malade a deux attaques d'hystérie convulsive.

Les jours suivants, on ne peut plus douter qu'on n'ait affaire à une hystérique. Il y a une mobilité de symptômes fort remarquable. Lorsqu'elle n'urine pas, elle se plaint de douleurs de tête, dans la nuque, dans le dos, presque intolérables. Ses aliments ne sont point tolérés par l'estomac et rejetés par le vomissement. D'autres fois, elle ne souffre presque pas, se lève et semble convalescente.

On remarque que toutes les fois qu'elle a des vomissements elle urine à peine 30 grammes : ceci coïncide avec la recrudesce de ses douleurs rachidiennes.

7 août. On a l'idée de lui appliquer dans le dos, le long de la colonne vertébrale, à titre de révulsif, sur la moelle, un large vésicatoire. Le lendemain, la malade urine un demi-litre, chose qui ne lui était pas arrivée depuis son entrée dans la salle, et elle ne vomit pas.

L'effet persiste le 8 et le 9, temps que met le vésicatoire à sécher, après quoi, anurie, nouveaux vomissements.

Le 10. On réitère l'application d'un vésicatoire, cette fois au devant du sternum. Il y a encore une amélioration passagère d'une demi-journée : la malade urine un peu moins d'un demi-litre.

Pour prouver qu'il s'agit bien de l'efficacité de la révulsion sur la colonne vertébrale, on remplace, le 12, le vesicatoire par un cataplasme sinapisé le long de la colonne vertébrale. La malade urine trois quarts de litre, et se trouve assez bien pour se lever : elle n'a pas de vomissements. Ceux-ci reparaissent trois jours après, le 15, avec le cortège habituel (rachialgie, point douloureux occipital, etc.).

Du 15 au 18, on réitère l'expérience qui toujours réussi : l'urine atteint, même le 18 août, le chiffre de 1 litre.

Le 20. Application de cautères dans le dos, au nombre de quatre.

Le 21. La malade n'a pas vomi ; elle a la figure assez calme, mais se plaint beaucoup de la tête et de la nuque ; pas de vomissements.

Le 24. Les vomissements n'ont point reparu, et la malade'urine maintenant de 1 litre à 1 litre 1/2 par vingt-quatre heures.

Elle souffre moins de la tête et mange avec meilleur appétit. Mais la marche est extrèmement pénible. La malade est presque paraplégique ; elle peut à peine se tenir sur ses jambes, titube, tremble de ses extrémités inférieures, et soulève le pied d'une façon très incomplète. Toutefois, aucun trouble de la sensibilité.

Le mieux se continue au point de vue des urines, jusqu'au 26 ; ce jour-là, elle est reprises de ses vomissements et urine moins.

Dans le courant du mois de septembre, aggravation notable de la maladie ; même mobilité dans les symptômes ; alternatives de mieux et de pire ; attaques d'hystérie convulsive de temps à autre. Mais la paraplégie s'accentue de plus en plus ; la malade ne peut plus se tenir debout, elle s'amaigrit, reste constamment couchée dans son lit, souffrant beaucoup du dos et de la colonne vertébrale. Elle se plaint surtout d'un point fixe au cou en permanence. — Ventouses scarifiées le long de la colonne vertébrale.

Je la retrouve au commencement d'octobre, l'air égaré, vomissant encore fréquemment, complètement paraplégique, ayant perdu beaucoup de ses forces, remuant ses bras difficilement. Ses accès convulsifs la reprennent encore fréquemment ; ils affectent les allures d'un coma profond avec lenteur du pouls et refroidissement des extrémités, sueurs abondantes. Evidemment, derrière ce fonds hystérique, il y a une affection centrale de la moelle. Celle-ci s'accuse surtout par des troubles moteurs : pourtant, malgré l'amaigrissement, il n'y a pas d'atrophie proprement dite des masses musculaires ; la sensibilité et les mouvements réflexes sont tout à fait normaux. Pas de trouble pupillaire.

Appétit conservé, mais capricieux.

6 octobre. Même état, quoique les urines soient un peu plus abondantes. — Potion avec 20 gouttes de teinture de noix vomique.

A partir de cette époque, un peu de mieux ; les bras commencent à reprendre graduellement quelques mouvements ; elle serre faiblement avec ses mains, et remue facilement ses jambes dans son lit. Toutefois, il lui est impossible de se lever et même de se tenir debout.

Cet état de choses persiste pendant tout le mois d'octobre; il y a un mieux réel dans les deux dernières semaines.

Dans les premiers jours de novembre, on faradise légèrement les muscles de la malade, pour lui rendre l'usage graduel de ses membres. On constate que les muscles de ses bras et de ses jambes répondent normalement à l'électrisation; mais ceux des gouttières vertébrales sont tout à fait atrophiés et presque insensibles à la faradisation. Il y a un amaigrissement extrême de tous les muscles, et la malade, tout en n'ayant point de fièvre, perd l'appétit et s'affaiblit de plus en plus.

Vers le 15 novembre, la malade se plaint d'une douleur dans le côté droit, vers la base de la poitrine. L'auscultation et la percussion ne révèlent aucune lésion. Comme il existe une vive douleur rachidienne, on considère ce point de côté comme de la pleuralgie ou de la névralgie intercostale.

Le 16. La malade prend un bain sulfureux qui ne paraît lui faire aucun mal sur le moment.

Toutefois, le 17 au soir, elle se plaint d'un peu d'oppression et surtout d'une grande faiblesse; elle s'aperçoit que ses bras sont alourdis, et qu'elle ne peut les mouvoir avec autant de facilité.

Le 18. La malade a toujours de la faiblesse : bras presque complètement paralysés; jambes normales, répondant bien à l'électrisation. Sensibilité intacte.

Dans la nuit, accès nerveux analogues à ceux qu'elle avait présentés à plusieurs reprises, avec raideur, tétanisme.

Le matin elle est très fatiguée, somnolente, répondant à peine, en partie anesthésique.

Le 19. Nouvel accès pendant la nuit. La malade se réveille complètement paraplégique, incapable de remuer les bras, et remuant difficilement les jambes. Pourtant la journée se passe sans accidents.

Dans la nuit survient un nouvel accès. Le lendemain matin, 20 novembre, on la trouve dans un état très grave : cyanosée, la respiration haletante, demi-comateuse, avec du râle trachéal; elle rejette par la bouche de l'écume bronchique, et paraît en agonie. La respiration diaphragmatique se fait mal; la paraplégie est absolue; les membres retombent inertes. En recherchant la cause de ces râles trachéo-bronchiques, on constate qu'il existe une anesthésie absolue du voile du palais, et de la muqueuse des voies aériennes; la malade s'asphyxie par accumulation des mucosités qu'elle ne sent pas. Le pouls est très lent, à 54 pulsations.

Electrisation du phrénique. Sinapismes. Ventouses.

Ls soir, même état : cyanose, respiration stertoreuse; expectoration fort abondante; la respiration diaphragmatique paraît se faire moins mal que le matin. Toutefois, le pouls qui était lent le matin s'est notablement accéléré (100). Il y a un peu de chaleur fébrile. De plus, un nouveau symptôme est apparu : c'est une rotation alternative des yeux et du nystagmus transversal sans dilatation des pupilles. Cœur battant d'une façon précipitée, et faiblement. Faut-il admettre que la lésion médullaire a atteint les centres d'innervation du cœur?

Mort dans la nuit.

*Autopsie le 22 novembre.*

*Enveloppes de la moelle. Face antérieure.* — Pas d'adhérence ni de congestion des sinus rachidiens. Sur deux points seulement, vers la troisième vertèbre dorsale et à la partie supérieure de la région cervicale, on constate une cohérence intime entre la dure-mère et l'arachnoïde.

Il y a une congestion appréciable de la moelle au niveau du renflement cervical, et vers la partie supérieure, on aperçoit un petit foyer hémorrhagique au niveau des racines antérieures de la troisième paire cervicale. Ceci correspond par conséquent à l'origine des nerfs phréniques, et il y a peut-être un rapport entre cette lésion et la gêne des mouvements du diaphragme observés les derniers jours de la vie.

Un pareil foyer ecchymotique, plus petit que le précédent, se voit dans la région lombaire, à l'origine des nerfs de la queue de cheval.

*Face postérieure.* — A première vue cette face est malade. La dure-mère est épaissie, très congestionnée, surtout dans la région dorsolombaire et sillonnée de grosses veines variqueuses. Lorsqu'on veut la sectionner sur la ligne médiane, on se trouve arrêté? presque au début de la région cervicale, par des adhérences très intimes avec l'arachnoïde spinale. A partir de la septième vertèbre cervicale, jusqu'à la région lombaire, ces adhérences deviennent tellement multipliées, qu'il faut disséquer complètement les deux membranes, pour les dissocier : encore ne peut-on le faire qu'au moyen de sections artificielles, à travers des tissus complètement organisés. C'est exactement le même aspect et la même structure que quand il y a symphyse complète du péricarde. Sur les points où les adhérences manquent, on peut voir que l'arachnoïde est profondément altérée dans sa constitution. Elle est doublée d'épaisseur, opaque et transformée en un tissu fibreux, jaunâtre, coriace, peu vasculaire, disposé par plaques irrégulières. Dans toute l'étendue de ces plaques, l'arachnoïde paraît faire corps avec la pie-mère sous-jacente.

Les lésions que nous venons de signaler existent seulement sur la partie médiane de la face postérieure : elles empiètent plus ou moins latéralement; pourtant, au voisinage des racines nerveuses, les adhérences manquent presque complètement, de sorte que le racines postérieures, au moins à l'œil nu, ne paraissent pas comprimées ou atrophiées.

En résumé, on trouve, chez cette femme, les lésions les plus manifestes d'une méningite spinale chronique adhésive, portant presque exclusivement sur la partie postérieure des enveloppes de la moelle. Il est probable qu'il existe de la myélite, mais *a priori*, on peut presque affirmer que la substance grise centrale est peu altérée, d'où la conservation de la sensibilité, et l'absence d'atrophie (sauf des muscles de la gouttière vertébrale).

*Les muscles* sont examinés comparativement au microscope. Les fibres du grand droit de l'abdomen sont parfaitement normales. Celles des muscles spinaux au contraire, sans être atrophiées notablement, sont devenues granuleuses pour la plupart, et leur striation longitudinale apparaît d'une façon très obscure. Du reste, pas de prolifération évidente des noyaux du sarcolemme.

*Poumons.* — Adhérences pleurales anciennes, surtout à gauche : pas de tubercules. Congestion et splénisation considérables du poumon surtout vers la base, bronches remplies d'écume, sans mucosité. De plus, le parenchyme pulmonaire n'est nullement friable comme dans les congestions inflammatoires. Le poumon ressemble absolument, par ses lésions, à un poumon des animaux auxquels on a coupé le pneumogastrique.

*Cœur* petit, un peu graisseux et flasque. Cœur droit rempli de caillots moulés sur les valvules sigmoïdes. Dans le cœur gauche, épaississement et induration de la valvule mitrale sans insuffisance.

*Foie.* Pas d'altération.

*Reins.* Congestionnés et volumineux. Les pyramides de Malpighi sont d'un rouge lie de vin ; les glomérules se détachent à l'œil nu. La capsule du rein se décortique difficilement, et l'on enlève une partie de la couche corticale du parenchyme rénal. Il n'est donc pas douteux qu'il n'y ait certaines lésions. Toutefois l'examen histologique à l'état frais ne montre pas de stéatose ni d'altérations épithéliales bien évidentes.

Au point de vue étiologique, renseignements fort insuffisants. La malade menait une conduite irrégulière, et avait l'habitude de boire de l'eau-de-vie et du vin. Elle avait été scrofuleuse dans son enfance et portait au cou des cicatrices.

Elle ne paraît pas avoir eu la syphilis. Il y a quatre ans, elle avait eu déjà une affection singulière qui semble avoir été une néphrite, pendant laquelle elle avait eu de l'anasarque.

En somme, l'alcoolisme est ce qu'il y a de plus net dans ces renseignements étiologiques :

### Observation LIX.

Tétanos a frigore. Anurie. Mort. Ramollissement de la moelle dorsale.
(Observation due à l'obligeance de notre ami et collègue Leduc.)

V... (Constance), blanchisseuse, âgée de 38 ans, entre le 22 avril 1880 dans le service de M. le D^r Guyot, hôpital Beaujon, salle Sainte-Claire, n^o 33.

Comme antécédents, péritonite il y a 5 ou 6 ans à la suite de couches. Guérison complète.

Le mardi 15 avril, en faisant sécher du linge, cette femme fut mouillée et resta ainsi jusqu'au soir ; elle eut à ce moment un frisson qui dura une heure ; le lendemain, quoique fatiguée et mal en train, elle continua à travailler.

Le 15, c'est-à-dire deux jours après le refroidissement, elle commence à s'apercevoir qu'elle a de la difficulté à ouvrir la bouche (trismus) ; elle continue néanmoins de travailler et est de nouveau mouillée jusqu'aux os par une pluie d'orage ; elle ne change pas de vêtements jusqu'au soir.

Le 16, pendant son travail, frissons à plusieurs reprises.

Le 17 elle s'alite. Nouveau frisson dans la journée : augmentation du trismus. La malade commence à ressentir de la raideur dans le cou, et sa tête, dit-elle, tend à se pencher en arrière.

Le 20, début de l'opisthotonos.

Elle reste couchée jusqu'à son entrée à l'hôpital, ayant de la fièvre, une soif ardente, des sueurs profuses. Les symptômes tétaniques augmentent de jour en jour, et envahissent peu à peu bras et jambes, mais sans paroxysmes convulsifs.

22 avril au soir. Nous trouvons la malade dans l'état suivant : opisthotonos assez marqué ; ventre plat par contracture des muscles abdominaux ; contracture en extension des quatre membres. Les moindres mouvements imprimés à la malade sont douloureux et sont la cause de secousses convulsives toniques, qui tendent à exagérer l'extension de toutes les parties contracturiées.

Rire sardonique peu marqué. Léger degré de trismus ; il aurait beaucoup diminué d'après la malade. Les dents peuvent être écartées de 1 à 2 centimètres.

Pas de dyspnée ni de dysphagie.

Rien au cœur ni aux poumons.

Pas de selles depuis trois jours. Sueurs profuses.

R. 34. P. 116. T. ax. 39°.

Chloral, 8 gr.

23 avril. Temp. mat. 38°, 4. Soir 37°,8.

Même état ; la malade ne souffre pas quand on ne la bouge pas ; mais, aussitôt qu'on la remue, elle se plaint de douleurs qui sont accompagnées de secousses convulsives toniques.

Sueurs profuses. — *Peu d'urines.*

3 lavements avec 4 gr. de chloral chaque.

24 avril. — L'opisthotonos est un peu moins marqué, ainsi que le trismus.

Temp. mat. et s., 38°.

2 lavements avec 6 gr. de chloral.

La malade n'a pas uriné depuis dix-huit heures ; le cathétérisme donne 200 à 250 grammes d'urine.

25 avril. La malade est assoupie, ne souffre pas quand on la laisse immobile. Pas de secousses convulsives depuis quarante-huit heures. Encore un peu de contracture des membres supérieurs, surtout du droit. Pas de miction ; urine obtenue par le cathétérisme, un verre. T. M. 37,8. S. 37°.

Pas de selles. Trois lavements avec 5 grammes de chloral chaque.

Le 26. N'a eu que 10 grammes de chloral hier dans la journée. Opistothonos et contracture des membres plus marqués qu'hier.

La malade n'a pas uriné depuis hier, et le cathétérisme ne donne que 60 à 80 grammes d'urine.

Pas de selles depuis son entrée. Lavement purgatif et de chloral 15 grammes. T. M. 38,2. S. 38.4.

Le 27. Opisthotonos et trismus très accentués. Face rouge vultueuse. Le poids des couvertures fait souffrir la malade.

Respiration fréquente. Secousses convulsives à 10 h. 1/2 et 4 h. 1/2. T. 38°. Urine, 60 à 80 grammes. Mort le 28, à 1 heure du matin.

*Autopsie le* 29 avril, à 10 heures du matin.

*Organes thoraciques.* Adhérences pleurales assez résistantes à droite et entre les lobes de ce côté ; à gauche, très peu d'adhérences.

Congestion assez intense des deux lobes inférieurs ; écoulement de sang presque pur par la surface de section.

*Cœur.* Un peu d'induration de la valvule mitrale.

*Foie.* Ilots de dégénérescence graisseuse disséminés ; stéatose intralobulaire ; adhérences peu résistantes de la face convexe au diaphragme par des fausses membranes vasculaires.

*Rate.* Rien à noter.

*Reins.* Un peu volumineux : congestion intense de la substance médullaire moins marquée de la substance corticale, à la surface de laquelle cependant les étoiles deVerheyen sont beaucoup plus marquées que de coutume : commencement de dégénérescence granulo-graisseuse par places.

Pas d'athérome des artères.

*Utérus* un peu gros : adhérence des trompes à la face postérieure par des fausses membranes lâches et minces. Petits kystes ovariques.

*Encéphale.* La substance blanche des hémisphères est un peu ramollie dans son ensemble. La consistance est moindre que celle de la pâte de guimauve.

*Moelle.* Sur une longueur de 15 centimètres environ, ramolissement de la substance nerveuse qui est réduite en une bouillie laiteuse. Aux limites de ce ramolissement, la substance médullaire a une consistance un peu moindre que normalement.

*Examen histologique.* Pratiqué à l'état frais, il démontre l'existence d'un très petit nombre de corps granuleux de Glüge et d'une quantité considérable de graisse libre.

A la surface de la pie-mère, vaisseaux plus accusés que de coutume.

# INDEX BIBLIOGRAPHIQUE.

### Anurie en général.

WILLAN. — Cases of ischuria renalis in children. Medical facts and observations, vol. III. London, 1792.

ABERCROMBIE.— Observations in ischuria renalis. The Edinburgh med. and surg. Journ., t. XVII, p. 221.

NAUMANN. — Handbuch der medicinischen Klinik. Bd. VI, 1836.

RAYER. — Traité des maladies des reins, 1841.

LÉCORCHÉ. — Maladies des reins, 1875.

ROBERTS. — A practical treatise on urinary and renal diseases, 3e édition, 1876.

FABRE. — Des oliguries. Gazette des hôpitaux, 1878, nos 91 et 92.

HEIDENHAIN. — Article Sécrétion urinaire du Compendium de physiologie de Herrmann, 1880.

VULPIAN. — Leçons sur l'appareil vaso-moteur, t. I, p. 523 et suiv.

### Anurie calculeuse.

ROBERTS. — Loc. cit., p. 26 et suiv.

TENNESON. — Note sur l'anurie calculeuse. Société médicale des hôpitaux, 1879.

EBSTEIN. — Article lithiase rénale dans le Compendium de Ziemssen.

RAYER. — Loc. cit., t. II, p. 153 et suiv., t. III, p. 490.

PICARD. — Gazette médicale de Strasbourg, 1870.

ANGLADA. — Bibliothèque du médecin praticien de Fabre, 1844, t. II, p. 525.

(Observations diverses).

### Anurie dans le cancer de l'utérus.

RAYER. — Traité des maladies des reins.

ARAN. — Gazette des hôpitaux, 1860. Leçons recueillies par M. Siredey.

FOURNIER. — Thèse agrégation, 1863.

CHARCOT. — Société anatomique, 1874.

DEBOVE et DREYFOUS. — Contribution à l'étude de l'anurie et de l'urémie. Société médicale des hôpitaux, 1880.

EBSTEIN. — Hydronéphrose dans Ziemssen.

ROSENSTEIN. — Traité des maladies des reins. Traduction française par Bottentuit et Labadie-Lagrave.

HUC. — Complications dans le cancer du col de l'utérus.

ORTILLE. — De l'urémie dans le cancer de l'utérus. Académie de médecine, septembre 1880.

(Observations diverses.)

## Physiologie pathologique de l'anurie par occlusion dés uretères.

M. HERRMANN. — Sitzungsberichte der Mathem. naturiv. Classe der Wiener Akademie der Wissenschaften, 1859. Zeitschrift für rationelle medicin, 1862, Bd. XV, p. 308.

REGNARD. — Société de biologie, 1877.

JAMES. — The Physics of the bladder and ureters. Edinburgh med. Journal, 1878.

CHARCOT et GOMBAULT. — Lésions des reins consécutives à la ligature des uretères. Progrès médical, 1878. Arch. de physiologie, 1881, p. 146.

PRÉVOST et DUMAS. — Cours de chimie et de physiologie, t. XXIII, 1823.

CL. BERNARD et BARRESWILL. — Sur les voies d'élimination de l'urée après l'extirpation des reins. Arch. de méd., 1847.

CL. BERNARD. — Leçons de physiologie expérimentale, 28e leçon.

GRÉHANT. — Revue des cours scientifiques, novembre 1871.

FOURNIER. — De l'urémie. Thèse agrégation, 1863.

ORTILLE. — De la dyspnée nerveuse des néphrites. Etat des gaz du sang chez les urémiques. Thèse de doct., Lille, 1878.

HUTINEL. — Des températures basses centrales. Thèse agrégation, 1880.

## Anurie dans les néphrites.

RAYER. — Traité des maladies des reins.

LECORCHÉ. — Maladies des reins.

BARTELS. — Handbuch des Harn apparates, in Ziemssen's Cyclop., 1875.

LANCEREAUX. — Article Rein. Dict. encyclop.

CHARCOT. — Leçons sur les maladies des reins.

Pitou dit Balme. — Des accidents cérébraux consécutifs à la suppression de l'excrétion urinaire. Th. de doct., Paris, 1854.

Rendu. — Etude comparative des néphrites. Thèse agrégation, 1878.

Brault. — Sur les lésions du rein dans le cas d'albuminurie diphthéritique. Soc. de biologie, 1880.

Cornil. — Nouvelles observations histologiques sur l'état des cellules du rein dans l'albuminurie. Journal de l'anatomie et de la physiologie, 1879.

Guyon. — Leçons cliniques sur les maladies des voies urinaires.

### Anurie hystérique.

Charcot. — Leçons sur les maladies du système nerveux, 1872.

Fernet. — Union médicale, 1873, p. 566.

Secouet. — Thèse de doctorat, 1873.

Chataing. — Thèse de doctorat, 1880.

Vulpian. — Leçons sur les nerfs vaso-moteurs.

### Anurie traumatique.

Nepveu. — Oligurie et anurie traumatiques. Gaz. hebd., 1877.

Cérou. — De l'oligurie et de l'anurie traumatiques. Thèse de doctorat. Paris, 1877.

# TABLE DES MATIÈRES

Pages.

INTRODUCTION.................................................  5
  Définition. Division du sujet...........................  8
  Historique.............................................  10

## PREMIÈRE PARTIE

De l'anurie par occlusion des uretères....................  17
CHAPITRE Ier. — De l'anurie calculeuse.....................  18
  Causes.................................................  19
  Symptômes..............................................  22
  Marche et terminaisons.................................  33
  Anatomie pathologique..................................  37
CHAPITRE II. — De l'anurie dans le cancer de l'utérus......  44
  Causes.................................................  45
  Symptômes..............................................  47
  Anatomie pathologique..................................  51
De quelques autres causes d'anurie par occlusion des uretères..  54
CHAPITRE III. — Mécanisme et physiologie pathologique des anuries
  par occlusion des uretères.............................  56

## DEUXIÈME PARTIE

De l'anurie dans les néphrites et les maladies des reins.....  77
  Des causes de l'anurie dans les néphrites..............  78
  De la valeur séméiologique et des conséquences de l'anu-
  rie dans les néphrites.................................  82
  Des lésions rénales qui déterminent l'anurie...........  89
  Ischurie goutteuse. Néphrite goutteuse.................  94
  Anurie par trouble de la circulation rénale............  96

## TROISIÈME PARTIE

De l'anurie hystérique.....................................  103

## QUATRIÈME PARTIE

De l'anurie dans divers états morbides...................... 117

    1º Anurie dans les maladies générales et les dyscrasies. 113

    2º Anurie dans les affections gastro-intestinales........ 123

    3º Anurie dans la péritonite par perforation et ies étran-
        glements ................................................ 125

    4º Anurie traumatique.............................. 127

    5º Anurie dans les brûlures étendues................ 129

    6º Anuries toxiques............................... 132

    *Indications thérapeutiques générales*...................... 135

Résumé et Conclusions ..................................... 139

## OBSERVATIONS

 I. Observations d'anurie calculeuse........................ 145

II. Observations d'anurie dans le cancer de l'utérus et quelques
   autres variétés d'occlusion des uretères................. 180

III. Observations d'anurie dans les néphrites et les maladies des
    reins.................................................... 202

IV. Observations d'anurie hystérique....................... 221

Index bibliographique........................................ 231

Paris. — Typ. A. Parent, A. Davy, succr, rue Monsieur-le-Prince, 31.

# G. MASSON, ÉDITEUR.

**Leçons sur la pathologie et la thérapeutique des maladies de la peau,** par M. Kaposi, professeur à l'Université de Vienne; traduites et annotées par MM. les docteurs Ernest Besnier et A. Doyon et précédées d'une introduction par les traducteurs. 2 vol. gr. in-8 avec 64 figures dans le texte.................................... 25 fr.

**Traité des maladies de la peau,** comprenant les exanthèmes aigus, par MM. Hébra et Kaposi, professeurs à la Faculté de Vienne, traduit et annoté par le docteur A. Doyon. 2 vol. gr. in-8 avec figures dans le texte.................................... 32 fr.

**Traité des maladies de l'oreille,** par M. Victor Urbantschitsch, professeur à l'Université de Vienne, traduit et annoté par M. le docteur Calmettes. 1 vol. gr. in-8 avec 75 figures dans le texte...... 15 fr.

**La syphilis du cerveau,** par M. Alfred Fournier, professeur à la Faculté de médecine de Paris, médecin de l'hôpital Saint-Louis. *Leçons cliniques* recueillies par M. E. Brissaud, interne des hôpitaux. 1 vol. in-8 de 650 pages.................................... 10 fr.

**Syphilis et mariage.** Leçons professées à l'hôpital Saint-Louis par M. Alfred Fournier, professeur à la Faculté de médecine de Paris, médecin de l'hôpital Saint-Louis, membre de l'Académie de médecine. 1 vol. gr. in-8 de 288 pages.................................... 5 fr.

**Clinique des nouveau-nés. L'athrepsie,** par M. Parrot, professeur à la Faculté de médecine de Paris, médecin de l'hospice des Enfants-Assistés. Leçons recueillies par le docteur Troisier, ancien interne des hôpitaux. 1 vol. gr. in-8, avec 13 planches, dont 4 en couleur, dessinées et lithographiées par M. Renaudot. .... 18 fr.

**Traité clinique des maladies du système nerveux,** par M. Rosenthal, professeur de pathologie nerveuse à l'Université de Vienne. Traduit de l'allemand sur la seconde édition, par le docteur Luransky. Traduction revue et augmentée par l'auteur et accompagnée d'une préface par M. le professeur Charcot. 1 vol. gr. in-8 de VIII-835 pages .................................... 15 fr.

**Précis d'histologie humaine et d'hystogénie.** Deuxième édition, entièrement refondue, par M. G. Pouchet, maître de conférences à l'Ecole normale supérieure, et M. F. Tourneux, préparateur au laboratoire d'histologie zoologique de l'Ecole des hautes études. 1 vol. gr. in-8 de VIII-816 pages, avec 218 figures dans le texte............ 15 fr.

**Manuel d'accouchements,** comprenant la pathologie de la grossesse et les suites de couches, par le professeur Schröder; traduit sur la 4e édition et annoté par le docteur Charpentier, professeur agrégé à la Faculté de médecine de Paris. 1 vol. gr. in-8 de 750 pages, avec 155 figures dans le texte.................................... 14 fr.

**Leçons sur les maladies des enfants,** par M. Charles West, membre du Collège royal des médecins de Londres; traduites d'après la 10e édition anglaises et annotées par M. Archambault, médecin de l'hôpital des Enfants-Malades. 2e édition française remaniée et augmentée. 1 vol. in-8 de 840 pages.................................... 12 fr.

**Traité d'hygiène,** par M. A. Proust, agrégé de la Faculté de médecine, médecin de l'hôpital Lariboisière, membre de l'Académie de médecine. 2e édition, considérablement augmentée. 1 vol. gr. in-8 avec 3 cartes coloriées et 16 figures dans le texte.................... 18 fr.
Ouvrage couronné par l'Institut et par la Faculté de médecine.

Paris. — A. Parent, imp. de la Fac. de médec., rue M.-le-Prince, 31.
A. Davy, successeur.

www.ingramcontent.com/pod-product-compliance
Lightning Source LLC
Chambersburg PA
CBHW061449030726
47503CB00005B/1637